JACK LONDON

contos

JACK LONDON

contos

2ª edição

EDITORA
EXPRESSÃO POPULAR

São Paulo – 2009

Seleção dos textos: *Magda Lopes Gebrim e Yanina Otsuka Stasevskas.*
Traduções: *Liege Christina Simões de Campos, Luiz Bernardo Pericás e Ana Corbisier.*
Projeto gráfico, capa e diagramação: *ZAP Design*
Ilustração da capa: Apoteósis del Danzante (1986) de *Leonardo Tejada. Pintor equatoriano, um dos renovadores da aquarela. Captou grupos humanos com traços enérgicos e contrastados valores cromáticos.*

Dados Internacionais de Catalogação-na-Publicação (CIP)

London, Jack, 1876-1916
L847c Contos / Jack London ; seleção dos textos Magda Lopes Gebrim e Yanina Otsuka Stasevskas ; tradução Liege Christina Simões de Campos, Luiz Bernardo Pericás e Ana Corbisier.– 2.ed. – São Paulo : Expressão Popular, 2009.
224p.

Indexado em GeoDados - http://www.geodados.uem.br
ISBN 85-87394-18-5

1. Literatura americana - Contos. 2. Contos americanos. I. Gebrim, Magda Lopes. II. Stasevskas, Yanina Otsuka. III. Campos, Liege Christina Simões de, trad. IV. Pericás, Luiz Bernardo, trad. V. Corbisier, Ana, trad. VI. Título.

CDD 21.ed. 813.54
CDU 820(73)-34

Bibliotecária: Eliane M. S. Jovanovich CRB 9/1250

Edição revista e atualizada conforme a nova regra ortográfica.

3ª reimpressão: setembro de 2022

EDITORA EXPRESSÃO POPULAR
Rua Abolição, 197 – Bela Vista
CEP 01319-010 – São Paulo – SP
Tel: (11) 3112-0941 / 3105-9500
livraria@expressaopopular.com.br
www.facebook.com/ed.expressaopopular
www.expressaopopular.com.br

Sumário

Apresentação

"É na soma do seu olhar
que eu vou me conhecer inteiro
se nasci para enfrentar o mar
ou faroleiro."
Chico Buarque

Os contos deste livro são profundamente tocantes. Eles falam sobre as questões da nossa existência, aquelas mais importantes, que nos inspiram a pensar no sentido das nossas ações, das nossas escolhas na vida. Nos fazem refletir sobre o tipo de vida que queremos para nós, sobre o lugar que queremos ocupar no mundo. Eles alimentam nossa alma ao falarem da vida com paixão, entusiasmo e sinceridade. Transmitem a força e o vigor do seu autor.

Jack London foi o melhor escritor dos Estados Unidos em seu tempo e hoje é considerado um dos melhores do mundo. Tudo que escreveu foi criado a partir das suas experiências de vida, e essas foram muito interessantes e inusitadas.

Nasceu em 1876, numa família mal estruturada e muito pobre. Não sabia quem era seu pai e passou fome em várias fases da infância e da juventude. Trabalhou desde criança para ajudar no sustento da família. Quando jovem viajou pelo mundo, trabalhando como marinheiro; depois percorreu grande parte dos Estados Unidos viajando clandestinamente em trens, sobrevivendo de esmolas. Tentou voltar a estudar, numa escola de segundo grau, e depois na universidade, mas sua pobreza o impediu de prosseguir.

Descobriu o socialismo nesse mundo de mendigos e vagabundos. Como autodidata dominou as teorias mais avançadas de sua época, como o marxismo e a teoria da evolução de Darwin. Foi um dos maiores propagandistas do socialismo nos Estados Unidos em sua época.

Foi para o Alasca tentar a sorte na corrida do ouro, e de lá voltou doente e sem um tostão.

Casou-se e teve duas filhas, mas desfez esse casamento causando enorme escândalo. Trabalhou como correspondente de guerra, arriscando-se a morrer por várias vezes a fim de escrever boas reportagens. Ganhou muito dinheiro ao tornar-se escritor e conviveu com os homens mais poderosos do seu país. Projetou um barco, construiu-o, e nele viajou pelo mundo, com sua segunda mulher.

Aos 40 anos suicidou-se com uma dose letal de morfina.

Esses fatos por si mesmos já compõem uma incrível história de aventuras reais, mais atraente que muitas ficções.

Porém o mais interessante da vida de Jack London não são suas aventuras em si, mas sim aquilo que o moveu em direção a elas. A grande aventura, que vale a pena acompanharmos neste livro, foi o fato de ele ter "escrito" a história de sua vida num caminho próprio e por isso único. Quis ser dono do seu destino, escolheu ser sujeito da sua vida, quis descobrir e afirmar suas verdades mais íntimas e essenciais. E fez isso com uma tenacidade comovente e admirável.

A cada decisão que o levou às aventuras o que imperava era seu desejo de "enfrentar o mar" para buscar o que queria na verdade: uma vida que valesse a pena ser vivida.

Sua força brotava da necessidade premente de sentir-se vivo e ele sabia que para conseguir isso precisava ser fiel às verdades do seu corpo e da sua alma.

Quando decidiu, por exemplo, ir ao Alasca em busca do ouro, não o fez porque buscasse aventuras ou emoções fortes. E sim porque tinha sido obrigado a abandonar a universidade depois de ter feito um esforço imenso para cursá-la. Trabalhava numa lavanderia lavando e engomando as roupas de seus ex-colegas de faculdade, e trabalhava tanto que não lhe sobrava nenhum tempo ou mesmo energia para fazer coisas que o animassem a viver, como ler, escrever, namorar. E ainda ganhava tão pouco que mal podia sobreviver.

Quando voltou do Alasca resolveu escrever. A ideia de ganhar a vida como escritor tornou-se sua tábua de salvação depois de ter visto naufragadas todas as suas tentativas anteriores. Novamente deparou-se com dificuldades que poderiam ser consideradas intransponíveis.

Seus primeiros contos foram rejeitados pelas editoras e revistas por longo tempo. Ele sabia que isso ocorria por suas histórias falarem da realidade que viveu no Alasca, no mundo dos mendigos, nos navios. Sabia que não eram contos palatáveis para o público estadunidense, pois este queria continuar lendo histórias vazias e açucaradas, e assim manter uma imagem idealizada da vida.

London decidiu continuar escrevendo no seu estilo único, novo. Queria falar do que tinha vivido e visto, das suas verdades que incluíam aspectos rudes e sombrios da realidade. E mais uma vez fez uma aposta alta: resolveu que o público e os editores teriam que aceitá-lo tal qual era, correndo assim o grave risco de continuar passando fome por um tempo imprevisível, ou mesmo a vida toda.

Tempos depois, quando finalmente conseguiu ser aceito e passou a ter fama e dinheiro, não se acomodou à confortável situação. Aprendera que valia a pena defender suas convicções, e que para isto tinha que pagar o preço de descontentar muitas pessoas, e o de ser combatido ferozmente por muitas delas. Continuou defendendo com unhas e dentes suas escolhas na vida pessoal e seu estilo na literatura, como vemos nesta carta enviada a um editor:

> Insisto agora, como sempre insisti, que a virtude literária cardeal é a sinceridade. Se estou errado nesta convicção e o mundo me renega, só me cabe dizer um adeus indiferente ao mundo e orgulhoso refugiar-me no rancho, plantar batatas e criar galinhas para conservar o estômago cheio. Foi a minha recusa de aceitar advertências sensatas que me fez o que sou hoje.

Mas de onde Jack London tirava forças para recusar tantas advertências sensatas e seguir construindo seu caminho? Onde se segurava quando enfrentava as tempestades em alto-mar? E o frio mortífero do Alasca? O trabalho que lhe exauria os músculos e a capacidade de sonhar? O mundo cruel, sem eira nem beira, dos desempregados que se tornaram mendigos? Como suportava não saber quem era seu pai? Como não desistia de continuar tentando caminhos ao frustrar-se quando teve que abrir mão da escola, da universidade, quando voltou do Alasca pior do que saiu? Conseguiu transpor inúmeros obstáculos, mesmo que por várias vezes ficasse muito deprimido, achando que estes eram grandes demais, e que nunca os venceria. Mas seus tormentos e medos, suas angústias não apenas não o paralisaram, como o impulsionaram a enfrentar novos desafios.

Pouco antes de morrer escreveu sobre o resultado destes enfrentamentos:

> Na minha idade madura, estou convencido de que o jogo da vida vale a pena. Tive uma vida muito feliz, mais feliz de que a de muitos milhões de homens da minha geração. Se por um lado sofri muito, por outro vivi muito, vi muita coisa, senti muita coisa que foi negada à maioria dos homens. O jogo vale mesmo a pena.

Penso que foi fiel a sua frase: "Só se tem uma vida para se viver, e por que não vivê-la de verdade?", mesmo tendo se suicidado. Talvez sua busca por definir os caminhos da própria vida tenha incluído determinar o momento do seu fim. Por tudo isso é interessante prestar atenção ao que sustentou sua cabeça erguida e seus olhos direcionados ao horizonte desejado enquanto viveu.

Podemos perceber as pistas desta força nos seus contos.

Sua primeira sustentação interna foi a vontade de viver; pode-se vislumbrá-la nas histórias que escreveu.

No conto autobiográfico *O herege* ele narra um período muito doloroso de sua infância, quando trabalhou até a exaustão total. Deixa transparecer como desde criança sua gana de viver colocava-se acima das exigências sociais mortíferas às quais estava submetido. Ele não tinha consciência disto, apenas movia-se pela recusa em deixar-se matar aos poucos, sendo essa a força propulsora que o levou a enfrentar seus primeiros desafios: não queria morrer, queria viver bem.

No *Amor à vida* o personagem luta com toda a força da sua consciência e dos seus instintos para permanecer vivo no frio extremo do Alasca. O conto é uma revelação da vontade feroz, selvagem, de viver. Também faz pensar sobre as marcas que as batalhas entre a vida e a morte deixam em nós, mostrando que não somos super-heróis, capazes de passarmos por experiências dessa magnitude e sairmos intocados. Uma curiosidade a respeito deste conto é o fato de Lenin gostar muito dele.

A volta do pai pródigo, como *O herege*, também coloca a vida acima das convenções sociais opressoras. Não se trata da opressão de classe, tema que aborda em *O china*, mas sim daquela que também faz com que abaixemos nossa cabeça e nos humilhemos frente a nós mesmos. Fala das relações dominadoras dentro da família, entre marido, mulher e filho. Não aponta saídas heroicas, grandiosas, mas trata com humor das soluções possíveis aos "meramente" humanos.

Nestes contos, como em todos os outros, os personagens estão longe de qualquer tipo de perfeição, ou de retidão absoluta. Não são exatamente o que se chama de pessoas exemplares. São contraditórios e complexos, cheios de incertezas, têm altos e baixos, como a vida, e por isso mesmo são tão interessantes. São de uma humanidade profunda e tocante, justamente por serem pessoas parecidas com pessoas.

A segunda sustentação de Jack London foram os livros, que leu e escreveu. E ele os descobriu ainda criança, como conta Irving Stone, seu biógrafo, no livro *A vida errante de Jack London*:

> Nunca sonhou que pudesse haver tal coisa como uma biblioteca pública, uma casa com milhares de livros que qualquer pessoa poderia ler. E teve a impressão que nascia de novo, espiritualmente, quando se viu à

> entrada daquele palácio (e a biblioteca era um casarão de madeira), gorro na mão, olhos esbugalhados, quase sem acreditar que pudessem existir tantos livros. Desse dia em diante, por mais que sofresse, por mais que experimentasse terríveis agonias do pensamento e da alma, por mais que fosse batido pela sorte, desprezado, expulso como um pária, nunca mais se julgou abandonado.

A vida vivida nos livros ajudou-o a suportar a dureza de sua vida real. Desde bem pequeno e em suas viagens, London sempre esteve acompanhado pelos livros. Ao mesmo tempo que queria viver a vida de "carne e osso", sempre "viajou na de papel e tinta". Foi nos livros que encontrou as palavras para nomear seu vastíssimo repertório de vida.

E foram os livros de ficção que facilitaram sua entrada no percurso do conhecimento teórico, na leitura das obras sobre socialismo, filosofia, sociologia etc. Quando adulto é ele que escreve os livros, é ele que se expressa e se afirma, dando vazão ao que viu e sentiu. Consegue que milhares de pessoas enxerguem as cruéis injustiças sociais que o atormentavam e também consegue difundir pelo mundo suas ideias socialistas.

Jack London, por sua produção literária e sua vida, reforça a ideia que livros não são sinônimos de distanciamento da realidade. Mas ferramentas que dependem muitíssimo de quem as maneja. Mostra que se pode fazer dos livros boias em naufrágios, fogueiras em dias frios, escudos nos embates da vida...

Ele nos ajuda a ver que os livros, com suas histórias fantásticas ou reais, podem sim servir a quem quer esconder-se atrás deles. Mas também podem servir de forma maravilhosa a quem ama a vida e quer navegar grandemente, livremente, com prazer.

Outro exemplo interessante desse uso da literatura foi o fato de Che Guevara ter se lembrado do conto *Fazer uma fogueira* quando foi ferido num combate em Cuba e pensou que fosse morrer. Nesse conto o personagem se defronta com seus limites frente à natureza e à morte. Penso que o conto serviu a Che como uma referência, ajudando-o a suportar aquele momento tão extremo, emprestando-lhe um sentido.

O socialismo também foi um suporte interno para London. É bonito ver no conto autobiográfico *Como me tornei socialista* de que forma o socialismo nasce em Jack London, porque ele brota de dentro para fora. É como um alimento que lhe sacia uma fome antiga, dando-lhe sustento ideológico.

As teorias e os ideais revolucionários respondem e prometem encaminhamento às inquietações profundas de London, dando-lhe ânimo.

Ao sul da fenda conta a história de um professor que abandona sua carreira universitária e sua vida bem estabelecida para tornar-se um militante socialista junto ao povo. O fiel da balança é sentir o coração pulsar mais forte, mais livre, e por isso mais feliz. Mostra que a escolha de ser um militante socialista não se baseia apenas em valores morais altruístas. É também uma opção por uma vida mais plena de realizações e de sentidos, um caminho para se sentir mais vivo.

O mexicano conta a história de um jovem e estranho militante mexicano. Ela nos faz pensar sobre a singularidade de cada pessoa ao entrar na luta pelo socialismo. Sobre qual a contribuição que cada um pode e quer dar, de onde vem sua motivação. Mostra que na maioria das vezes a contribuição para a luta coletiva não é luminosa, visível a qualquer tipo de olhar, mas é a que se pode e se quer dar, justamente porque é aquela que faz sentido para cada um.

Quando escreve sobre sua saída do Partido Socialista, Jack London deixa claro como o percurso para o socialismo no qual acreditava estava em sintonia com sua personalidade:

> Abandono o Partido Socialista por sua falta de ardor e combatividade e por sua falta de significação na luta de classes. Fui inicialmente um membro do velho, revolucionário e combativo Partido Trabalhista. Conhecedor das lutas de classe, acredito que os trabalhadores só poderiam emancipar-se pela luta, pela intransigência, não cedendo nunca, não fazendo concessões

> ao inimigo. Uma vez que, nos últimos anos, todo o movimento socialista dos Estados Unidos é orientado para a tranquilidade e as concessões, cheguei à conclusão de que meu espírito se recusa a sancionar a minha permanência no Partido. E aí está a razão da minha renúncia.

Na verdade, o que o animou a ser um autodidata, a descobrir, a estudar e a divulgar as teorias revolucionárias, foi a mesma coisa que o levou a devorar os livros de aventuras na infância: a capacidade de sonhar e de desejar uma vida digna para si e para as pessoas com as quais se identificava.

E chegamos assim a sua sustentação mais importante: as relações de amizade e de amor com as pessoas que fizeram parte de sua vida. Jack London permaneceu com dúvidas em relação a quem era seu pai, apesar das suas tentativas de saber a verdade. Sua mãe nunca foi amorosa e atenciosa com ele, não tinha condições de assumir o lugar de mãe. Mas sua irmã adotiva, filha de seu padrasto, assumiu esse lugar: estava sempre pronta a oferecer o apoio de que necessitava, desde o início até o fim da vida dele.

Os contos *Esterco... Nada mais* e *O pagão* tratam de dois tipos diferentes de associações entre os homens. O primeiro, uma história de dois ladrões, fala sobre uma associação baseada no uso que um faz do outro. Não há troca entre os dois, cada um vê o outro como um instrumento para a satisfação de suas necessidades. O conto chega a ser engraçado quando mostra a que ponto podem chegar as pessoas que não enxergam os outros como semelhantes.

Já *O pagão*, que foi escrito baseado na relação de Jack London com um empregado japonês, mostra como dois homens ganham por poder colocarem-se um no lugar do outro, sendo tão diferentes, inclusive no que se refere ao status social. Essa sublime capacidade é simbolizada na história pela troca de nomes que fazem entre si. Os personagens falam da amizade que sustenta a vida, e faz com que eles se transformem em pessoas melhores a cada dia. Falam de como a convivência com quem se admira e se ama preenche a vida de sentido.

London teve muitos amigos em todas as fases de sua vida, e tinha grande satisfação em compartilhá-la com eles. Quando tornou-se um escritor famoso recebia-os em sua casa, dava-lhes dinheiro, discutia horas a fio todos os tipos de assunto, lia para eles suas histórias assim que ficavam prontas. Também amou várias mulheres, e viveu esses amores com empenho e intensidade.

Penso que foi esta a sustentação mais importante do seu desejo de viver, e viver com a cabeça erguida: as pessoas que amou e que o amaram.

Foram as pessoas que o olharam com olhares generosos que o encheram de coragem para enfrentar os desafios do mar, os desafios de ser ele mesmo.

Quando Jack London escreveu suas histórias, imprimiu nelas todos estes tesouros acumulados em sua vida tão rica. *O que a vida significa para mim* é uma belíssima síntese desta riqueza.

Escreveu para pessoas lerem, para nós lermos e gostarmos do que tinha a dizer. Quis cumplicidade para suas ideias, quis trocar olhares. E nós também queremos! Por isso tudo suas histórias ficaram na História.

E agora são elas que alimentam nossa alma desejosa de vida rica. São elas que nos levam para viagens, que nos inspiram quando queremos imaginar formas mais livres de pensar e de viver.

Magda Lopes Gebrim
Novembro de 2000

O QUE A VIDA SIGNIFICA PARA MIM

Nasci na classe trabalhadora. Cedo descobri o entusiasmo, a ambição e os ideais; e satisfazê-los tornou-se o problema da minha infância. Meu ambiente era cru, áspero e rude. Não via nenhuma perspectiva ao meu redor, por isso, o melhor era olhar para cima. Meu lugar na sociedade era nos fundos. Aqui a vida não oferecia nada, além de sordidez e miséria, tanto para o corpo como para o espírito. Por aqui corpo e espírito andavam famintos e atormentados.

Acima de mim se erguia o imenso edifício da sociedade e, em minha mente, a única saída era para cima. Logo resolvi subir. Lá em cima, os homens vestiam ternos pretos e camisas engomadas e as mulheres usavam vestidos lindos. Havia também coisas boas para comer e muita fartura. Abundância para o corpo. Depois havia as coisas do espírito. Acima de mim, eu sabia, havia despojamento do espírito, pensamentos puros e nobres e uma vida intelectual intensa. Eu conhecia tudo isto porque lera romances na biblioteca Seaside, nos quais, com exceção dos vilões e dos aventureiros, todos os homens e mulheres tinham pensamentos puros, falavam uma linguagem bonita e realizavam ações generosas. Em resumo, assim como eu aceitava o nascer do Sol, aceitava que acima de mim estava tudo o que era fino, nobre e belo, tudo o que dá decência e dignidade à vida, tudo o que faz a vida valer a pena e recompensa um homem por seu sofrimento e esforço.

Mas não é muito fácil para um homem ascender e sair da classe trabalhadora – especialmente se está cheio de ambições e ideais. Eu vivia num rancho na Califórnia, e era duro descobrir o caminho para subir. Cedo quis saber qual a taxa de juros do dinheiro aplicado, e preocupava meu cérebro de criança a compreensão das virtudes e excelências desta notável invenção do homem, os juros compostos. Mais tarde conheci os níveis de salário praticados para trabalhadores de todas as idades, e o custo de vida. Com todos estes dados, conclui que, se começasse imediatamente, trabalhasse e poupasse até os cinquenta anos, poderia parar de trabalhar e desfrutar de uma pequena porção das delícias e maravilhas que estariam a meu alcance um pouco acima na sociedade. E, claro, decidi não me casar, ao mesmo tempo que me esquecia inteiramente de considerar esta grande causa da catástrofe no universo da classe trabalhadora – a doença.

Mas a vida que havia em mim exigia mais que uma pobre existência de restos e de escassez. Aos dez anos de idade, tornei-me jornaleiro nas ruas da cidade e descobri uma nova perspectiva. Tudo ao meu redor estava impregnado da mesma sordidez e desgraça, e acima de mim existia ainda o mesmo paraíso, esperando para ser conquistado. Mas o caminho para subir era diferente. Era o mundo dos negócios. Por que poupar meus ganhos e investir em papéis do governo quando comprando dois jornais por cinco centavos, num piscar de olhos, podia vendê-los por dez e dobrar meu capital? O mundo dos negócios era para mim o meio de subir na vida, e eu me via como negociante quadrado e bem-sucedido.

Ai das visões! Quando tinha dezesseis anos me chamavam de "príncipe". Este título me foi dado por uma gangue de assassinos e ladrões que me chamavam de "O príncipe dos piratas de água doce".

Naquele tempo eu tinha galgado o primeiro degrau no mundo dos negócios. Era um capitalista. Possuía um barco e uma tripulação completa de piratas de água doce. Tinha começado a explorar meus semelhantes. Toda uma equipe estava sob meu comando. Como capitão e dono, ficava com dois terços do dinheiro e dava à tripulação o outro terço, embora eles trabalhassem tão duro quanto eu e arriscassem tanto quanto eu suas vidas e sua liberdade.

Este degrau foi o último que subi no mundo dos negócios. Uma noite participei de um assalto a pescadores chineses. Suas linhas e redes valiam dólares e centavos. Era um roubo, claro, mas era este precisamente o espírito do capitalista. O capitalismo toma os bens de seus semelhantes a título de reembolso, traindo a confiança ou comprando senadores e juízes de tribunais superiores. Eu era apenas mais grosseiro. Essa era a única diferença. Eu usava um revólver.

Mas, naquela noite, minha equipe agiu como aqueles incompetentes que o capitalista está acostumado a fulminar, sem dúvida porque estes incompetentes aumentam os custos e reduzem os lucros. Minha quadrilha fez as duas coisas. Por falta de cuidado, tocou fogo na vela principal, destruindo-a totalmente. Não houve lucro aquela noite, e os pescadores chineses ficaram mais ricos pelas redes e linhas que não pagamos. Eu estava arruinado, sem condições sequer de pagar sessenta e cinco dólares por uma nova vela principal. Deixei meu barco ancorado e saí num barco de piratas na baía para uma viagem de saques pelo rio Sacramento. Enquanto estava fora, outro bando de piratas da baía saqueou meu barco. Roubaram tudo, até mesmo as âncoras; e mais tarde, quando recuperei o casco abandonado, obtive apenas vinte dólares por ele. Tinha descido o primeiro degrau galgado, e nunca mais tentei o caminho dos negócios.

Desde então fui implacavelmente explorado por outros capitalistas. Tinha força física, e eles faziam dinheiro com isso enquanto que, apesar do meu esforço, eu levava uma vida banal. Fui marinheiro, estivador e grumete. Trabalhei em fábricas de enlatados, indústrias e lavanderias. Cortei grama, limpei tapetes e lavei janelas. E não ganhava nunca o produto inteiro do meu trabalho. Olhava para a filha do dono da fábrica de enlatados, em sua carruagem, e sabia que eram meus músculos que ajudavam a empurrar aquela carruagem em seus pneus de borracha. Via o filho do industrial indo para a escola e sabia que era em parte a minha força que ajudava a pagar seu vinho e suas boas amizades.

Mas não ficava ressentido com isso. Fazia parte do jogo. Eles eram a força. Muito bem, eu era forte. Podia cavar um lugar entre eles e fazer dinheiro com a força de outros homens. Não tinha medo do trabalho. E quanto mais duro, melhor, mais me agradava. Gostaria de me entregar ao trabalho, trabalhar mais do que nunca e, eventualmente, me tornar um pilar da sociedade.

E a essa altura, com a sorte que eu gostaria de ter, descobri um patrão com a mesma mentalidade. Eu estava querendo trabalhar, e ele estava mais que querendo que eu trabalhasse. Pensei que estava aprendendo um ofício. Na realidade, havia substituído dois homens. Pensei que ele estava fazendo de mim um eletricista; de fato, estava ganhando, comigo, cinquenta dólares a mais por mês. Os dois homens que eu substituíra recebiam quarenta dólares por mês cada um, enquanto eu fazia o trabalho dos dois por trinta dólares.

Este patrão me fez trabalhar até a morte. Um homem pode adorar ostras, mas ostras demais vão deixá-lo enfastiado. E assim foi comigo. O excesso de trabalho me deixou doente. Eu não queria mais ver trabalho. Abandonei o emprego. Tornei-me um vagabundo, mendigando de porta em porta, perambulando pelos Estados Unidos e suando sangue em favelas e prisões.

Eu nascera na classe operária, e agora, aos dezoito anos, estava abaixo do ponto em que tinha começado. Caíra nos porões da sociedade, jogado no subterrâneo da miséria sobre o qual não é agradável nem digno falar: estava no fosso, no abismo, no esgoto humano, no matadouro, na capela mortuária da nossa civilização. Esta é a parte do edifício social que a sociedade prefere esquecer. A falta de espaço me leva aqui a ignorá-la, e devo dizer apenas que as coisas que vi lá me deram um medo terrível.

Estava apavorado até a alma. Vi a nu a complicada civilização em que vivia. A vida era uma questão de abrigo e de comida. Para conseguir abrigo e comida os homens vendem coisas. O comerciante vende seus sapatos, o político vende seu humanismo e o representante do povo, com exceções, é claro, vende sua credibilidade, enquanto quase todos vendem sua honra. As mulheres também, nas ruas ou na sagrada relação do casamento, estão prontas a vender seus corpos. Todas as coisas são mercadorias, todas as pessoas são compradas e vendidas. A primeira coisa que o trabalhador tem para vender é a força física. A honra do operariado não tem preço no mercado. O operariado tem músculos e somente músculos para vender.

Mas há uma diferença, uma diferença vital. Sapatos, credibilidade e honra têm como se renovar. Constituem estoques imperecíveis. Mas os músculos, estes não se renovam. Quando um comerciante vende seus sapatos, repõe o estoque. Mas não há como repor o estoque de energia do trabalhador. Quanto mais vende sua força, menos sobra para si. A força física é sua única mercadoria, e a cada dia seu estoque diminui. No fim, se não morreu antes, vendeu tudo e fechou as portas. Está arruinado fisicamente e nada lhe restou senão descer aos porões da sociedade e morrer na miséria.

Aprendi, ainda, que o cérebro também é uma mercadoria, ainda que diferente dos músculos. Um vendedor do cérebro está apenas no começo quando tem cinquenta ou sessenta anos, e seus produtos atingem preços mais altos do que nunca. Mas um operário está esgotado e alquebrado com quarenta e cinco ou cinquenta anos. Eu tinha estado nos porões da sociedade e não gostava do lugar para morar. Os canos e bueiros eram insalubres e o ar, ruim para respirar. Se não podia morar no andar de luxo da sociedade, podia, pelo menos, tentar a mansarda. Ela existia, a comida lá era escassa, mas pelo menos o ar era puro. Assim, resolvi não vender mais meus músculos e me tornar um vendedor de cérebro.

Começou então uma frenética perseguição ao conhecimento. Voltei para a Califórnia e mergulhei nos livros. Como me preparava para ser um mercador da inteligência, achei que devia me aprofundar em Sociologia. Assim, eu descobri, num certo tipo de livros, formulados cientificamente, os conceitos sociológicos simples que eu tinha tentado descobrir por mim mesmo. Outras grandes mentes, antes que eu tivesse nascido, tinham elaborado tudo que eu havia pensado e muitas coisas mais. Eu descobri que era um socialista.

Os socialistas eram revolucionários, porque lutavam para derrubar a sociedade do presente e tirar dela material para construir a sociedade do futuro. Eu, também, era um socialista e revolucionário. Liguei-me a grupos de trabalhadores e intelectuais revolucionários, e pela primeira vez entrei na vida intelectual. Aí descobri mentes aguçadas e cabeças brilhantes. Encontrei cérebros fortes e atentos, além de trabalhadores calejados; pregadores de mente muito aberta em seu cristianismo para pertencer a qualquer congregação de adoradores do dinheiro; professores torturados na roda da subserviência universitária à classe dominante e dispensados porque eram ágeis com o conhecimento que se esforçavam por aplicar às questões maiores da Humanidade.

Descobri, também, uma fé calorosa no ser humano, um idealismo apaixonante, a suavidade do despojamento, renúncia e martírio – todas as esplêndidas e comoventes qualidades do espírito. Naquele meio, a vida era honesta, nobre e intensa. Naquele meio, a vida se reabilitava, tornava-se maravilhosa. E eu estava alegre por estar vivo. Mantinha contato com grandes almas que punham o corpo e o espírito acima de dólares e centavos, e para quem o gemido fraco de crianças famintas das favelas vale mais do que toda a pompa e circunstância da expansão do comércio e do império mundial. Tudo à minha volta era nobreza de propósitos e heroísmo; meus dias e noites eram de sol e de estrelas brilhantes; tudo calor e frescor, como o Santo

Graal, o próprio Graal do Cristo, o ser humano caloroso, conformado e maltratado, mas pronto para ser resgatado e salvo no final, sempre ardente e resplandecente, diante de meus olhos.

E eu, pobre tolo, julgava ser aquilo apenas uma amostra das delícias de viver que eu deveria descobrir acima de mim na sociedade. Tinha perdido muitas ilusões desde os dias em que lera os romances da biblioteca Seaside, no rancho da Califórnia. E estava destinado a perder muitas das ilusões que me restavam.

Como mercador da inteligência, fui um sucesso. A sociedade abriu suas portas para mim. Entrei direto no andar de luxo; mas meu desencanto foi rápido. Sentei-me para jantar com os senhores da sociedade e com as esposas e mulheres dos donos da sociedade. As mulheres se vestiam muito bem, admito; mas para minha ingênua surpresa percebi que eram feitas do mesmo barro que todas as outras mulheres que eu tinha conhecido lá embaixo, nos porões. A esposa do coronel e Judy O'Grady eram irmãs sob suas peles e seus vestidos.

Não foi isto, porém, mas seu materialismo, o que mais me chocou. É verdade que estas mulheres lindas, ricamente vestidas tagarelavam sobre singelos ideais e pequenos moralismos; mas, ao contrário do teor de sua conversa mole, a tônica da vida que levavam era materialista. E como eram egoístas sentimentalmente. Contribuíam de todas as formas para pequenas caridades e se informavam sobre a realidade, mas, o tempo todo, os alimentos que comiam e as belas roupas que vestiam eram comprados com os lucros manchados pelo sangue do trabalho infantil, do trabalho exaustivo e mesmo da prostituição. Quando mencionei tais fatos, esperando em minha inocência que aquelas irmãs de Judy O'Grady arrancassem fora de uma vez suas sedas e joias tingidas de sangue, ficaram furiosas e agitadas, e leram para mim pregações sobre o desperdício, a bebida e a depravação inata que causavam toda a miséria nos porões da sociedade. Quando disse que não podia perceber bem qual era a falta de economia, a intemperança e a depravação de uma criança quase faminta de seis anos que fazia trabalhar doze horas por noite numa fiação de algodão sulista, aquelas irmãs de Judy O'Grady atacaram minha vida pessoal e me chamaram de "agitador" – embora isto, na verdade, reforçasse meus argumentos.

Não me dei melhor com os senhores da sociedade. Esperava encontrar homens honestos, nobres e vivos cujos ideais fossem honestos, nobres e vivos. Andei com homens que estavam nos lugares mais altos – os pregadores, os políticos, os homens de negócios, professores e editores. Comi carne com eles, tomei vinho com eles, andei de automóvel com eles e estudei com eles. É verdade, encontrei muitos que eram honestos e nobres; mas, com raras exceções, não estavam vivos. Realmente acredito que poderia contar as exceções com os dedos das minhas mãos. Quando não estavam mortos pela podridão moral, atolados na vida suja, eram apenas a morte insepulta – como múmias bem preservadas, mas não vivas. Neste sentido, poderia especialmente citar professores que conheci, homens que vivem de acordo com o decadente ideal universitário, "a perseguição sem paixão da inteligência sem paixão".

Conheci homens que invocavam o nome do Príncipe da Paz em seus discursos contra a guerra e que botaram nas mãos dos Pinkertons rifles que abateram grevistas em suas próprias fábricas. Encontrei homens incoerentes, indignados com a brutalidade de lutas de boxe e pugilismo, e que, ao mesmo tempo, participavam da adulteração de alimentos que a cada ano matam mais bebês do que qualquer Herodes de mãos rubras jamais havia matado.

Em hotéis, clubes, casas e vagões de luxo, em cadeiras de navios a vapor, conversei com capitães de indústria e me espantou como eram pouco viajados nos domínios do intelecto. Por outro lado, descobri que sua inteligência para negócios era excepcionalmente desenvolvida. Descobri também que sua moralidade, quando há negócios envolvidos, nada vale.

O delicado, destacado e aristocrático cavalheiro era um testa de ferro de corporações que secretamente roubavam viúvas e órfãos. Este cavalheiro, que colecionava edições de luxo e era patrocinador especial da literatura, pagou chantagem a um chefão político de queixo duro e sobrancelhas escuras da máquina municipal. Este editor, que publicou propaganda de medicamentos licenciados e não ousou divulgar a verdade em seu jornal sobre os mesmos medicamentos, com medo de perder o anunciante, me chamou de canalha demagogo porque lhe disse que sua economia política era antiquada e sua biologia, contemporânea de Plínio.

Este senador fora a ferramenta e escravo, o pequeno fantoche de uma máquina indecente e ignorante de um chefão político; assim eram o governador e seu juiz no Tribunal de Justiça; e todos os três tinham passes para viajar de graça na estrada de ferro. Este homem, falando seriamente sobre as belezas do idealismo e a bondade de Deus, acabara de trair seus camaradas numa questão de negócios. Aquele outro, pilar da igreja e grande contribuinte de missões no exterior, obrigava as garotas de suas lojas a trabalhar dez horas por dia por um salário de fome e, portanto, encorajava diretamente a prostituição. Este homem, que dá dinheiro à universidade, comete perjúrio em tribunais por causa de dólares e centavos. E o grande magnata da estrada de ferro quebrou sua palavra de cavalheiro e cristão quando admitiu abatimentos secretos para um de dois capitães de indústria empenhados numa luta de morte.

Era a mesma coisa em todo lugar, crime e traição, traição e crime – homens que estavam vivos não eram honestos nem nobres; homens que eram honestos e nobres não estavam vivos. E havia uma grande massa sem esperanças, nem nobre nem viva, mas simplesmente honesta. Esta não podia errar, positiva ou deliberadamente; mas errava de maneira passiva e ignorante ao concordar com a imoralidade generalizada e com os lucros que ela produz. Se fosse nobre e viva, não seria ignorante, e teria se recusado a dividir os lucros do crime e da traição.

Percebi que não gostava de viver no andar de luxo da sociedade. Intelectualmente era aborrecido. Moral e espiritualmente, eu me sentia enojado. Lembrava-me de meus intelectuais e idealistas, meus pregadores sem hábito, professores desempregados e trabalhadores honestos com consciência de classe. Lembrava meus dias e noites de sol e estrelas brilhando, quando a vida era uma maravilha doce e selvagem, um paraíso espiritual de aventuras não egoístas e um romance ético. E diante de mim, sempre resplandecente e excitante, vislumbrava o Sagrado.

Então, voltei à classe operária na qual havia nascido e à qual pertencia. Não me preocupava mais em subir. O imponente edifício da sociedade não reserva delícias para mim acima da minha cabeça. São os alicerces do edifício que me interessam. Lá, contente de trabalhar, de ferramenta na mão, ombro a ombro com intelectuais, idealistas e operários com consciência de classe, reunindo uma força sólida agora para fazer mais uma vez o edifício inteiro balançar. Algum dia, quando tivermos mais mãos e alavancas para trabalhar, vamos derrubá-lo, com toda sua vida podre e sua morte insepulta, seu egoísmo monstruoso e seu materialismo estúpido. Então vamos limpar os porões e construir uma nova moradia para a espécie humana, onde não haverá andar de luxo, na qual todos os quartos serão claros e arejados, e onde o ar para respirar será limpo, nobre e vivo.

Esta é a minha perspectiva. Vejo à frente um tempo em que o homem deverá caminhar para alguma coisa mais valiosa e mais elevada que seu estômago, quando haverá maiores estímulos para levar os homens à ação do que o incentivo de hoje, que é o incentivo do estômago. Conservo minha crença na nobreza e na excelência da Humanidade. Acredito que a doçura e o despojamento espiritual vão superar a gula grosseira dos dias de hoje. E, no fim de tudo, minha fé está na classe trabalhadora. Como diz um francês: "A escada do tempo está sempre ecoando com um tamanco subindo e uma bota engraxada descendo".

COMO ME TORNEI SOCIALISTA

Pode-se dizer que me tornei um socialista de maneira similar à dos pagãos teutônicos ao cristianismo – à força. Não apenas eu não procurava o socialismo na época da minha conversão, mas lutava contra ele. Eu era demasiado jovem e inexperiente, não sabia nada de coisa alguma e, apesar de nunca ter ouvido falar de uma escola de pensamento chamada "individualismo", cantava o hino dos fortes com todo o meu coração.

Isso porque eu próprio era forte. Por forte quero dizer que tinha boa saúde e músculos rijos, ambas características que podem ser facilmente explicadas. Vivi minha infância nos ranchos da Califórnia, vendendo jornais nas ruas de uma próspera cidade do Oeste e passei minha juventude nas águas saturadas de ozônio da baía de São Francisco e do Oceano Pacífico. Amava a vida a céu aberto, desempenhando as tarefas mais difíceis. Sem aprender nenhum ofício, mas pulando de emprego em emprego, observava o mundo e gostava dele em todos os sentidos. Deixe-me repetir: esse otimismo existia porque eu era forte e saudável, nunca experimentando dores nem debilidades, nunca sendo recusado por um patrão por não aparentar estar em boas condições físicas, sempre capaz de obter trabalho nas minas de carvão, como marinheiro ou como trabalhador braçal de qualquer espécie.

Por tudo isso, exultante em minha juventude, capaz de me defender bem, tanto no trabalho como nas brigas, eu era um feroz individualista. E isso era muito natural. Eu era um vencedor. Por conseguinte, considerava o jogo, da forma como era jogado, muito apropriado para HOMENS. Ser HOMEM significava escrever em letras maiúsculas no meu coração. Arriscar-me como homem, lutar como homem, fazer o trabalho de homem (mesmo que com o salário de menino) – essas eram coisas que me tocavam profundamente e ficavam gravadas em mim como nenhuma outra. E eu olhava adiante as amplas paisagens de um futuro nebuloso e interminável, em direção ao qual – jogando o que eu considerava um jogo de homens –, continuaria a viajar com uma saúde inquebrantável sem acidentes, e com os músculos sempre vigorosos. Como digo, esse futuro era interminável. Podia ver-me apenas avançando pela vida sem fim como uma das feras louras de Nietszche, perambulando lascivamente e triunfando pela simples superioridade e força.

Quanto aos desafortunados, aos doentes, aos que sofrem, aos velhos e aos aleijados, devo confessar que raramente pensava neles, a não ser que vagamente achasse que estes, salvo acidentes, poderiam ser tão bons quanto eu e trabalhar igualmente tão bem, se realmente o desejassem. Acidentes? Bem, eles representavam o DESTINO, também soletrado com letras maiúsculas, e não havia modo de se esquivar do DESTINO. Napoleão sofreu um acidente em Waterloo, mas isso não tirou meu desejo de ser outro Napoleão. Além disso, o otimismo, vindo de um estômago que podia digerir pedaços de ferro moído e de um corpo que florescera de uma vida dura, não me permitia considerar que acidentes tivessem qualquer relação, mesmo que remota, com minha personalidade gloriosa.

Espero ter deixado claro que eu tinha orgulho de ser um daqueles seres eleitos da natureza. A dignidade do trabalho era para mim a coisa mais impressionante do mundo. Sem ter lido Carlyle ou Kipling, formulei um evangelho do trabalho que varriam os deles para a sombra "no chinelo". O trabalho era duro. Era a santificação ou a salvação. O orgulho que sentia depois de um dia de trabalho árduo e bem feito seria algo incompreensível para os demais. É quase inconcebível para mim quando penso nisso agora. Nunca um capitalista explorou um escravo do salário tão fiel quanto eu. Embromar ou ludibriar o homem que me pagava o salário era um pecado, primeiro contra mim mesmo, e depois contra ele. Para mim era um crime que vinha logo atrás da traição, mas tão ruim quanto.

Resumindo, meu individualismo entusiasta era dominado pela ética ortodoxa burguesa. Eu lia os jornais burgueses, ouvia os pregadores burgueses e repetia plenitudes sonoras dos políticos burgueses. E não duvido que – se outros eventos não tivessem mudado minha trajetória –, viesse a me transformar num fura greves profissional (um dos heróis do reitor Eliot), e tivesse minha cabeça e minha capacidade de trabalho irremediavelmente esmagadas por um porrete nas mãos de algum sindicalista militante.

Por essa época, voltando de uma viagem que durara sete meses, e logo após ter completado dezoito anos de idade, pus na cabeça a ideia de que iria vagabundar. Em vagões de passageiros ou compartimentos de carga, desbravei meu caminho desde o vasto Oeste, onde os homens trabalhavam duro e os empregos procuravam as pessoas, até os congestionados centros operários da região Leste, onde os homens tinham pouco valor e davam tudo que tinham para conseguir trabalho. E nesta nova aventura de fera loura, comecei a ver a vida de um ângulo novo e totalmente diferente. Eu havia descido da condição de proletário para o que os sociólogos chamam de "porção submersa", e comecei a descobrir a maneira como aquela porção submersa era recrutada.

Lá encontrei todo tipo de homens, muitos dos quais haviam sido algum dia tão bons e tão feras louras quanto eu: marinheiros, soldados, operários, todos estropiados, comidos e desfigurados pelo trabalho, pelas agruras e pelos acidentes e dispensados por seus patrões como cavalos velhos. Com eles mendiguei nas ruas, pedi comida nas portas dos fundos das casas e senti frio em vagões de trens e parques da cidade, ouvindo as histórias de vida que começavam sob auspícios tão favoráveis como os meus, com estômagos e corpos iguais ou melhores do que os meus, e que terminavam ali, diante de meus olhos, arruinados, no fundo do abismo social.

E enquanto eu ouvia, meu cérebro começava a funcionar. A mulher das ruas e o homem da sarjeta se tornaram muito próximos de mim. Vi a imagem do abismo social vividamente, como se fosse algo concreto. Eu os observava lá no fundo do abismo, um pouco acima deles, agarrando-me às paredes escorregadias com todo o suor e a força de minhas unhas. E confesso que um medo terrível se apoderou de mim. E se acabasse minha força? E quando me tornasse incapaz de trabalhar lado a lado com os homens fortes que ainda estavam por nascer? Aí, então, fiz um juramento. Era algo mais ou menos assim: *Todos os dias tenho trabalhado até a exaustão com meu corpo e apesar do número de dias que trabalhei, cheguei bem próximo do fundo do abismo. Deverei sair dele, mas não com os músculos do meu corpo. Não vou nunca mais trabalhar como trabalhei e que Deus me fulmine se um dia eu der de mim mais do que o meu corpo pode dar.* E desde então tenho me dedicado a fugir do trabalho duro.

A propósito, enquanto vagabundava por umas dez mil milhas pelos Estados Unidos e Canadá, entrei na cidade de Niagara Falls, fui pego por um policial à caça de multas, tive negado o direito de me declarar culpado ou inocente, fui imediatamente sentenciado a trinta dias de prisão por não ter residência fixa ou meio aparente de subsistência, algemado e acorrentado a um grupo em situação similar, despachado para Buffalo e registrado na penitenciária do condado de Erie; meu cabelo e meu incipiente bigodinho foram raspados, fui vestido com o uniforme de prisioneiro, vacinado compulsoriamente por um estudante de medicina que praticava em pessoas como nós, obrigado a marchar em fila e a trabalhar sob a vigilância de guardas armados com rifles Winchester – tudo isso por ter me lançado em aventuras ao estilo das feras louras. Para mais detalhes, esta testemunha declara-se muda, embora se possa desconfiar que seu exultante patriotismo tenha se evaporado um pouco e vazado por alguma fresta no fundo de sua alma – pelo menos, desde que passou por essa experiência, já se deu conta de que se interessa muito mais por homens, mulheres e criancinhas do que por linhas geográficas imaginárias.

Voltando a minha conversão. Acho que aparentemente meu individualismo feroz foi efetivamente extraído de mim e foi-me inculcada outra coisa, de forma igualmente eficaz. Mas, assim como eu havia sido um individualista sem saber, era agora um socialista sem saber, ou seja, um socialista não científico. Eu havia renascido, mas não havia sido rebatizado, e andava à toa por aí, tentando descobrir o que de fato era. Voltei para a Califórnia e abri os livros. Não me recordo quais abri primeiro. Este é um detalhe sem importância, de qualquer forma. Eu já era *isso,* seja lá o que *isso* fosse, e com a ajuda dos livros descobri que *isso* era ser socialista. Desde aquele dia abri muitos livros, mas nenhum argumento econômico, nenhuma demonstração lúcida da lógica e da inevitabilidade do socialismo me afeta tão profundamente e tão convincentemente como o dia em que vi pela primeira vez os muros do abismo social se erguerem à minha volta e me senti escorregando, escorregando, para as ruínas que se amontoavam lá no fundo.

O MEXICANO

I

Ninguém sabia sua história. Pelo menos não os da Junta. Era o mistério deles, seu benemérito da pátria, e à sua moda trabalhava duro, tanto quanto eles pela Revolução Mexicana. Demoraram para aceitá--lo, porque os membros da Junta não gostavam do rapaz. Quando surgiu nas salas barulhentas e cheias de gente, todos suspeitaram que fosse um espião – do serviço secreto de Diaz. Naquela época, muitos camaradas estavam nas prisões civis ou militares espalhadas pelos Estados Unidos; outros, algemados, eram levados para o outro lado da fronteira, encostados nos muros de adobe, e fuzilados.

À primeira vista, o rapaz não os impressionou bem. Porque era apenas um rapaz, dezoito anos no máximo, pouco desenvolvido para a idade. Apresentou-se como Filipe Rivera, e disse que queria trabalhar pela revolução. Só isso – nenhuma palavra a mais, nenhuma explicação. E ficou esperando. Não havia sorriso em seus lábios, nem doçura em seu olhar. O grande e impetuoso Paulino Vera estremeceu. Estava diante de algo terrível, inescrutável: nos olhos negros do rapaz brilhava o veneno de uma serpente. Eram olhos que ardiam como fogo frio, transmitindo uma imensa amargura concentrada. Com eles fitava, ora os conspiradores, ora a máquina de escrever onde mrs. Sethby trabalhava, concentrada. Aqueles olhos pousaram nela um instante – e como ela erguera os seus, também sentiu uma coisa estranha e parou de trabalhar. Teve que reler a página para retomar o ritmo da carta que escrevia.

Paulino Vera olhou intrigado para Arellano e Ramos; estes devolveram-lhe o olhar, intrigados também; depois olharam um para o outro. A indecisão da dúvida pairava entre eles. Esse jovem magricela era um desconhecido, e trazia consigo toda a ameaça de um desconhecido. Não era identificável, como se estivesse além do modelo característico dos revolucionários comuns e correntes, cujo ódio feroz de Diaz e de sua tirania era, afinal, um ódio de patriotas comuns e correntes. E havia algo mais que não conseguiam identificar. Paulino Vera, sempre o mais impulsivo e o mais rápido na ação, tomou a iniciativa.

– Muito bem – disse friamente. – Você diz que quer trabalhar pela revolução. Tire o paletó. Pendure-o ali. E eu lhe mostro – acompanhe-me – onde está o balde e o pano de chão. O assoalho está sujo. Você deve limpá-lo, assim como o assoalho das outras salas. É preciso limpar as escarradeiras. E, também, as janelas.

– É pela revolução? perguntou o rapaz.

– Sim, respondeu Paulino Vera.

Rivera parecia desconfiar de todos eles, mas foi tirando o paletó.

– Muito bem – disse.

E foi só. Todos os dias vinha para o trabalho, varria, esfregava e limpava. Tirava a cinza dos fogareiros, trazia carvão e gravetos, e acendia o fogo antes mesmo que os mais firmes e madrugadores revolucionários se sentassem às mesas.

– Posso dormir aqui? – perguntou um dia.

– Ah! Então é isso... aqui temos a mão de Diaz! Quer dormir nas salas da Junta para conhecer os seus segredos, listas de nomes, endereços dos camaradas no México...

Não aceitaram o pedido, e Rivera nunca mais tocou no assunto. Dormia em local desconhecido; também não se sabia onde, nem como se alimentava. Certa vez Arellano ofereceu alguns dólares ao rapaz. Rivera recusou, sacudindo a cabeça. Quando Paulino Vera interveio, insistindo para que aceitasse, o rapaz retrucou:

– Trabalho para a revolução.

Hoje em dia, é preciso dinheiro para se fazer uma revolução e a Junta nunca dispunha da quantia suficiente. Seus membros passavam fome e batalhavam, e por mais longo que fosse o dia, nunca era suficiente. No entanto, havia momentos em que se tinha a impressão que o avanço da revolução, ou seu fracasso, dependia de alguns dólares apenas. Uma vez – a primeira – quando o aluguel da casa ficou dois meses atrasado e o proprietário ameaçou despejá-los, foi Rivera, o rapaz da limpeza, que depositou sessenta dólares em ouro na mesa de May Sethby. E houve outras ocasiões. Trezentas cartas, produzidas nas ativas máquinas de escrever (com pedidos de assistência, de sanções dos grupos trabalhistas organizados, com solicitações de imparcialidade a editores, protestos contra as arbitrariedades cometidas contra os revolucionários pelos tribunais estadunidenses) permaneciam sem enviar por falta de dinheiro para os selos. O relógio de Paulino Vera desaparecera – o antiquado relógio, de ouro, que fora de seu pai. Também se fora a aliança de ouro de May Sethby. Todos se desesperavam. Ramos e Arellano cofiavam, exasperados, seus compridos bigodes. As cartas tinham que seguir e o correio não vendia selos a prazo. Foi quando Rivera pôs o chapéu e saiu. Voltou com um milheiro de selos de dois centavos, que pôs na mesa de May Sethby.

– E se for dinheiro de Diaz? – perguntou Paulino aos outros.

Estes franziram as sobrancelhas e ficaram indecisos; mas Filipe Rivera, o faxineiro da revolução, continuou a trazer ouro e prata para a Junta, quando era necessário.

Ainda assim os revolucionários não gostavam dele; não podiam se obrigar. Não o reconheciam. Seus modos eram muito diferentes, e Rivera não fazia confidências, evitando as perguntas. Embora fosse tão jovem, ninguém se atrevia a interrogá-lo.

– Um espírito solitário, talvez... Não sei, não sei – dizia Arellano, desanimado.

– Não é humano – acrescentava Ramos.

– Tem a alma ferida – disse May Sethby. – Apagaram sua luz e sua alegria. Parece morto e, no entanto, está terrivelmente vivo.

– Passou pelo inferno – disse Paulino Vera. – Ninguém é assim, a menos que tenha passado pelo inferno... e ainda é um garoto.

Mas não conseguiam gostar dele; Rivera não falava nunca, não fazia qualquer sugestão, por mínima que fosse. Ficava ouvindo, sem expressão; era uma presença morta. Só seus olhos viviam, frios e ardentes, enquanto a conversa dos outros sobre a revolução subia de tom e esquentava. Seu olhar ia de rosto em rosto, de interlocutor em interlocutor, furando como verrumas de gelo incandescente, desconcertando e perturbando...

– Espião não é – confidenciou Paulino Vera a May Sethby. – É um patriota – repare bem no que digo: o maior patriota de todos nós. Sei disso, sinto isso aqui no coração e na cabeça. Mas não o conheço, absolutamente.

– Ele tem mau gênio – disse May Sethby.

– Bem sei – respondeu Paulino, erguendo os ombros. Olhou-me com aqueles olhos dele, onde não existe amor: são olhos que ameaçam selvagens como os de um tigre bravo. Sei que me mataria se eu traísse a causa. Não tem coração. É cruel como o aço, pungente e frio como a neve. É como o luar numa noite de inverno caindo sobre um homem morrendo congelado em algum solitário pico de montanha. Não tenho medo de Diaz nem de todos os seus assassinos; mas deste rapaz... dele sim, tenho medo. Digo a verdade: tenho medo. Ele é o sopro da morte.

E no entanto, foi o mesmo Paulino Vera que convenceu os outros a dar a primeira tarefa de confiança a Rivera. A linha de comunicação entre Los Angeles e a Baixa Califórnia fora interrompida. Três camaradas foram obrigados a cavar suas próprias covas, e em seguida fuzilados, caindo dentro delas. Outros dois ficaram prisioneiros em Los Angeles. Juan Alvarado, o comandante das tropas federais, era um monstro. O fato prejudicava todos os planos dos revolucionários. Já não podiam ter acesso, na Baixa Califórnia, nem aos militantes, nem aos iniciantes.

Depois de dar-lhe instruções, despacharam Rivera para o Sul. Quando voltou, a linha de comunicação fora restabelecida e Juan Alvarado estava morto. Foi encontrado na cama, com uma faca enterrada até o cabo em seu peito. Isto extrapolava as instruções dadas a Rivera, mas os membros da Junta nada lhe perguntaram. Ele também não disse nada. Os camaradas se entreolhavam, fazendo conjecturas.

– Eu bem disse – comentou Paulino Vera – Diaz deve temer mais este rapaz do que qualquer outra pessoa. É implacável. É a mão de Deus.

O mau gênio, mencionado por May Sethby, e notado por todos, evidenciava-se fisicamente. Ora aparecia com um corte no lábio, ora com uma mancha negra na face ou com uma orelha inchada. Ficava claro que andara brigando em algum lugar longe do mundo – no lugar onde comia, ganhava dinheiro e se locomovia por caminhos que eram um mistério para seus camaradas. No decorrer do tempo, passara a imprimir o jornal revolucionário semanal que a Junta publicava. Havia ocasiões em que era incapaz de compor os tipos, ou por causa de seus punhos esfolados e doloridos, ou dos dedos machucados e sem forças, ou dos braços, ora um ora outro, caídos inertes ao longo do corpo enquanto o rosto se tornava tenso, expressando uma dor oculta.

– Um boêmio – dizia Arellano.

– Frequentador de lugares de má fama – dizia Ramos.

– Mas de onde vem o dinheiro? – perguntava Paulino Vera. Ainda hoje, agorinha mesmo, fiquei sabendo que foi ele que pagou o papel para o jornal: cento e quarenta dólares. – E suas ausências... – disse May Sethby. Nunca as explica.

– Vamos arranjar alguém para segui-lo – propôs Ramos.

– Eu é que não vou ser esse alguém – disse Paulino. – Acho que vocês nunca mais me veriam, exceto para enterrar-me. Rivera parece consumido por uma paixão arrasadora. Não vai permitir que ninguém interfira, nem o próprio Deus.

– Sinto-me infantil perto dele – confessou Ramos.

– Para mim ele é uma força: – um ser primitivo, um lobo selvagem, a serpente e o bote, o inseto que aferroa – disse Arellano.

– É a própria revolução – disse Paulino. Sua chama e seu espírito, o grito de vingança insaciável que não soa, mas que mata em silêncio. É um anjo destruidor, a caminhar nas mudas vigílias da noite.

– Tenho pena dele até as lágrimas – disse May Sethby. Não conhece ninguém. Odeia todo mundo. Tolera-nos porque somos o instrumento do seu desejo. Mas ele é só... é solitário... – E um soluço interrompeu-a, enquanto seus olhos se enchiam de lágrimas.

Os modos de Rivera eram mesmo, às vezes, misteriosos. Havia épocas em que passava uma semana inteira sem aparecer. Houve uma vez em que esteve ausente um mês. Ao voltar, sem aviso nem explicações, depositava na mesa de May Sethby moedas de ouro e de prata. Depois passava um período trabalhando na Junta. Em outras épocas desaparecia durante a manhã inteira, desde manhã cedo até bem depois do meio dia. Depois dessas ocasiões, chegava cedo e ficava até tarde. À meia noite Arellano o encontrava cuidando dos punhos com inchaços recentes, ou do lábio, rachado de pouco, e ainda sangrando.

II

Aproximava-se um tempo de crise. A revolução dependia da Junta, e a Junta estava em apuros. A necessidade de dinheiro era maior do que nunca, e o dinheiro era coisa difícil de obter. Patriotas entregaram o seu último centavo e não podiam dar mais. Trabalhadores seccionais – peões fugitivos do México – contribuíam com a metade de seu magro salário. Mas era preciso muito mais. A penosa luta de anos – a conspiração que tudo solapava – estava madura. Tinha chegado o momento. A revolução pendia na balança. Mais um empurrão, mais um último esforço, e os pratos da balança se inclinariam para a vitória. Eles conheciam o *seu* México. Uma vez desencadeada, a revolução caminharia sozinha. A máquina de Diaz cairia como um castelo de cartas. A fronteira estava pronta para o levante. Um ianque, com uma centena de membros da Industrial Workers of the World (IWW), esperava a senha para passar a fronteira e iniciar a conquista da Baixa Califórnia. Mas precisavam de armas. E do outro lado do Atlântico, todos precisavam de armas: aventureiros, mercenários, bandidos, americanos desligados de seus sindicatos, socialistas, anarquistas, desordeiros, mexicanos exilados, peões fugidos da escravidão, mineiros arrancados dos acampamentos de Coueur d'Alène e Colorado, todos capazes de lutar com o maior espírito revolucionário – o refugo e o rebotalho dos espíritos tumultuados do mundo moderno. Armas e munições, munições e armas, era o grito permanente e incessante.

Bastava que essa massa heterogênea, miserável e raivosa, cruzasse a fronteira – e a revolução estouraria. A alfândega, os portos de entrada ao Norte seriam capturados. Diaz não podia resistir. Não ousaria lançar o grosso do exército contra eles, pois tinha que defender o Sul. E, no Sul, a onda espalharia a revolta. O povo se levantaria. As defesas das cidades cairiam uma depois da outra. Estado após Estado cairia. E finalmente, de todos os lados, os exércitos revolucionários vitoriosos ocupariam a capital, a própria cidade do México, última cidadela do tirano.

Mas, e o dinheiro? Havia homens, impacientes por empunharem as armas. Havia negociantes para vendê-las e entregá-las. Mas, para semear a revolução, a Junta gastara até o último centavo. Gastara o último dólar e os últimos recursos; o último patriota fora ordenhado até secar, e a causa grandiosa oscilava os pratos da balança. Armas e munições. Os batalhões maltrapilhos precisavam se armar. Mas como? Ramos lamentava suas propriedades confiscadas. Arellano, sua mocidade perdulária. E May Sethby ficava imaginando se teria sido muito diferente caso os membros da Junta tivessem sido mais econômicos na juventude.

– Pensar que a liberdade do México dependeria de uns míseros milhares de dólares – disse Paulino Vera.

Via-se o desespero em seu rosto. José Amarillo, sua última esperança, um recém-convertido que prometera ajuda em dinheiro, fora preso em sua fazenda de Chihuahua e fuzilado de encontro ao muro de seu próprio curral. A notícia acabava de chegar.

Rivera, de joelhos, esfregando o chão, levantou os olhos e suspendeu a escova, seus braços nus pingando água suja e cheia de espuma.

– Bastam cinco mil dólares? – perguntou.

O espanto se estampou em todos os rostos. Paulino Vera sacudiu a cabeça e engoliu em seco. Não conseguia falar, mas naquele instante invadiu-o uma grande confiança.

– Encomendem as armas – disse Rivera e, em seguida, iniciou o discurso mais longo que até então já o tinham ouvido pronunciar.

– O tempo é curto – disse. – Em três semanas lhes trarei os cinco mil dólares. Então será chegado o momento para os que vão combater. É o que posso fazer.

Paulino Vera não podia acreditar no que ouvia: era incrível. Tantas esperanças tanto tempo acalentadas tinham ruído, desde que se entregara à revolução. Acreditava e ao mesmo tempo não ousava acreditar naquele esfarrapado faxineiro da revolução.

– Está maluco – retrucou.

– Volto em três semanas – disse Rivera. – Providenciem as armas.

Levantou-se, desenrolou as mangas da camisa e vestiu o casaco.

– Encomendem as armas – repetiu. – Estou indo.

III

Depois de muita pressa e correria, muitos telefonemas e frases obscenas, realizou-se uma reunião no escritório de Kelly. Ele vivia ocupado com seus negócios; mas não tinha sorte. Trouxera Danny

Ward de Nova York, arranjara uma luta dele contra Billy Carthey, dali a três semanas, mas há dois dias, o que fora cuidadosamente ocultado dos repórteres esportivos, Carthey estava de cama, gravemente ferido. E não havia quem o substituísse.

Kelly revirara todo Leste, tentando descobrir um peso pena, mas estavam todos comprometidos com lutas e contratos. Agora, porém, a esperança voltava, ainda que muito tênue.

– É corajoso – disse Kelly a Rivera, quando ficaram sozinhos.

Apenas um ódio maldoso brilhava nos olhos de Rivera, enquanto seu rosto permanecia impassível.

– Posso derrotar Ward – disse.

– Como sabe? Já o viu lutar?

Rivera sacudiu a cabeça.

– Ward pode derrotá-lo com uma só mão e os dois olhos fechados.

Rivera encolheu os ombros.

– Não tem nada a dizer? – provocou o empresário.

– Posso derrotá-lo.

– Mas com quem você já lutou? – perguntou Michael Kelly. Michael era irmão do empresário e dirigia o salão de Snooker Yellowstone, onde ganhava dinheiro com lutas de boxe.

Rivera apenas lhe dirigiu um olhar parado.

O secretário do empresário, jovem esportivo e distinto, deu uma risada irônica.

– Bem, você conhece Roberts – disse Kelly, rompendo o silêncio hostil. – Já devia estar aqui. Mandei chamá-lo. Sente-se e espere, ainda que, a julgar por sua aparência, você não tenha vez. Não posso tapear o público com uma luta vagabunda. As cadeiras de pista estão sendo vendidas a quinze dólares.

Quando Roberts chegou, via-se que estava semiembriagado. Era um homem alto, magro, de juntas bambas, e seu andar, bem como seu modo de falar, eram languidamente arrastados.

Kelly foi direto ao assunto.

– Olhe aqui, Roberts, você anda se gabando de ter descoberto este mexicaninho. Sabe que o Carthey quebrou o braço. Pois bem: este amarelinho teve o desplante de aparecer hoje aqui, dizendo que vai substitui-lo. Que tal? – Tudo bem, Kelly – respondeu Roberts, devagar. – Ele pode lutar.

– Ainda vai dizer que pode bater Ward – retrucou Kelly.

Roberts observou, criteriosamente:

– Não, não direi isso. Ward é um dos grandes campeões do ringue. Mas não pode enfrentar Rivera de surpresa. Conheço esse mexicano. Ninguém sabe como ataca. Não tem ataque conhecido. E luta com ambas as mãos. Pode derrubar o adversário em qualquer posição.

– Isso não tem importância. Que tipo de espetáculo pode oferecer? Durante toda a sua vida você treinou lutadores e os pôs em condições de lutar. Respeito a sua opinião. Será que Rivera poderá satisfazer o público pagante?

– Evidente que sim! E, além disso, vai dar trabalho a Ward. Você não conhece esse moço, mas eu conheço. Eu o descobri. Não tem ataque. Luta como o demônio. É sujo, se quer saber. Mas é capaz de oferecer um espetáculo de talento para por toda a plateia de pé. Não digo que vai vencer Ward; mas dará um espetáculo tal, que todos vão saber que ele promete.

– Muito bem. – Kelly voltou-se para o secretário. – Chame Ward. Disse-lhe que o chamaria se achasse que valia a pena. Está em frente, no Yellowstone, jogando dinheiro fora e bancando o importante. E para Roberts: – Aceita um trago?

Roberts provou o drinque e desabafou:

– Nunca lhe contei como foi que descobri essa peste. Há uns dois anos, apareceu na sede. Eu estava preparando Prayne para a luta contra Delaney. Prayne é maldoso. Não tem nem um pouquinho de misericórdia em todo o corpo. Golpeava os parceiros da maneira mais cruel, e eu não conseguia nenhum rapaz disposto a treinar com ele. Um dia vi esse mexicaninho, com fome, rondando por lá; estava desesperado. Agarrei-o, calcei-lhe as luvas e o empurrei para o ringue. Era mais duro do que couro cru, mas fraco. E não conhecia nem a primeira letra do alfabeto do boxe. Prayne deixou-o em pedaços. O rapazinho aguentou dois *rounds,* e desmaiou. De fome. Machucado? Não era possível reconhecê-lo. Dei-lhe meio dólar e uma refeição completa. Você precisava vê-lo devorar a comida. Fazia dias que não comia. É o fim, pensei. Mas no dia seguinte ele apareceu, dolorido mas rijo, pronto para mais um treino e outra refeição completa. E foi melhorando com o passar do tempo. Lutador nato, duro como ninguém. Não tem coração. É um pedaço de gelo. E desde que o conheci, nunca pronunciou mais do que dez palavras. Serra madeira e trabalha.

– Já o vi. Trabalha bastante para você – disse o secretário.

– Todos os grandalhões experimentaram a mão nele – respondeu Roberts. – E a peste aprendeu com eles. Vi que podia derrotar alguns. Mas seu coração não estava nisso. Percebi que não gostava do boxe. Pelo menos, assim me parecia.

– Nestes últimos meses tem lutado para alguns clubes pequenos – disse Kelly.

– Certo. Mas não sei o que lhe deu: de repente se entusiasmou, passou a gostar do boxe. Partia como um raio e varria todos os boxeadores locais. Disse que precisava de dinheiro, e ganhou muito, embora isto não se note pelas roupas que usa. É um tipo muito especial. Ninguém sabe o que faz. Ninguém sabe como passa o tempo. Mesmo quando trabalha, desaparece a maior parte do dia. Às vezes some semanas a fio. Não aceita conselhos. Há uma fortuna à espera do sujeito que consiga ser seu empresário, mas ele não quer ouvir falar nisso. Repare como insiste no pagamento em dinheiro quando estabelece as condições da luta.

Nessa altura Danny Ward chegou. Foi quase uma festa. Acompanhavam-no seu empresário e o treinador, e ele entrou todo animado, todo cordialidade e boa índole: um vencedor. Cumprimentos voavam à roda, uma piada aqui, uma resposta ali, um sorriso ou uma risada para todo mundo. Era o jeito dele, mas apenas em parte, sincero. Ward era bom ator, descobrira que a cordialidade era uma qualidade muito útil para abrir caminho na vida. Mas, debaixo da pele, ele era o lutador decidido, de sangue frio, olho atento ao negócio. O resto era máscara. Os que o conheciam ou negociavam com ele diziam que, quando se tratava de dinheiro, ele era Danny Ward. Estava presente em todas as reuniões de negócios, e dizia-se que seu empresário era um cego cuja única função era servir-lhe de porta-voz.

Rivera era diferente. Em suas veias corria sangue indígena, e também espanhol. Ficava sentado a um canto, calado, imóvel, os olhos negros passando de um rosto para outro, reparando em tudo.

– Então, esse é o sujeitinho – disse Danny, lançando um olhar agudo a seu futuro antagonista. – Como vai, meu caro?

Os olhos de Rivera ardiam venenosamente, mas parecia não ter notado o outro. Detestava todos aqueles gringos, mas odiava este com uma intensidade desconhecida até para ele mesmo.

– Senhor! – protestou Danny todo faceiro, dirigindo-se ao empresário. – Decerto não espera ver-me lutar com um surdo-mudo! – E quando as risadas se acalmaram, lançou outra piadinha: – Los Angeles deve andar bem ruinzinha, quando isso aí foi o melhor que você pôde desencavar. De que jardim da infância o tirou?

– É um rapaz muito bonzinho, Danny: acredite – defendeu-se de Roberts. – Não tão cômodo como parece.

Danny lançou um olhar distraído e ainda menos lisonjeiro para Rivera, e suspirou.

– Vai ser fácil comigo, creio. Contanto que não arrebente.

Roberts riu com desdém.

– É preciso cuidado – advertiu o empresário de Danny.

Não facilitar com um novato bem capaz de passar uma rasteira num homem de sorte.

– Vou ter cuidado, vou ter cuidado – disse Danny, sorrindo. – Vou pegá-lo logo no início e niná-lo, por amor ao querido público. Que acha de quinze *rounds,* Kelly... e, depois, lona?

– Está bem – foi a resposta – contanto que faça a coisa realisticamente.

– Então, mãos à obra – Danny fez uma pausa e um cálculo. – Naturalmente, sessenta e cinco por cento da bilheteria – o mesmo de Carthey. Ou dividimos de outro jeito: contento-me com oitenta. E para o empresário: – Certo?

O empresário concordou.

– Você aí, entendeu isso? perguntou Kelly a Rivera.

Rivera sacudiu a cabeça,

– Bem, o negócio é esse – explicou Kelly. – O bolo é de sessenta e cinco por cento da bilheteria. Você é substituto, ninguém o conhece. Você e Danny racham a renda: vinte por cento para você, oitenta para Danny. É justo, não é, Roberts?

– Muito justo, Rivera – concordou Roberts. – Você ainda não é famoso.

– E quanto serão sessenta e cinco por cento da receita de bilheteria? – perguntou Rivera.

– Oh!, talvez cinco mil, talvez até oito mil – atalhou Danny, explicando. – Algo por aí. A sua parte será mais ou menos mil ou mil e seiscentos dólares. Bom negócio para quem vai levar uma surra de um sujeito com a minha reputação. Que acha?

E foi aí que Rivera fez todo mundo perder a respiração. – O vencedor fica com tudo – disse, resolutamente.

Fez-se um silêncio mortal.

– É mamão com açúcar – disse o empresário de Danny.

Danny concordou.

– Estou há muito tempo nisto – explicou. – Não estou censurando o juiz nem nenhum dos presentes. Não estou dizendo nada contra os apostadores e as lutas fajutas que às vezes acontecem. Jogo limpo.

Mas ninguém pode prever: talvez eu quebre um braço, hein? Ou algum sujeito me embebede com uma pitadinha de maconha... – E balançando solenemente a cabeça: – Ganhe ou perca, minha parte é oitenta. Que acha, mexicano?

Rivera negou com a cabeça.

Danny explodiu. Agora descia a coisas práticas.

– Seu sujo fedorento! Tenho vontade de arrancar-lhe a cabeça agora mesmo.

Roberts arrastou o corpanzil para se interpor entre os briguentos.

– O vencedor leva tudo – repetiu Rivera, com expressão sombria.

– Por que não concorda? – perguntou Danny.

– Posso derrotá-lo – foi a resposta.

Danny começou a tirar o paletó. Mas o empresário sabia que aquilo era puro jogo. O paletó não foi tirado, e Danny consentiu em deixar-se acalmar pelo grupo. Todos simpatizavam com ele. Rivera estava só.

– Olhe aqui, seu idiota – disse Kelly, continuando a discussão. – Você não é ninguém. Sabemos o que andou fazendo estes últimos meses: vencendo lutadores locais de meia tigela. Mas Danny tem classe. Sua próxima luta será para a conquista do campeonato. Você não passa de um desconhecido. Fora de Los Angeles, ninguém ouviu falar de você.

– Vão ouvir – disse Rivera, encolhendo os ombros. – Depois desta luta.

– Pensa mesmo que pode me vencer? – perguntou Danny.

Rivera confirmou com um gesto da cabeça.

– Ora, vamos: escute a razão, rogou Kelly. – Pense nos anúncios.

– Quero o dinheiro – foi a resposta de Rivera

– Não poderá vencer-me nem num milhão de anos! garantiu Danny.

– Então por que me oferece recompensa? Se o dinheiro é tão fácil assim, por que não vai buscá-lo?

– Pois irei, não há dúvida! – berrou Danny com uma convicção repentina. – Vou lhe dar uma surra de morte no ringue, garoto, por estar brincando desse jeito comigo. Faça os artigos, Kelly: o vencedor leva tudo. Anuncie o fato nas colunas esportivas. Diga aos jornalistas que se trata de uma luta chorada. Vou dar uma boa nesse fedelho.

O secretário de Kelly começou a escrever, mas Danny o interrompeu.

– Pare! – gritou; e voltando-se para Rivera: – A pesagem?

– No ringue – foi a resposta.

– Absolutamente, seu atrevido! Se o ganhador leva tudo, vamos nos pesar lá dentro, às dez horas!

– O vencedor leva tudo? – inquiriu Rivera.

Danny confirmou com a cabeça. O caso estava encerrado. Ele entraria no ringue no auge de sua força.

– Pesagem às dez – disse Rivera.

A pena do secretário arranhava o papel.

– Quer dizer cinco libras – explicou Roberts a Rivera. Você já deixou escapar muita coisa. Já perdeu a luta aqui mesmo. Danny lutará como um touro, e você é um idiota. Será derrotado. Não lhe darão nem uma gota de água no inferno.

A resposta de Rivera foi um olhar calculado de ódio. Desprezava até mesmo esse gringo, que julgava o mais branco de todos.

IV

Quase ninguém reparou quando Rivera entrou no ringue. Saudaram-no sem entusiasmo apenas com alguns aplausos, fracos e dispersos. A casa não acreditava nele. Estava ali como o cordeiro levado ao matadouro pelas mãos do grande Danny. Não só isso: a assistência estava desapontada. Esperara uma violenta luta entre Danny Ward e Billy Carthey, e eis que agora teria de aceitar aquele mero aprendiz. Além disso, tinham manifestado sua desaprovação pela mudança, apostando dois e três contra um de Danny. E onde está o dinheiro das apostas de uma plateia, está também seu coração.

O mexicano sentou-se em seu canto e esperou. Danny demorava. Era um velho truque, mas funcionava com os lutadores jovens e novatos. Assustavam-se, sentados, convivendo com suas próprias apreensões e uma plateia cheia de fumantes. Mas desta vez o ardil não funcionou. Roberts tinha razão. Rivera não tinha nervos. Era mais delicado, mais coordenado, mais nervoso que qualquer um deles, mas, ao mesmo tempo, não tinha nervos da espécie que conheciam. A atmosfera que parecia pressagiar uma derrota certa não tinha qualquer efeito sobre ele. Seus técnicos eram todos gringos, e desconhecidos. Eram também a escória – os imundos detritos do pugilismo – sem honra, sem préstimo, ao mesmo tempo desanimados, certos de que o canto onde estavam era o canto de quem ia perder.

– Tenha cuidado – advertiu Spider Hagerty. (Spider era o chefe dos técnicos.) – Prolongue a luta o mais que puder, – são as instruções que Kelly me deu. Se a luta não durar, os jornais dirão que foi fajuta, e em toda Los Angeles reclamarão contra a farsa.

Nada disso estimulava, mas Rivera não se importou. Desprezava o pugilismo profissional, jogo detestado dos detestados gringos. Aceitara-o, bancando o cepo de açougueiro para outros, nas salas de treino, só porque estava morrendo de fome. O fato de que fora maravilhosamente feito para a luta nada significava. Odiava-a. Mas antes de se unir à Junta, nunca lutara por dinheiro; desde então conseguira dinheiro fácil. E não era o primeiro dos filhos do homem a ser bem sucedido numa profissão que desprezava.

Mas não analisava. Simplesmente sabia que tinha que ganhar essa luta. Não podia haver resultado diferente. Pois às suas costas, para apoiá-lo nessa crença, havia forças mais poderosas do que uma casa cheia podia imaginar. Danny Ward lutava por dinheiro e pela vida fácil que o dinheiro proporciona. Mas as coisas pelas quais Rivera lutava queimavam-lhe o cérebro – ardentes e terríveis visões que, de olhos arregalados, ele via com a mesma clareza com que as vivera, sentado sozinho ali no canto do ringue, à espera de seu adversário.

Via os muros brancos das fábricas hidráulicas de Rio Branco. Via os seis mil trabalhadores, famintos e desanimados, e as crianças de sete ou oito anos labutando em turmas, por dez centavos ao dia. Via os cadáveres ambulantes, os esqueletos dos homens que trabalhavam nas salas de tingir. Lembrava-se de ter ouvido o pai chamá-las de "buracos suicidas", pois um ano de permanência nelas bastava para matar. Viu o pátio pequeno, e sua mãe cozinhando e se esfalfando nos serviços domésticos mais pesados, e ainda assim encontrando tempo para acariciá-lo e amá-lo. E viu seu pai, grande, bigodudo e de peito largo, mais alto que os outros homens, seu pai que amava todos os homens e cujo coração era tão grande que seu amor transbordava pela mulher e os *muchachitos* que brincavam no pátio da casa. Naquele tempo ele não se chamava Filipe Rivera: chamava-se Fernandez, segundo o nome de seus pais, que o chamavam de Juan. Mais tarde, trocou de nome, pois descobrira que o nome Fernandez era odiado pelos delegados de polícia, pelos *jefes políticos* e os *rurales.*

Grande, generoso Joaquim Fernandez! Ocupava um grande espaço nas visões de Rivera. Naquele tempo não compreendia; mas, revendo o passado, agora compreendia. Via-o compondo em pequenos prelos, ou garatujando linhas apressadas e nervosas que nunca acabavam, na escrivaninha cheia. E podia ver as noites estranhas, em que trabalhadores chegavam secretamente, no escuro, como malfeitores, para se encontrarem com seu pai e falarem muitas horas, enquanto ele, o *muchacho,* nem sempre estava adormecido em seu canto.

Como de uma longa distância podia ouvir Spider Hagerty que lhe dizia:

– Não desistir no começo. Instruções deles. Deixe-se surrar e leve a grana.

Passaram-se dez minutos, e ele continuava sentado no seu canto. Não havia sinal de Danny, que evidentemente aproveitava o ardil ao máximo.

Enquanto isso, outras visões ardiam diante dos olhos de sua memória. A greve, ou antes, a suspensão do trabalho, por terem os homens de Rio Branco ajudado seus irmãos grevistas de Puebla. A fome, as expedições para as montanhas à cata de vagens, ervas e raízes que todos comiam, e que retorciam e davam cólicas nos estômagos de todos eles. Depois, o pesadelo: o espaço vazio em frente do armazém da companhia; os milhares de trabalhadores famintos; o general Rosalio Martinez e os soldados de Porfírio Diaz; e os rifles que vomitavam fogo e nunca paravam de atirar, enquanto as injustiças feitas aos trabalhadores eram lavadas uma e muitas vezes no sangue deles mesmos. E aquela noite, então! Viu os vagões-plataforma atulhados de cadáveres destinados a Vera Cruz – comida para os tubarões da baía. Rastejando sobre os horríveis montículos, buscou e encontrou, nus e desfigurados, seu pai e sua mãe. Lembrava-se especialmente de sua mãe – só com o rosto de fora, o corpo esmagado pelo peso de dúzias de corpos. Outra vez crepitaram os rifles dos soldados de Porfírio Diaz, e outra vez ele se deixou cair no chão e se esgueirou como um coiote perseguido.

Chegou-lhe aos ouvidos um grande estrondo, como o do mar, e ele viu Danny Ward, à frente de sua comitiva de treinadores e assistentes, avançando pelo corredor central. A casa urrava à chegada do herói, cujo destino era vencer. Todos o saudavam. Todos eram por ele. Até os próprios assistentes de Rivera se encheram de algo parecido com alegria quando Danny baixou a cabeça para saltar as cordas e entrar no ringue. O seu rosto espalhava uma sucessão de sorrisos, e quando ele sorria, todas as suas feições sorriam, até as ruguinhas nos cantos dos olhos, até o fundo de seus próprios olhos... Nunca existira lutador tão simpático. O seu rosto era um anúncio ambulante de bons sentimentos e de camaradagem. Conhecia todo mundo. Brincava, ria e cumprimentava os amigos por entre as cordas. Os que estavam mais longe, incapazes de conter sua admiração, gritavam alto:

– Danny, Danny! – E foi uma ovação de afeto jubiloso que durou cinco minutos inteiros.

Não percebiam Rivera. Para a plateia, ele não existia. O rosto espinhento de Spider Hagerty aproximou-se dele:

– Não se assuste – advertiu Hagerty. – E lembre-se das instruções. Tem que durar. Nada de cair. Se cair, temos instruções para fazê-lo levantar-se no vestiário. Sabe? Só é preciso que lute.

A casa começou a aplaudir. Danny atravessava o ringue em sua direção; depois se inclinou, pegou a mão direita de Rivera com as suas e chegou pertinho dele. A plateia aplaudiu, apreciando esse indício de espírito esportivo de Danny, que saudava o antagonista com o carinho de um irmão. Os lábios de Danny se moveram, e a plateia, interpretando as palavras inaudíveis como uma brincadeira de boa índole, tornou a aplaudir. Só Rivera ouviu essas palavras:

– Seu rato mexicano – silvou Danny entre os lábios sorridentes. – Vou arrancar o seu couro covarde.

Rivera não se moveu. Não se levantou. Apenas odiou-o com o olhar.

– Levante-se, cachorro! gritaram alguns homens por trás das cordas.

A multidão começou a vaiar e a assobiar diante de conduta tão pouco esportiva, mas Rivera continuou sentado. Outra grande explosão de aplauso irrompeu quando Danny cruzou o ringue de volta a seu canto.

Quando tirou o abrigo, ouviram-se "ohs!" e "ahs!" encantados. Danny tinha um corpo perfeito, dotado de grande elasticidade, saúde e força. Sua pele era branca como a de uma mulher, e igualmente macia. Nela residiam toda a graça e todo o poder. Provara-o em dezenas de combates. Sua fotografia era publicada em todas as revistas de cultura física.

Um ronco levantou-se quando Spider Hagerty puxou pela cabeça a camiseta de Rivera. Seu corpo parecia ainda mais magro por causa do moreno da pele. Tinha músculos; porém estes não apareciam como os do adversário. O que a plateia não viu foi o peito fundo de Rivera. Tampouco pôde adivinhar a dureza de sua epiderme, explosões instantâneas de seus músculos, a finura dos nervos que percorriam todos os seus membros e faziam dele um esplêndido mecanismo de luta. O que a plateia viu foi um rapazola de dezoito anos, de pele bronzeada, dotado de um corpo de menino. Quanto a Danny, tudo era diferente. Era um homem de vinte e quatro anos, e seu corpo era um corpo de homem. O contraste ficou ainda mais patente quando os dois se puseram de pé no centro do ringue para receber as últimas instruções do juiz.

Rivera viu que Roberts se sentara logo atrás dos repórteres esportivos. Estava mais bêbado que de costume, e sua fala era necessariamente mais arrastada.

– Vá devagar, Rivera – disse lentamente. – Ele pode matá-lo, não se esqueça disso. Vai sová-lo na saída, mas não se abale. Defenda-se, mantenha-o à distância e agarre. Ele não pode machucá-lo demais. Faça de conta que ele o está marretando na sala de treinamento.

Rivera não deu sinal de que ouvira.

– Diabo de sujeito carrancudo – resmungou Roberts para o homem mais próximo. – Foi sempre assim.

Mas Rivera se esqueceu de por no olhar o seu ódio costumeiro. Fuzis sem conta cegavam-lhe os olhos. Cada rosto da plateia, até onde a vista alcançava, e cada rosto das poltronas do alto, que custavam vários dólares, se transformavam em fuzis. E ele via a longa fronteira mexicana – árida, lavada de sol e dolorosa – e ao longo dela via os bandos esfarrapados que se atrasavam por falta de armas.

De volta ao seu canto só esperava o momento de levantar-se. Seus assistentes tinham saído pelas cordas, levando consigo o banquinho de lona. Diagonalmente, do outro lado do ringue, Danny o encarava.

O gongo bateu, e a luta começou. A plateia urrava, entusiasmada. Nunca antes tinha visto uma luta mais convincente. Os jornais tinham razão. Era uma luta sem quartel. Danny cobriu três quartas partes da distância na fúria de atingi-lo, anunciando plenamente a sua intenção de moer o mocinho mexicano. Assaltou-o não com um soco nem com dois, nem com uma dúzia. Danny era um giroscópio de murros, um torvelinho de destruição. Rivera não estava em parte alguma. Subjugava-o, sepultava-o uma avalanche de socos dados de todos os ângulos e posições por um mestre na arte do pugilismo. Foi esmagado, lançado contra as cordas, separado pelo juiz, e de novo lançado contra as cordas...

Aquilo não era luta; era uma matança, um massacre. Qualquer plateia, exceto a do boxe profissional, teria exaurido as suas emoções no primeiro minuto. Não havia dúvida de que Danny estava dando uma demonstração do que podia fazer – uma esplêndida exibição. Tal era a certeza da plateia, bem como o seu entusiasmo e favoritismo, que deixou de perceber que o mexicano continuava em seus próprios pés. Esqueceu-se dele. Raramente o avistava, de tanto que ele estava envolvido no ataque devorador de Danny. Passou-se um minuto, dois.... Então, num momento de separação, a plateia avistou o mexicano. Tinha o lábio cortado, o nariz sangrando, e quando se voltou cambaleando, de um corpo a corpo, seu sangue pingando, em contato com as cordas, fez listas vermelhas em suas costas. Mas o que a plateia não notou foi que seu peito não arfava e que seus olhos ardiam como sempre, friamente. Muitos haviam sido os aspirantes a campeão que, no cruel reboliço das salas de treinamento, tinham exercitado nele esse ataque arrasador. Rivera aprendera a viver com uma compensação que ia de meio a quinze dólares por semana – escola dura, que ele frequentara.

Então aconteceu uma coisa espantosa. A confusão redemoinhante e ruidosa cessou de repente. Rivera ficou sozinho: Danny, o temível Danny, caíra de costas. Seu corpo estremecia à medida que sua consciência lutava para voltar. Não cambaleara e caíra, nem desfalecera em queda lenta. O "gancho" direto de Rivera o derrubara no ar, tão súbito quanto a morte. O juiz empurrou Rivera para trás com uma das mãos, e ficou de pé ao lado do gladiador, contando os segundos. É costume das plateias de jogos profissionais aplaudir um golpe honesto de nocaute. Mas essa plateia não aplaudiu. A coisa foi inesperada demais. Observava a contagem dos segundos num silêncio de expectativa, e foi nesse silêncio que se ergueu a voz exultante de Roberts:

– Eu bem disse que ele lutava com as duas mãos!

Lá pelo quinto segundo Danny virou de costas, e quando o juiz contou sete, apoiou-se num dos joelhos, pronto para se levantar depois que o juiz contasse nove, mas antes que contasse dez. Se seu joelho ainda estivesse pousado no chão quando o juiz contasse "dez", Danny seria considerado vencido e fora do jogo. Mas no instante em que seu joelho se ergueu do chão, consideraram-no "de pé", e nesse instante Rivera tinha o direito de tentar novamente derrubá-lo. Mas Rivera não se arriscou. No momento em que o joelho se erguesse, tornaria a golpear. Danny andou à volta, o juiz rodando entre ambos, e Rivera se deu conta que os segundos que ele contara tinham sido contados muito devagar. Todos os gringos contra ele, até o juiz!

Ao contar "nove", o juiz deu um forte empurrão em Rivera. Era injusto, mas permitiu a Danny levantar-se, tendo um sorriso nos lábios. Meio dobrado para a frente, os braços envolvendo o rosto e o abdomem, Danny agarrou Rivera num corpo a corpo. Segundo todas as regras do pugilismo, o juiz devia tê-los separado, mas não o fez. Danny agarrava-se a ele como uma craca batida pela maré, e se recuperava a cada momento. O último minuto do *round* se aproximava. Se pudesse aguentar até o fim, Danny teria um minuto inteiro, em seu canto, para reviver. Com efeito, aguentou até o fim e reviveu, sorrindo através do seu desespero e da delicada situação.

– Esse sorriso não sai! – gritou alguém, e a plateia, aliviada, rompeu em altas risadas.

– O soco daquele nojento é terrível – disse Danny, ofegante, para o técnico, enquanto os assistentes massageavam-no freneticamente.

O segundo e o terceiro *rounds* foram mais mansos. Danny – ardiloso e campeão do ringue – afastava, bloqueava e prosseguia, dedicando-se à recuperação daquele estonteante golpe do primeiro *round*. No quarto *round* voltou a ser o que era. Estivera contundido e abalado, mas suas boas condições lhe permitiram recuperar o vigor. Mas já não empregava táticas de destruição para com o adversário. O mexicano lhe saíra um tártaro. Por conseguinte, trouxe para a luta as suas melhores forças combativas. Em ardis, perícia e experiência era o maior, e embora não pudesse desfechar nada vital, prosseguiu cientificamente, malhando e desgastando seu oponente. Vibrava três socos contra um de Rivera, socos que apenas castigavam, nenhum de maneira mortal. A soma de muitos desses socos constituía a sua força mortífera. Sentia respeito por esse novato ambidestro e seus espantosos golpes curtos de ambos os punhos.

Para defender-se, Rivera desenvolveu um desconcertante direto de esquerda. Uma e muitas vezes, ataque após ataque, dava o direto de esquerda afastado do seu adversário, acumulando estrago sobre estrago na boca e no nariz de Danny. Mas Danny era um Prometeu. Razão pela qual seria o futuro campeão. Podia mudar à vontade de um estilo de luta para outro. Dedicava-se agora à luta interna. E nisto era notavelmente perverso, o que o habilitava a escapar do direto de esquerda de Rivera. Várias vezes levou a casa ao delírio, coroando a sua tática com uma chave e um murro no queixo que levantaram Rivera no ar, deixando-o cair em cheio no tapete. Rivera apoiou-se num dos joelhos, aproveitando ao máximo a contagem, enquanto no fundo de sua alma percebia que o juiz tornava seus segundos mais curtos que os de Danny.

No sétimo *round,* Danny repetiu o diabólico *uppercut.* O único resultado foi aturdir Rivera; mas no momento seguinte, desamparado e sem defesa, ele o atirou por entre as cordas com um novo soco, e o corpo de Rivera saltou para cima das cabeças dos jornalistas. Estes o empurraram de novo para a beira da plataforma, fora das cordas. Aí ele se apoiou em um joelho, enquanto o juiz apressava a contagem. Dentro das cordas, pelas quais tinha de passar se abaixando, esperava-o Danny. O juiz não interferiu nem empurrou Danny para trás.

Entusiasmada, a casa repleta saiu fora de si.

– Mate-o, Danny! Mate-o! gritavam.

Uma multidão de vozes repetiu o refrão, que mais parecia uma canção de lobos famintos.

Danny fez o melhor que pôde, mas Rivera, quando o juiz contou "oito", em vez de "nove", passou inesperadamente pelas cordas e se firmou num corpo a corpo. Agora o juiz agia, apartando-os para que Danny pudesse golpeá-lo, dando a Danny todas as vantagens que um juiz injusto pode dar.

Mas Rivera sobreviveu, seu cérebro desanuviou-se. Era feito de uma só peça. Os outros eram os odiados gringos, todos injustos. E nas piores de suas visões continuaram a lampejar, a cintilar em seu cérebro, longas linhas de trilhos de estrada de ferro tremulando no deserto; os *rurales* e os policiais americanos; prisões e calabouços; vagabundos nos tanques de água – todo o doloroso panorama da sua odisseia após Rio Branco e a greve. E, resplandecente e gloriosa, viu a revolução vermelha varrendo a sua terra. Os fuzis estavam ali, à sua frente. Cada rosto odiado era um fuzil. Era pelos fuzis que lutava. Ele era os fuzis. Ele era a revolução. Lutava por todo o México.

A plateia começava a impacientar-se com Rivera. Por que não se deixava surrar como era de se esperar? Naturalmente, ia ser derrotado; mas por que se obstinava em lutar? Poucos se interessavam por ele, e estes eram a porcentagem certa e definida de apostadores que jogam em longo prazo. Pensando que Danny seria o vencedor, tinham apesar disso jogado no mexicano – quatro para dez e um para três. Uns poucos calculavam mais quantos *rounds* Rivera ia durar. Apostas desvairadas se fizeram fora do ringue, proclamando que ele não duraria sete *rounds*, sequer seis. Os vencedores de tais apostas, agora que o risco do seu dinheiro era evidente, reuniram-se no aplauso ao favorito.

Rivera recusava-se à derrota. Durante o oitavo *round* seu oponente em vão lutou para reter o *uppercut*. No nono, Rivera tornou a deixar a audiência boquiaberta. No meio de um corpo a corpo, desvencilhou-se com um movimento rápido e ágil, e no estreito espaço entre seus corpos, sua mão direita golpeou Danny. Este foi ao chão, mas valeu-se da lentidão da contagem. A multidão ficou atônita: Danny estava sendo derrotado pelo seu próprio jogo. O seu famoso *uppercut* de direita fora-lhe devolvido. Rivera não fez a menor tentativa para golpeá-lo quando ele se levantou com a contagem em "nove". O juiz estava bloqueando a luta abertamente, embora não interferisse quando a situação se inverteu e coube a Rivera levantar-se.

Duas vezes no décimo *round* Rivera desfechou o *uppercut* de direita, partindo da cintura para o queixo do adversário. Danny ficou desesperado. Sempre sorrindo, recomeçou seus ataques mortíferos. Por maior que fosse o redemoinho, não conseguia derrubar Rivera, enquanto este, entre névoa e rodopio, derrubou-o no tablado três vezes em seguida. Agora Danny já não se recuperava tão depressa, e no décimo primeiro *round*, sua situação era crítica. Mas daí até o décimo quarto *round*, desenvolveu a melhor exibição de toda a sua carreira. Mantinha distância, bloqueava, lutava economicamente, esforçando-se para recuperar as forças. Ao mesmo tempo lutava com toda a desonestidade de que é capaz um lutador. Empregou todos os estratagemas, agarrando seu rival, como por acidente, imobilizando a luta de Rivera entre o braço e o corpo, metendo sua própria luva na boca de Rivera para cortar-lhe a respiração. Muitas vezes, num corpo a corpo, com o lábio cortado mas sorridente, lançou os insultos mais vis e mais incríveis no ouvido de Rivera. Toda a gente, desde o juiz até o último espectador, estava com Danny, ajudava Danny. E todos sabiam o que ele pretendia. Superado pela caixa de surpresas que era aquele desconhecido, Danny fazia tudo convergir para um único soco.

Oferecia-se ao castigo, negaceava e esgrimia, encaminhando-se para aquela única abertura que o habilitaria a dar um golpe com toda a sua força e inverter a maré. Assim como fizera um lutador melhor e maior antes dele, Danny podia desfechar um direito e um esquerdo no plexo solar e nos maxilares de Rivera. Sem dúvida podia fazê-lo enquanto continuasse em pé, pois era conhecido pela força que tinha nos braços.

Os assistentes de Rivera mal cuidavam dele nos intervalos entre os *rounds*. Agitavam as toalhas com estardalhaço, mas era pouco o ar que faziam penetrar em seus pulmões ofegantes. Spider Hagerty dava-lhe conselhos, mas Rivera sabia que tais conselhos eram falsos. Todos estavam contra ele. Cercava-o a traição por todos os lados. No décimo quarto *round*, tornou a derrubar Danny, e ele mesmo ficou descansando, as mãos penduradas ao longo do corpo, enquanto o juiz contava. No outro canto ouvia sussurros. Viu Michael Kelly dirigir-se para Roberts, curvar-se para este e cochichar. Os ouvidos de Rivera eram ouvidos de gato, educados no deserto, e ele captou trechos do que diziam. Queria ouvir mais, e quando seu contendor se levantou, conseguiu um corpo-a-corpo encostado às cordas.

– Tem de vencer – ouviu Michael dizer a Roberts que aquiescia com um movimento de cabeça. – Danny tem de vencer. Senão perco uma casa da moeda inteira. Joguei nele uma tonelada de dinheiro – dinheiro meu! Se o rapaz aguentar o décimo quinto, estou quebrado. Ele o ouvirá. Atravesse-se em seu caminho.

Dali em diante Rivera não teve mais visões. Tentariam suborná-lo. Mais uma vez derrubou Danny e ficou parado, as mãos penduradas ao longo do corpo. Roberts levantou-se.

– Isso basta –, disse-lhe. – Vá para o seu canto.

Falava com autoridade, como muitas vezes lhe falara nas salas de treino. Mas Rivera o fitou com ódio e esperou que Danny se levantasse. De volta a seu canto no pequeno intervalo, Kelly, o promotor da luta, procurou-o e falou:

– Acabe com isso, desgraçado – disse em voz baixa e áspera. – Deixe-se derrotar, Rivera. Faça o que digo e garantirei o seu futuro. Da próxima vez deixo você derrotar Danny. Mas nesta, dê-se por vencido.

Rivera mostrou pelo olhar que ouvira, mas não deu sinal de concordar ou discordar.

– Por que não responde? – perguntou Kelly, zangado.

– De qualquer modo vai perder – acrescentou Spider Hagerty. – O árbitro não lhe dará a vitória. Escute o que Kelly está dizendo e deixe-se derrubar.

– Deixe-se vencer, garoto – pediu Kelly – e o ajudarei a alcançar o campeonato.

Rivera não respondeu.

– Eu o ajudarei, sim; mas agora, me ajude, garoto.

Quando o gongo bateu, Rivera percebeu que algo o ameaçava. A casa não. Fosse o que fosse, estava mesmo dentro do ringue ao lado dele. A segurança inicial de Danny pareceu voltar-lhe. Essa confiança assustou Rivera. Algum estratagema estava a pique de entrar em ação. Danny avançou, mas Rivera recusou o encontro, saltando a salvo para um lado. O que o outro queria era um corpo a corpo, de algum modo necessário ao estratagema. Rivera recuou e contornou, embora sabendo que cedo ou tarde o corpo a corpo e o estratagema viriam. Resolveu atraí-los, de uma vez por todas. Fingiu aceitar o corpo a corpo, no primeiro avanço de Danny. Em vez disso, no último instante, justo no momento em que seus corpos deveriam se encontrar, saltou agilmente para trás. No mesmo instante os assistentes de Danny lançaram o grito de "traição". Rivera os iludira. O árbitro parou, indeciso. A decisão que tremia em seus lábios não chegou a ser pronunciada, pois a voz aguda de um garoto das arquibancadas gritou, como uma flauta:

– Luta de novato!

Danny amaldiçoou Rivera abertamente e quis forçá-lo, mas Rivera se afastou de um salto. Tomou também a decisão de não mais golpear o corpo do adversário. Com isto jogou fora metade de sua oportunidade de vencer, embora sabendo que, se saísse vencedor daquela luta, seria graças ao resto de condições que lhe restavam. À menor oportunidade, iriam acusá-lo de traição. Danny lançara toda cautela ao vento. Durante dois *rounds* andou atrás do garoto que, por sua vez, não se atrevia a encontrá-lo de perto. Rivera foi golpeado muitas vezes: recebia dezenas de golpes para evitar o perigoso corpo a corpo. Durante essa suprema e final recuperação de forças de Danny, a plateia pôs-se em pé, enlouquecida. Não podia compreender. Só sabia que, no fim, seu favorito venceria.

– Por que não luta? – perguntou Danny, furioso, a Rivera. – É um covarde! Um covarde! Venha lutar, seu cão! Venha lutar!

– Mate-o! Mate-o, Danny! – gritava em peso, a plateia.

Em toda a sala, sem exceção, Rivera era o único a manter o sangue-frio. Por sangue e por temperamento era ali o mais apaixonado, mas tinha atravessado situações tão mais tensas, que aquela paixão de dez mil gargantas, elevando-se em onda após onda, era para seu cérebro não mais do que o frio de veludo de um crepúsculo de verão.

No décimo sétimo *round*, Danny conseguiu se recuperar. Rivera, sob um pesado golpe, inclinou-se e afrouxou. Sua mãos se dependuraram inertes enquanto ele cambaleava, recuando. Danny viu ali a sua chance. O rapaz estava à sua mercê. Foi assim que Rivera, esgrimindo os braços, o apanhou desprevenido, desfechando-lhe um direto em plena boca. Danny caiu. Quando se ergueu, Rivera derrubou-o, martelando o lado direito do seu pescoço e os maxilares. Três vezes repetiu o golpe. Era impossível qualquer árbitro qualificar tais golpes de traição.

– Oh! Bill! Bill! – suplicava Roberts ao árbitro.

– Não posso – lamentou o árbitro em resposta. – Ele não me dá chance.

Danny, derrotado e heroico, ainda tentava se levantar. Kelly e outros mais próximos do ringue começaram a gritar para que a polícia interrompesse a luta, embora os assistentes de Danny se negassem a jogar a toalha. Rivera viu um capitão de polícia gordo tentar, sem jeito, atravessar as cordas, mas não sabia o que isso poderia significar. Havia tantos modos de roubar nesse jogo de gringos! Danny, afinal em pé, cambaleava à sua frente como um bêbado sem defesa. O árbitro e o capitão já alcançavam Rivera, quando este desfechou o último golpe. Já não era preciso interromper a luta, pois Danny continuava caído no ringue.

– Conte! – gritou Rivera asperamente ao árbitro.

E quando a contagem terminou, os assistentes de Danny o carregaram para seu canto.

– Quem ganhou? – perguntou Rivera.

Relutante, o árbitro pegou sua mão enluvada e levantou-a.

Não houve congratulações para Rivera. Sozinho, ele se dirigiu para seu canto, onde os assistentes ainda não tinham posto o seu banquinho. Rivera apoiou as costas nas cordas e fitou-os com ódio; com ódio idêntico fitou a plateia, até incluir o último daqueles dez mil gringos. Seus joelhos tremiam, e ele soluçava de exaustão. Diante de seu rosto, os rostos odiados se balançavam para frente e para trás na tontura do seu enjoo. Lembrou-se então de que eles eram os fuzis. Os fuzis lhe pertenciam. A revolução podia continuar.

A VOLTA DO PAI PRÓDIGO

Josiah Childs era um homem bem normal. Parecia ser o que realmente era: um próspero comerciante. Usava um terno de sessenta dólares – um terno social de comerciante – cômodos sapatos de bico médio, feitos a mão por um bom sapateiro, mas sem exageros, colarinho e punhos adequados a um comerciante. Sua única ousadia era um desses chapéus a que chamam *derby* – última moda dos homens de negócios.

Oakland, na Califórnia, está longe de ser uma cidade provinciana tranquila e Josiah Childs, dono do principal armazém dessa orgulhosa cidade do Oeste americano, tinha um modo de vida, maneiras e aspecto adequados a suas altas funções.

Mas naquela manhã, antes de começarem a chegar os fregueses, o aparecimento de Josiah Childs no armazém provocou, senão um tumulto, pelo menos uma perturbação suficiente para parar durante uns trinta minutos o trabalho dos empregados. Cumprimentou com um sinal afável de cabeça os dois empregados que, na soleira da porta, carregavam os dois primeiros caminhões do dia. Depois do costumeiro olhar matinal para o grande letreiro da fachada, entrou no armazém. O letreiro dizia: "ARMAZÉM JOSIAH CHILDS", em belas letras douradas, de dimensões sóbrias e de bom gosto, que lembravam especiarias nobres, temperos aristocráticos, enfim tudo o que constitui o *nec plus ultra* em matéria de cosmetíveis (isso era o mínimo que se poderia esperar desse palácio-armazém, onde os preços eram 10% mais elevados do que em outros lugares). Ao dar as costas aos carregadores e entrar, Josiah Childs não percebeu o olhar de surpresa que os dois trocaram sobre seu aspecto. Interromperam o trabalho e, para evitar cairem de susto, apoiaram-se um no outro:

– Por essa você não esperava, hein, Bill? – sussurrou um.

– Não, e você? O que será que aconteceu com o patrão? – perguntou o outro.

– Sei lá. Será que vai a algum baile de máscaras?

– Quem sabe, a uma reunião de domadores de cavalos?

– Ou caçar ursos...

– Talvez pagar impostos.

Na verdade, vai visitar esses moloides do Leste! Monkton disse que ele vai direto para Boston...

Os dois homens se refizeram da surpresa e voltaram ao trabalho.

As roupas de Josiah Childs, com efeito, justificavam todos aqueles comentários. O chapéu duro, de aba larga, cercado por uma fita de couro ao gosto dos mexicanos, era da marca John B. Statson. Usava uma camisa azul de flanela com uma gravata com nó "à Windsor" e um casaco de veludo de algodão grosseiro, de ombros altos; as pernas das calças, do mesmo tecido, estavam metidas em botas de cano alto, dessas usadas pelos agrimensores, exploradores e operários especializados.

Um empregado, no primeiro balcão, ficou petrificado de espanto ao ver os estranhos trajes do patrão. Monkton, recém-promovido a gerente, ficou boquiaberto; depois, engoliu a saliva e retomou sua imperturbável atitude amável. A jovem caixa, do alto do box envidraçado no balcão interno, tão logo viu aquele fenômeno, escondeu o rosto atrás do livro-caixa para disfarçar o sorriso.

Josiah Childs percebeu o efeito produzido em seus subordinados, mas não se importou. Ia tirar férias, as mais aventureiras em dez anos. Toda espécie de projetos alegres, de prazeres antecipados passavam por sua cabeça e seu coração. Maravilhosas visões de East Falls, em Connecticut, e todas as cenas familiares dessa cidade, onde nascera e fora educado, desfilavam por sua memória. Oakland, era, sem dúvida, mais moderna que East Falls, e o espanto causado por seus trajes ridículos era coisa por que já esperava. Indiferente ao espanto que suscitava entre os empregados, ia e vinha, acompanhado de perto pelo gerente, dando os últimos conselhos, as instruções finais, lançando um olhar radiante, cheio de ternura, a todos os detalhes da grande empresa que construíra a partir do nada.

Tinha todas as razões para ter orgulho do grande Armazém Josiah Childs. Doze anos antes, desembarcara em Oakland com apenas quatorze dólares e três *cents* no bolso. Os *cents* não eram aceitos naquele lugar tão distante, no Oeste, e quando os quatorze dólares acabaram, continuou vegetando por algum tempo com os *cents* no bolso. Mais tarde, conseguiu um emprego numa mercearia modesta, com um salário de onze dólares por semana – o que lhe permitiu enviar, mensalmente, uma pensão a uma certa Agatha Childs, em East Falls, Conecticut. Os três *cents* serviram para comprar selos: Tio Sam não poderia recusar, nos correios, a moeda legal de seu país. Até então Josiah passara a vida nos estreitos limites da Nova Inglaterrra, onde sua perspicácia e seu tino para os negócios tinham se aguçado, afiados pela pobreza. De repente, viu-se jogado naquele meio pródigo e insaciável do Oeste, onde as pessoas pensavam apenas em notas de mil dólares e os vendedores de jornais caíam fulminados quando viam moedas de bronze. Josiah Childs embrenhou-se nesse novo mundo industrial e comercial, como um ácido sobre uma placa de prata. Era ambicioso e tinha grandes projetos. Imaginou mil maneiras de ganhar dinheiro rapidamente; todos os projetos se cruzavam ao mesmo tempo em seu cérebro.

Mas, como era sensato e prudente, absteve-se de especular. Só lucros substanciais e positivos o atraíam. Enquanto trabalhava no escritório, com salário de onze dólares semanais, observava e anotava as oportunidades perdidas, os mercados inexplorados, os inúmeros desperdícios de que era testemunha. Se, apesar de tudo, seu patrão prosperava, o que não conseguiria ele, Josiah Childs, com a educação espartana que tivera em Connecticut? A oportunidade inesperada se lhe apresentou como uma garrafa de vinho a um eremita sedento. Depois de trinta e cinco anos em East Falls, dos quais os últimos quinze em seu modesto emprego no escritório da principal mercearia daquela cidade, via-se nesse centro tão ativo do Oeste, onde existiam pessoas tão pródigas.

Imaginava inúmeras possibilidades. Mas não perdeu a cabeça. Nenhum detalhe lhe escapou. Dedicou as horas livres a observar os habitantes de Oakland, a maneira como ganhavam dinheiro e como o gastavam. Circulava pelas ruas principais e anotava para onde afluía a multidão de compradores, que chegava a contar, para fazer estatísticas. Estudava o sistema de crédito comercial e sabia quanto se pagava, como salário, em média, neste ou naquele lugar. Chegou a conhecer todos os cantos da cidade, desde os barracos na margem do rio até os bairros aristocráticos do lago Merrit e de Piedmont, desde a periferia do Oeste de Oakland, onde moravam os ferroviários, até Fritvale, habitada por sitiantes, no extremo oposto da cidade.

Sua escolha definitiva foi a Broadway, artéria principal, em pleno centro financeiro e onde ninguém jamais tivera a ideia maluca de se estabelecer com um mercado. Mas essa visão ambiciosa exigia muito capital, e ele tinha que começar com meios mais modestos. Foi no bairro pobre de Filbert, habitado por operários de uma grande fábrica de pregos, que abriu seu primeiro mercadinho. No fim de seis meses, três outras pequenas mercearias foram obrigadas a fechar suas portas, enquanto ele ampliava seus negócios. Tinha adotado o seguinte princípio: vender muito e com pouco lucro, oferecer mercadorias de boa qualidade e ter honestidade comercial. Descobriu, também, o segredo da publicidade. Toda semana oferecia um artigo que vendia abaixo do custo. Seu único empregado previu sua falência iminente, quando o viu vender por vinte e cinco *cents* a manteiga que lhe custara trinta, e oferecer por trinta e seis *cents* o quilo do café pelo qual pagara quarenta e quatro. As donas de casa, atraídas por essas ofertas, adquiriam também outros artigos, que, estes sim, davam lucro. Assim, logo todo o bairro ficou conhecendo o caminho do mercado de Josiah Childs, e o acúmulo de fregueses também se tornou uma atração.

Josiah Childs, no entanto, era muito esperto para deixar-se seduzir por esse início de prosperidade. Afinal de contas, sabia de que gênero de clientela dependia a sorte dessa prosperidade. Conversando com uns e outros, obtinha informações sobre a fábrica de pregos, chegando a conhecer detalhes da fábrica tão bem como seus próprios diretores. Um belo dia, sem que ninguém esperasse, vendeu o estabelecimento e, com uma modesta soma de dinheiro na mão, pôs-se a procurar outro local. Seis meses depois, a fábrica de pregos abriu falência e fechou definitivamente suas portas.

Abriu seu novo estabelecimento em Adeline Street, moradia de pessoas de salários mais altos. As prateleiras dessa mercearia foram abastecidas com mercadorias melhores e mais variadas. Mantendo seu antigo sistema, atraiu a freguesia com ofertas tentadoras, instalou um balcão de frios e uma doceira. Negociava diretamente com os fazendeiros, de modo que não apenas a manteiga e os ovos eram sempre frescos, como também de qualidade superior aos artigos equivalentes dos mais famosos mercados da cidade. O feijão cozido de Boston tornou-se uma de suas especialidades. Obteve tanto sucesso que uma grande fábrica de conservas, a Twin Cabin Bakery, comprou a preço de ouro o uso exclusivo da marca. Interessou-se pela agricultura, pelos processos de cultivo e pelas diferentes espécies de maçãs cultivadas.

Aprendeu, com alguns fazendeiros, a fabricar sidra de boa qualidade. A sidra da Nova Inglaterra obteve muita fama. Logo que essa nova marca conquistou São Francisco, Berkeley e Alameda, Josiah Childs transformou-a em um negócio à parte.

Mas não esquecia suas pretensões de instalar-se na Broadway. Aproximou-se cada vez mais do bairro de Ashland Park, onde todos os proprietários de terreno eram legalmente obrigados a construir prédios de, no mínimo, quatro mil dólares. Depois disso, foi a vez da Broadway.

Uma inexplicável predileção se manifestara no público. Os compradores se dirigiam para a Washington Street, onde os preços dos terrenos subiam a cada dia, em detrimento da Broadway, prejudicada por essa popularidade da Washington Street. Os grandes estabelecimentos, quando terminavam seus contratos de aluguel, mudavam-se todos para a Washington Street. Era um êxodo geral.

"O povo vai voltar", dizia Josiah Childs para si mesmo; mas guardava isso só para si. Conhecia as massas e seus caprichos. Oakland estava em pleno crescimento, e ele sabia porquê. Washington Street era um corredor comercial muito estreito para a circulação da cidade, que crescia sem parar. Era pela Broadway, por causa de sua posição geográfica, bem central, que passariam fatalmente os bondes elétricos, o que a tornaria um centro de grande atividade. Ao contrário, as imobiliárias diziam que o público nunca mais voltaria, e todo o grande comércio seguia a multidão. Desta forma, Josiah Childs conseguiu, por uma ninharia, alugar um imóvel de primeira linha com um contrato de longo prazo e opção de compra por um preço pré-determinado. Quando os corretores de imóveis viram estabelecer-se uma mercearia nessa rua seleta, declararam unanimemente que era o fim da Broadway. Mais tarde, quando o capricho das multidões levou-as de volta à Broadway, passaram a considerar Josiah Childs um homem de sorte; corria entre eles o boato que o negócio de Josiah lhe proporcionara, por baixo, cinquenta mil dólares de lucro.

Seu novo armazém era totalmente diferente dos anteriores. Nada de vendas abaixo do preço de custo! Fim dessas regalias para a clientela. Todos os artigos eram de primeiríssima qualidade, e os preços à altura da qualidade. Ele tinha em vista a clientela mais seleta da cidade, aquela que não olha o preço da mercadoria. Frequentavam sua mercearia apenas as pessoas cujos meios lhes permitiam pagar, sem pestanejar, dez por cento a mais do que em qualquer outro lugar. A qualidade das mercadorias era de tal ordem que seus clientes não passavam sem elas e nem pensavam em procurar outros comerciantes. Os cavalos e veículos de entrega eram os mais caros e os mais bonitos de toda a cidade; pagava a seus cocheiros, empregados, contadores, os salários mais altos. Resultado: tinha um pessoal mais competente e mais selecionado do que os outros e que prestava melhores serviços, tanto para ele como para os clientes. Em resumo, abastecer-se no Armazém Childs tornou-se termômetro infalível de um alto nível social e econômico.

Para completar, houve um grande terremoto, seguido de incêndio, em São Francisco. Essa catástrofe provocou um êxodo imediato de cem mil pessoas, que atravessaram a baía e se fixaram em Oakland. E Josiah Childs saiu lucrando com esse extraordinário golpe de sorte.

Eis em que circunstâncias, após doze anos de ausência, o agora rico comerciante ia rever sua cidade natal, East Falls, em Connecticut.

Durante todo esse tempo, não recebera uma única carta de Agatha, sua mulher, nem vira uma foto de seu filho.

Agatha e ele nunca tinham se entendido. Ela era uma tirana; além disso, falava demais e tinha ideias rígidas e atrasadas, muito ultrapassadas em matéria de moral. Alardeava aos quatro ventos esse rigor, o que não a tornava nada simpática. Josiah jamais chegou a compreender como se casara com aquela mulher. Por ocasião de seu casamento, ela, dois anos mais velha do que ele, era considerada uma solteirona. Até então era professora e deixara marcada na lembrança da geração jovem a imagem de uma educadora de implacável seriedade. O casamento fora para ela a substituição de vários alunos por um único, que devia educar. Josiah tornou-se, depois do casamento, o único objeto dos sermões e das investidas que ela dirigia aos que a cercavam. Como se realizara aquela união? Era difícil dizer. A melhor explicação talvez fosse a do tio Isaac no dia em que, conversando a sós com o sobrinho, confidenciou-lhe:

– Josiah, Agatha casou-se com você com o secreto desejo de aniquilar um rapaz em pleno vigor de suas forças. E acho, meu pobre rapaz, que dessa guerra, você vai sair perdendo! A menos – quem sabe, que você tenha coragem suficiente para fugir...

– Tio Isaac – respondeu Josiah – coragem eu tenho. Tenho muita coragem, pode crer, mas ela tem muito mais do que eu. Quando ela me agarra pelo colarinho, sinto-me derrotado, quase sem forças.

– Além disso, a sem vergonha tem a língua solta... – escarneceu tio Isaac.

– Pobre de mim! – concordou Josiah. – Estamos casados há cinco anos e, durante esse tempo, ela não mudou nada.

– Vá com calma, você ainda é moço – acrescentou tio Isaac.

Essa conversa acontecera nos últimos dias de sua vida em comum com Agatha. Os comentários do tio abriram perspectivas mais que suficientes para Josiah Childs. Embora se sentisse impotente diante da autoridade de Agatha, gozava de boa saúde física e mental. Tinha pela frente um futuro muito longo e precisaria de paciência demais para suportar Agatha. Tinha apenas trinta e três anos, e vinha de uma família longeva. Restava-lhe, pelo menos, metade da vida. A ideia de passar mais trinta e três anos ao lado de Agatha – mais trinta e três anos sendo repreendido por ela – parecia por demais atroz para ser encarada tranquilamente. Sem que ninguém esperasse, uma bela noite Josiah Childs desapareceu de East Falls. Desde então, durante doze anos, não recebera uma única linha de Agatha. Não a censurava por isso, pois ele próprio tomara o cuidado de não fornecer seu endereço. As primeiras pensões que ela recebera haviam sido remetidas de Oakland, mas as enviadas nos anos seguintes, e graças ao cuidados do remetente, tinham selos da maioria dos estados a oeste das Montanhas Rochosas.

Doze anos de distância e a autoconfiança adquirida em função de um merecido sucesso, tornaram suas lembranças mais amenas... Antes de mais nada, Agatha era a mãe de seu filho e, incontestavelmente, era uma mulher correta. O trabalho, menos duro agora, deixava-lhe mais tempo livre para ocupar-se de outras coisas além de seus negócios. Queria conhecer esse garoto que nunca vira e que, há mais de três anos, soubera ser seu filho. Tinha também saudades da cidade e queria pisar de novo na neve, pela primeira vez depois de doze anos, e comparar o gosto das frutas da Nova Inglaterra com o das californianas.

Pretendia ainda rever, antes de morrer, o local familiar em que nascera. Tinha tanta vontade de reviver um pouco a existência de outrora que sua imaginação ressuscitava as brumas do passado.

E, por fim, tinha uma obrigação a cumprir: Agatha não era sua mulher? Ele a traria consigo para o Oeste e achava que seria capaz de suportá-la. Não era agora um homem vivendo num mundo de homens? Ele mandava, não era mandado e Agatha logo perceberia isso! Voltar a viver com sua mulher tornava-se para ele uma questão de consciência.

Eis por que se vestira com aquelas roupas de provinciano: iria apresentar-se como o pai pródigo, que volta à casa sem um tostão, assim como partiu. Caberia a Agatha matar ou não um novilho cevado para festejar sua volta. Bateria à porta de mãos vazias – pelo menos aparentemente –, perguntando, preocupado, se o aceitaria de volta em sua antiga função, no armazém. A continuação da história dependeria de Agatha. Vejamos!...

Enquanto se despedia de seu pessoal e se dirigia para a calçada, percebeu que estavam carregando cinco outros caminhões de entrega. Lançou-lhes um olhar orgulhoso e, depois de uma última olhada cheia de ternura para o letreiro dourado e preto, fez sinal ao bonde para parar.

No vagão de luxo do trem que faz o trajeto de Nova York a East Falls, conversou com vários homens de negócios. O assunto era o Oeste e, em pouco tempo, Josiah era o centro das atenções: como presidente da Câmara de Comércio de Oakland, falava com autoridade; suas palavras tinham peso e ele entendia de todos os assuntos, fosse o comércio asiático, o canal do Panamá ou os trabalhadores japoneses. Nesse ambiente de respeitosa atenção, manifestada por esses prósperos negociantes do Leste, a viagem pareceu curta. Antes que percebesse, o trem chegou à estação de East Falls.

Foi o único passageiro a descer na estação deserta, onde não se esperava ninguém. O longo fim de tarde de janeiro chegava ao fim e, com a sensação do ar fresco, percebeu que suas roupas estavam impregnadas do cheiro de fumo. Involuntariamente, percorreu-o um calafrio: Agatha não suportava o cheiro de tabaco. Ameaçou jogar fora o cigarro que acabara de acender, quando se deu conta de que a atmosfera de East Falls – essa pesada atmosfera de outrora – recomeçava a oprimi-lo. Resolvido a combatê-la, pegou o cigarro e o apertou entre os dentes com a decisão que adquirira nos doze anos de permanência no Oeste.

Alguns passos mais e chegou àquela pequena rua, a principal do lugar: seu aspecto mesquinho, sórdido, causou-lhe uma impressão desagradável. Tudo lhe parecia hostil e gelado, até o próprio ar, quando comparado com o agradável calor da Califórnia. Raros transeuntes, dos quais não se lembrava, lançavam olhares indiferentes ao cruzar com ele. Sentia-os pouco sociáveis, frios e inacessíveis. Não conseguia voltar a si, tão surpreso estava. A concepção mais ampla de vida, que adquirira durante os doze anos no Oeste, fizera com que diminuísse, na imaginação, o tamanho e a importância de East Falls; mas, na realidade, a cidadezinha ainda era menor do que tudo que tinha imaginado. Tudo era muito mais medíocre do que se lembrava. Ao avistar o armazém onde começara, sentiu um nó na garganta. A comparação que tantas vezes fizera com seu vasto estabelecimento pareceu-lhe bem aquém da realidade. Qualquer de seus vendedores, com certeza, não ficaria muito tempo em tão miserável edifício. Com orgulho, percebeu que o armazém cabia inteiro num de seus depósitos de mercadorias.

Virou a esquina no fim da rua e, continuando pela calçada, achou que deveria, antes de mais nada, comprar luvas e um gorro. Por um momento reanimou-se, ao pensar nas alegrias do trenó deslizando na neve; mas, assim que chegou à periferia da cidadezinha, observou nauseado o aspecto pouco higiênico das pobres casas coladas a depósitos. As recordações cruéis voltaram a assaltá-lo: lembrou-se das manhãs de inverno, as mãos enregeladas e cobertas de rachaduras de tanto limpar a entrada de sua casa; sentiu um aperto no coração ao ver aquelas janelas duplas, próprias contra tempestades de neve. Os buracos de ventilação, do tamanho de um lenço, provocaram nele uma espécie de asfixia. "Agatha – pensou – vai adorar a Califórnia!"

Diante de sua imaginação apareceram vastos roseirais, embalados pelo Sol brilhante, com milhares de flores desabrochadas do fim do ano para cá. De repente, de maneira muito ilógica, o passado pareceu surgir de novo e toda a atmosfera pesada de East Falls abateu-se sobre ele como a úmida névoa marinha. Tentou sair desse torpor pensando em coisas sentimentais, como "essa boa neve", "a alegria da volta ao lar"; mas ao vislumbrar a casa de Agatha, fraquejou: todo seu entusiasmo artificial o abandonou. Sem perceber, e com remorso, jogou longe o cigarro que estava pela metade, e foi com a aparência prostrada e os passos arrastados e sem vida de outrora que chegou ao portão.

Procurou reanimar-se, lembrando-se de que era o proprietário do grande armazém Childs, habituado a comandar, o homem cujas palavras eram ouvidas com respeito na associação patronal e que presidia às reuniões da Câmara de Comércio. Tentou lembrar-se do letreiro negro e dourado, das filas de veículos alinhados na calçada de seu estabelecimento. Mas o espírito de Agatha – o espírito da Nova

Inglaterra – mais mordaz que o frio do ambiente, atravessou as paredes espessas, foi além daquelas centenas de metros que o separavam dela e voltou a possuí-lo.

Percebeu então que, apesar de tudo, livrara-se de seu cigarro. Esse detalhe trouxe-lhe à memória uma lembrança desagradável: viu-se escondendo-se na serraria para poder fumar à vontade. A imagem de Agatha aparecia-lhe mais suave pelo tempo quando cinco mil quilômetros os separavam. Era inconcebível. Não! Não poderia voltar à existência anterior. Estava muito velho agora, habituado às suas comodidades e a fumar pela casa inteira, para recomeçar com os segredinhos de antigamente. Ora, tudo ia depender do primeiro encontro. Muito bem! Ele imporia sua vontade... Fumaria, nesse mesmo dia, dentro de casa... (na cozinha, acrescentava a voz da fraqueza)... Não! (era a voz da autoridade). Já entraria com o cigarro na boca... Lá dentro, sem pedir licença, acenderia outro, ao mesmo tempo em que praguejaria contra o frio que enregelava suas mãos... Sua virilidade incendiou-se como um fósforo. Ah! ela ia ver quem é que mandava! Apenas tirasse o chapéu e ela perceberia os seus limites!

Josiah Childs tinha nascido naquela casa. Seu pai a construíra bem antes de ele nascer. Contemplava-a. Por cima da mureta de pedra viam-se a varanda e a porta da cozinha, a serraria com a qual ela se comunicava e as diversas dependências. Recém-vindo do Oeste, onde tudo era novo e em contínua transformação, essa imutabilidade não deixou de surpreendê-lo; tudo estava exatamente como antes. Viu-se, menino ainda, desempenhando as tarefas domésticas. Quanta madeira, nessa serraria, não serrara e rachara com o machado!... Esse tempo já ia longe, graças a Deus! A neve do corredor que levava à cozinha tinha sido retirada recentemente e ainda havia vestígios da pá. Essa era também uma de suas tarefas. Perguntava-se quem faria isso agora, quando se lembrou, repentinamente, de que seu filho deveria estar com doze anos. No instante seguinte, quando ia bater à porta da cozinha, o ranger de uma serra, vindo da serraria, fê-lo voltar-se. Entrou e viu um garoto forte e saudável, serrando madeira. Evidentemente, era seu filho. Tomado pela emoção – a voz do sangue – teve que fazer um grande esforço para dominar o impulso de lançar-se nos braços do menino:

– Seu pai está? – perguntou laconicamente, estudando a criança com muita atenção sob a aba rígida do chapéu.

"De bom tamanho para sua idade – pensava – o peito um pouco franzino, talvez por causa do crescimento." O rosto agradou-lhe: traços fortes, mas de aspecto amável, e olhos semelhantes aos do tio Isaac. Em suma, um lindo garoto...

– Não, senhor! – respondeu o rapaz, apoiando-se na serra.

– Onde ele está?

– No mar.

Ao ouvir esta resposta, Josiah Childs experimentou uma mistura de alívio e satisfação. Certamente, Agatha casara-se novamente... com um marinheiro. Mas, a essa sensação seguiu-se outra, desagradável, preocupante: Agatha cometera bigamia!... Josiah lembrou-se da clássica história de Enoch Arden, cuja aventura era lida pelo professor em classe. Via-se como um herói. Sem dúvida, era isso o que faria! Sairia sem alarde e pegaria o primeiro trem para a Califórnia. Ela não ficaria sabendo de sua vinda.

No entanto, refletindo melhor, verificou que algumas coisas não se encaixavam: em primeiro lugar, os princípios de Agatha em matéria de moral e suas ideias religiosas muito firmes, próprias da Nova Inglaterra. Além disso, ela recebia regularmente uma pensão do marido e sabia, portanto, que ele estava vivo... Não! Impossível que ela tivesse procedido assim! Esforçava-se mentalmente, à procura de uma resposta. E se ela tivesse vendido a velha casa e esse rapazinho fosse filho de outro qualquer?

– Como se chama, menino? – perguntou Josiah.

– Johnnie.

– E qual é seu sobrenome?

– Childs. Johnnie Childs.

– E o nome de seu pai?

– Josiah Childs.

– Disse que ele está no mar, não é?

– Sim, senhor!

Essas respostas deixaram Josiah pensativo.

– E como é seu pai?

– Ah! Senhor, mamãe diz que é um homem valente e um excelente pai de família. Envia regularmente para casa o dinheiro que ganha, e trabalha muito. Mamãe diz também que ele vale mais que todos os homens que ela conhece; não fuma, não bebe, não diz palavrão, enfim é um homem que sempre cumpriu e só cumpre o seu dever. Isso é o que diz mamãe, e ela o conheceu durante muito tempo, bem antes de casar-se com ele. Sim, ele é muito bom, incapaz de fazer mal a uma mosca. Mamãe sempre me diz que é o homem mais fino, mais educado que existe no mundo.

Josiah sentiu um aperto no coração: Agatha casara-se novamente, mesmo sabendo que seu primeiro marido ainda estava vivo! Não havia dúvidas quanto a isso! Mas, tudo bem, ele aprendera, no Oeste, a praticar a caridade; agora se apresentava uma ocasião para isso. Iria embora sem fazer escândalo, ninguém ficaria sabendo de sua visita. Mesmo assim, pensava, era muita mesquinhez de Agatha continuar recebendo seus cheques, já que se casara com esse homem bem comportado, esse marido exemplar que lhe enviava todo o seu salário! Buscava em sua memória, procurando descobrir quem poderia ser esse modelo de marido entre todos os homens de East Falls que conhecera:

– E como ele é?

– Não sei explicar. Nunca o vi. Está continuamente viajando pelos mares. Mas sei seu tamanho: mamãe diz que ele tem 1,80 m e que eu serei maior do que ele. Há uma foto dele em nosso álbum. Tem o rosto magro e costeletas.

Josiah ficou assombrado. Tinha 1,80 m de altura. Antigamente, usava costeletas e tinha o rosto magro. Além disso, Johnnie não dissera que o nome de seu pai era Josiah Childs?

Portanto, era ele, Josiah, aquele marido exemplar que não fumava, não dizia palavrões, não bebia! Aquele marinheiro excepcional! Aquele homem, enfim, cuja lembrança embelezada era tão piedosamente conservada pela imaginação indulgente de Agatha.

Sentiu uma profunda gratidão em relação a ela. Depois de sua partida, ela deveria ter sofrido uma mudança extraordinária. Ficou consumido de remorsos. Sentiu-se quase desmaiar ao pensar em como justificar agora a reputação que Agatha montara dele. Como não decepcionar esse menino de olhar tão confiante? Vamos! Deveria esforçar-se, após a retidão – tão inesperada – que Agatha tivera para com ele.

No entanto, a decisão que se dispunha a tomar estava destinada a nunca exigir tal sacrifício, pois a porta da cozinha se abriu e uma voz feminina, estridente e irritante, chegou aos seu ouvidos:

– Johnnie! ... Ei! ... O que está fazendo?

Quantas vezes não ouvira, outrora, essa mesma voz gritar: "Josiah! ... Ei! O que está fazendo?" Sentiu um calafrio. Inconscientemente, com o sobressalto de um garoto apanhado em flagrante, virou para sua mulher as costas da mão para esconder o cigarro. Sentia-se diminuído, humilhado, recuando para dentro da porta. Era a mesma Agatha de antigamente, a megera enrugada, com aquela curva irônica no canto da boca; só que agora a curva era mais acentuada, os lábios estavam mais finos e as rugas mais profundas. Fulminou Josiah com um olhar hostil, cruel:

– O que você está fazendo? – repetiu ao menino, que tremia visivelmente de medo, assim como Josiah. – Acha que seu pai se rebaixaria, conversando com vagabundos?

– Eu estava só respondendo às perguntas desse senhor... – protestou Johnnie, sem convicção. Ele queria saber...

– E você disse a ele, não é? – interrompeu ela num tom brusco. – O que esse vadio veio fazer aqui? Não, não tenho nenhum pedaço de pão!... Entrar assim na casa dos outros! Volte ao seu trabalho já. Vou ensiná-lo a não vadiar! Seu pai, ao contrário de você, era um homem muito trabalhador. Por que não segue o exemplo dele?

Johnnie curvou-se e a serra recomeçou a gemer. Agatha olhava Josiah com ar irritado. Evidentemente, não o reconhecera:

– E você, dê o fora, rápido! – ordenou-lhe em tom áspero. – Não quero vagabundos em minha casa.

Josiah sentiu-se paralisado. Umedeceu os lábios, abriu a boca, mas as palavras não vieram.

– Vamos! Fora, já disse! – repetiu ela com sua voz esganiçada. – Senão chamo a polícia!

Passivamente, Josiah obedeceu. Às suas costas ouviu a porta bater violentamente. Como num pesadelo, abriu o portão, o mesmo portão que havia aberto tantas vezes, e pos o pé na calçada. Estava atônito: devia ser um pesadelo, do qual logo iria despertar! Passou a mão na testa e parou, indeciso. O gemido monótono da serra chegava aos seus ouvidos, parecendo um lamento. Se esse menino tem no sangue um pouco do caráter dos Childs, mais cedo ou mais tarde fugirá também. Agatha conseguia esgotar a paciência de um anjo. Não mudara nada. Talvez sim, para pior, como se isso fosse possível! Aquele garoto fugiria dali qualquer dia, talvez logo... E, quem sabe, por que não agora?

Josiah Childs empertigou-se todo e pôs-se de lado, para não ser visto de dentro da casa. O impetuoso espírito do Oeste, com seu desprezo pelas consequências, desde que se tratasse de superar um simples obstáculo entre ele e o objeto de seu desejo, apoderara-se dele. Consultou seu relógio, recordou o horário do trem e, em voz alta, solenemente, fez para si mesmo esta promessa:

– Que se dane a lei! Esse menino, meu filho, não pode ser martirizado assim! Se necessário, duplicarei, triplicarei, até quadruplicarei a pensão dela, mas esse garoto vai comigo. Se ela quiser, poderá reunir-se a nós na Califórnia. Porém, redigirei um contrato definindo claramente os papéis de cada um. E ela, se quiser ficar comigo, terá que assiná-lo e cumpri-lo! E ela o fará, sem dúvida! – acrescentou com um sorriso amargo; era-lhe absolutamente necessário despejar a raiva em alguém.

Abriu o portão e dirigiu-se novamente para a serraria.

Johnnie levantou os olhos ao vê-lo entrar, mas continuou serrando.

– Diga, menino – perguntou Josiah em voz baixa, mas nítida – o que você mais deseja no mundo?

Johnnie hesitou e parou um momento de serrar; Josiah fez-lhe um sinal para que continuasse seu trabalho.

– Ir para o mar com meu pai – respondeu Johnnie.

Josiah tremeu de emoção.

– É verdade? É isso mesmo o que você quer?

– Sim, é o que mais quero! Ah! e como quero!

A alegria que se estampou no rosto do menino fez pender a balança.

– Muito bem! Venha aqui, meu rapaz. Escute bem: eu sou seu pai. Eu sou Josiah Childs. Você já pensou em fugir?

O menino fez um "sim" enérgico com a cabeça.

– Muito bem! É exatamente isso o que eu fiz! Eu fugi.

Tirou apressadamente o relógio do bolso.

– Temos o tempo exato de pegar o trem para a Califórnia. É lá onde moro atualmente. Talvez sua mãe vá encontrar-se conosco, em seguida. Eu lhe contarei toda a minha história durante a viagem. Venha!

Estreitou em seus braços, por um momento, o menino, amedrontado e confiante ao mesmo tempo. Depois, de mãos dadas, transpuseram correndo o quintal, o portão e desceram a rua. Ouviram a porta da cozinha abrir-se e, em seguida, estas últimas palavras:

– Johnnie! Seu preguiçoso! Por que parou de serrar? Espere um pouco que vou lhe dar uma lição! Você vai ver...

O HEREGE

"Levanto-me agora para trabalhar;
Peço a Deus que não falte ao meu dever.
Se morrer antes da noite,
Peço a Deus que tenha cumprido o meu dever.
Amém"

– Se não se levantar já, Johnny, não terá nem uma migalha para comer!

A ameaça não produziu qualquer efeito no rapaz. Aferrava-se ao sono, lutando pelo esquecimento, como o sonhador luta pelo seu sonho. Suas mãos fecharam-se, e ele socou o ar com golpes fracos e espasmódicos. Esses golpes eram dirigidos à mãe, mas ela os evitou, revelando grande prática, e agarrou-o bruscamente pelos ombros.

– Largue-me!

O grito saiu abafado a princípio, das profundezas do sono; elevou-se depois rapidamente, tornando-se um lamento de agressividade apaixonada e foi-se extinguindo num balbuciar inarticulado. Foi um grito bestial, como de uma alma atormentada, repleta de protesto e dor.

Mas ela não se impressionou. Era uma mulher de olhos tristes e rosto cansado, e já estava habituada a esta tarefa, que repetia todos os dias. Agarrou os cobertores e tentou puxá-los para trás; mas o rapaz, deixando de dar socos, agarrou-se a eles desesperadamente. Com um nó, aos pés da cama, conseguiu manter-se coberto. Ela então tentou arrastar a roupa para o chão. O rapaz se opôs. Ela fez força. Tinha mais força; rapaz e roupa cederam, o primeiro seguindo instintivamente a última, para se proteger do frio do quarto que lhe mordia o corpo.

Ao perder o equilíbrio, na beira da cama, pareceu que ia cair de cara no chão. Mas sua consciência despertou. Endireitou-se e, durante um momento, balançou perigosamente. Depois caiu, de pé, no chão. A mãe agarrou-o imediatamente pelos ombros e sacudiu-o. De novo os punhos se lançaram à frente, desta vez com mais força e direção. Simultaneamente, abriu os olhos. Ela largou-o. Estava acordado.

– Pronto! – resmungou.

Pegou o candeeiro e saiu apressadamente, deixando-o no escuro.

– Vai chegar atrasado – avisou ainda.

Ele não se importou com a escuridão. Quando acabou de se vestir, foi até a cozinha. Seu andar era pesado para um rapaz tão magro e leve. As pernas moviam-se com dificuldade, devido ao próprio peso, o que não parecia lógico, tão magras eram. Arrastou uma cadeira com o assento quebrado até a mesa.

– Johnny! – disse a mãe bruscamente.

O rapaz levantou-se com igual rapidez e, sem uma palavra, dirigiu-se ao lavatório. Era uma pia gordurenta e suja. Do ralo saía um mau cheiro. Nem percebeu. Que uma pia cheirasse mal era para ele uma coisa tão natural como aquele sabão fazer pouca espuma e estar encardido da água de lavar a louça. Nem se esforçou muito para que fizesse espuma. Algumas esborrifadas da água fria que corria da torneira completaram a operação. Não escovou os dentes. A verdade é que nunca vira uma escova de dentes nem sabia que existiam no mundo criaturas que cometiam a loucura de escovar os dentes.

– Não é capaz de se lavar um dia sem que eu mande – queixou-se a mãe.

Segurava a tampa quebrada da cafeteira enquanto servia duas xícaras de café. Ele não fez qualquer comentário, pois aquilo era uma questão permanente entre eles, sobre a qual a mãe se mostrava inflexível. Não havia um dia que não fosse preciso obrigá-lo a lavar-se. Enxugou-se numa toalha engordurada, úmida, suja e esfarrapada, que deixou seu rosto coberto de fiapos.

– Bem que gostaria de não morar tão longe – disse ela ao sentar-se. – Faço o que posso. Você bem sabe. Mas um dólar de renda faz tanta diferença, e aqui temos mais espaço. Você bem sabe.

Mal a escutava. Ouvia aquilo vezes sem conta. O âmbito dos seus pensamentos era limitado, e ela estava sempre a reprisar quanto era duro viverem assim longe das fábricas.

– Um dólar representa mais comida – observou ele sentenciosamente. – Prefiro fazer a caminhada e ter a comida.

Comeu apressadamente, mal mastigando o pão e empurrando para baixo com o café, os pedaços por mastigar. Davam o nome de café àquele líquido quente e turvo. Para Johnny era café – e excelente. Era uma das poucas ilusões da vida que ainda lhe restavam. Nunca na sua vida bebera café autêntico.

Além do pão, havia um pequeno pedaço de carne de porco, fria. A mãe tornou a encher sua xícara de café. Quando estava acabando o pão, ficou à espera de mais. Ela percebeu, o olhar inquiridor.

– Não seja egoísta, Johnny. Já teve sua ração. Seus irmãos e irmãs são menores que você.

Não respondeu à reprimenda. Era de poucas falas. Deixou também de olhar com fome e pedir mais. Não se lamentou, com uma paciência que era tão terrível como a escola onde a aprendera. Acabou o café, limpou a boca com as costas da mão e preparou-se para se levantar.

– Espera um segundo – disse a mãe, apressadamente. – Parece-me que você ainda tem direito a outra fatia de pão... uma fininha.

Seus gestos eram os de um prestidigitador. Fingindo cortar mais uma fatia, tornou a colocá-la na caixa própria e entregou-lhe uma das suas duas fatias. Julgou tê-lo enganado, mas ele notara a manobra.

Ainda assim, aceitou o pão sem constrangimento. Tinha a crença de que a mãe, devido à sua doença crônica, comia pouco.

Ela reparou que o rapaz mastigava o pão a seco e despejou a sua xícara de café na dele.

– Não me caiu bem no estômago esta manhã – explicou.

Um silvo distante, prolongado e agudo, levantou-os ao mesmo tempo. A mãe lançou um olhar ao pequeno despertador sobre a prateleira. Os ponteiros marcavam cinco e meia. Jogou um xale nos ombros, pôs na cabeça um chapéu desbotado, velho e sem forma.

– Temos que correr – disse ela, baixando a mecha do candeeiro e soprando pela chaminé.

Procuraram o caminho às apalpadelas e desceram as escadas. Estava claro e frio, e Johnny tiritou ao contato do ar exterior. As estrelas ainda não tinham começado a empalidecer no firmamento, e a cidade estava mergulhada na escuridão. Tanto Johnny como a mãe arrastavam os pés ao caminhar. Os músculos das pernas não tinham interesse algum em levantar os pés do chão.

Após quinze minutos em silêncio, a mãe virou para a direita.

– Não venha tarde – recomendou, ainda, da escuridão que já a engulia.

Johnny não respondeu e prosseguiu no seu caminho. No quarteirão da fábrica, abriam-se portas em todos os lados, e em breve ficou misturado à multidão que avançava, compacta, no meio da escuridão. Ao entrar pelo portão da fábrica, a sirene apitou de novo. Olhou na direção do Leste. Sobre um esfarrapado horizonte de telhados, uma luz pálida começava a insinuar-se. Foi tudo quanto viu do dia e, voltando-lhe as costas, juntou-se aos do seu grupo de trabalho.

Tomou o seu lugar numa das compridas filas de máquinas. Diante dele, por cima de um recipiente cheio de bobinas pequenas, havia bobinas grandes que giravam rapidamente. Torcia sobre estas o fio de juta das bobinas pequenas. O trabalho era simples. Tudo o que exigia era rapidez. As bobinas pequenas esvaziavam-se tão rapidamente e havia tantas bobinas grandes para encher que não tinha um momento de descanso.

Trabalhava mecanicamente. Quando uma bobina pequena se esvaziava, empregava a mão esquerda como travão para parar a bobina grande e, ao mesmo tempo, com o polegar e o indicador apanhava a extremidade solta do fio. Simultaneamente, com a mão direita apanhava a extremidade solta de uma bobina pequena. Estas várias manobras com ambas as mãos eram executadas simultânea e rapidamente. Depois, num instante, dava um nó de tecedeira e soltava a bobina. Não tinha qualquer dificuldade em dar nós de tecedeira. Gabou-se uma vez de ser capaz de dar os nós dormindo. E com efeito fazia-o às vezes, trabalhando séculos numa só noite, dando uma sucessão infindável de nós de tecedeira.

Alguns dos rapazes esquivavam-se, desperdiçando tempo e máquinas por não substituírem as bobinas pequenas quando elas se acabavam. E havia um vigilante para evitar isto. Apanhou o vizinho de Johnny em flagrante e deu-lhe um puxão de orelhas.

– Olha ali para o Johnny... por que não faz como ele? – perguntou o vigilante iradamente.

As bobinas de Johnny giravam com toda a força, mas ele não se impressionou com o elogio indireto. Há tempos... mas isso fora há muito, muito tempo. Seu rosto apático permaneceu inexpressivo ao ouvir ser apontado como um exemplo brilhante. Era o operário perfeito. Sabia disso. Já lhe tinham dito muitas vezes. Era um lugar comum e parecia já não significar nada para ele. De operário perfeito evoluíra para máquina perfeita. Quando o trabalho saía mal, acontecia com ele o que acontece com a máquina: era devido a defeito de material. Teria sido tão impossível a um molde perfeito de pregos cortar pregos imperfeitos, como ele cometer um erro.

E não admira. Desde sempre estivera em comunhão íntima com as máquinas. As máquinas quase o haviam gerado. De qualquer forma, fora criado no meio delas. Doze anos atrás, houvera uma agitação na sala dos teares daquela mesma fábrica. A mãe de Johnny desmaiara. Estenderam-na no chão, no meio das máquinas que guinchavam. Chamaram duas mulheres idosas dos teares. O capataz assistiu. E, poucos minutos depois, havia na sala dos teares mais uma alma, além das que tinham entrado pela porta. Era Johnny, nascido com o martelar e o estrépito dos teares nos ouvidos, inspirando à primeira respiração o ar quente e úmido, carregado de fiapos em suspensão. Tossira, logo nesse dia, para libertar os pulmões dos fiapos; e, pela mesma razão, nunca mais deixara de tossir.

O rapaz ao lado de Johnny soluçava e fungava. Seu rosto estava transtornado de ódio pelo vigilante que, à distância, mantinha um olhar ameaçador sobre ele; mas todas as bobinas giravam com toda a força. O rapaz proferia pragas terríveis contra as bobinas giratórias que tinha diante de si; mas sua voz não chegava meia dúzia de passos além, pois o rumor da sala era como uma parede.

Johnny não reparava em nada disto. Tinha o hábito de aceitar as coisas. Além disso, a repetição torna as coisas monótonas, e este fato particular ele já presenciara vezes sem conta. Parecia-lhe tão inútil opor-se ao vigilante como desafiar a vontade de uma máquina. As máquinas são feitas para funcionar de certa maneira e executar determinadas tarefas. O mesmo acontecia com o vigilante.

Mas às onze horas houve agitação na sala. De maneira aparentemente oculta, a excitação espalhou-se imediatamente por toda a parte. O rapaz coxo que trabalhava do outro lado de Johnny correu velozmente, mancando, para um vagão de bobinas que estava vazio. Desapareceu lá dentro, com muleta e tudo. O superintendente da fábrica aproximava-se, acompanhado de um homem novo. Estava bem vestido e usava uma camisa engomada. Era, segundo a classificação de Johnny, um *gentleman* e, além disso, o "Inspetor".

Observava atentamente os rapazes à medida que passava. Às vezes parava e fazia perguntas. Para isso era obrigado a gritar a plenos pulmões, e então seu rosto ficava comicamente contorcido com o esforço de se fazer ouvir. O seu olhar arguto reparou na máquina ao lado de Johnny, mas não disse nada. Johnny mereceu também a atenção dele, e se deteve bruscamente. Agarrou o braço de Johnny para afastá-lo um passo da máquina; mas soltou-o, com uma exclamação de surpresa.

– É muito magro – comentou o superintendente, com um risinho ansioso.

– É só pele e osso – foi a resposta. – Olhe para aquelas pernas. O rapaz tem raquitismo... incipiente, mas tem. Se não vier a ser epiléptico é porque contraiu tuberculose primeiro.

Johnny escutava, mas não compreendia. Além disso não estava interessado em doenças futuras. Existia uma desgraça mais imediata e mais séria que o ameaçava, no aspecto do inspetor.

– Agora vai me dizer a verdade, meu rapaz – disse o inspetor, ou antes, gritou, debruçando-se junto da orelha do rapaz para se fazer ouvir. Quantos anos tem?

– Catorze – mentiu Johnny. E mentiu com toda a força dos seus pulmões. Mentiu tão alto que começou a tossir, com uma tosse seca e intermitente que levantou os fiapos de algodão que vinham se acumulando nos seus pulmões durante toda a manhã.

– Parece ter pelo menos dezesseis – disse o superintendente.

– Ou sessenta – retrucou o inspetor.

– Está sempre igual.

– Há quanto tempo? – cortou o inspetor.

– Há anos. Parece que nunca envelhece. – Ou o contrário, diria eu. Suponho que sempre trabalhou aqui...

– Com algumas interrupções... mas isso foi antes de ter saído a nova lei – apressou-se a acrescentar o superintendente.

– Esta máquina está parada? – perguntou o inspetor, apontando a máquina desocupada, ao lado de Johnny, na qual as bobinas, meio cheias, giravam loucamente.

– Parece que sim. – O superintendente chamou o vigilante e gritou qualquer coisa em seu ouvido, apontando para a máquina. – Está desocupada – informou depois o inspetor.

Passaram adiante, e Johnny retomou o trabalho, aliviado porque o mal fora afastado. Mas o rapaz coxo não teve tanta sorte. O arguto inspetor içou-o por um braço, de dentro do vagão. Os lábios dele tremiam, e o rosto tinha a expressão de alguém sobre quem tivesse caído uma desgraça profunda e irremediável. O vigilante parecia estupefato, como se fosse a primeira vez que punha os olhos em cima do rapaz, enquanto o rosto do superintendente exprimia surpresa e desagrado.

– Eu já o conheço – disse o inspetor. – Tem doze anos. Já o despedi de três fábricas, este ano. Com esta é a quarta. – Voltou-se para o rapaz coxo. – Você tinha me prometido, sob palavra de honra, que iria para a escola.

O rapaz coxo desfez-se em lágrimas.

– Por favor, sr. Inspetor, morreram dois bebês em nossa casa, e somos muito pobres.

– Por que é que tosse tanto? – perguntou o inspetor, como se o acusasse de um crime.

Como se protestasse sua inocência, o rapaz coxo replicou:

– Não é nada. Resfriei-me a semana passada, sr. Inspetor, mais nada.

Por fim o rapaz coxo saiu da sala com o inspetor, acompanhado pelo superintendente ansioso e desfazendo-se em protestos. Depois disto a monotonia instalou-se de novo. A longa manhã e a tarde ainda mais longa foram-se arrastando, e a sirene apitou para largar o trabalho. A escuridão já tinha caído quando Johnny saiu pelo portão da fábrica. Neste intervalo, o Sol tinha feito do céu uma escada dourada, inundara o mundo com o seu calor afável, descera e desaparecera, a oeste, por trás de um horizonte de telhados.

A ceia era a refeição familiar do dia – a única refeição em que Johnny se encontrava com os irmãos e irmãs mais novos. Era um verdadeiro encontro de guerra para ele, pois era muito velho, enquanto eles eram aflitivamente jovens. Não tinha paciência para a juventude excessiva e espantosa deles. Não a compreendia. A sua própria infância já ficara muito para trás. Era como um homem velho e irritável a quem aborrecia a turbulência da juventude deles que considerava como tolice rematada. Comia de cenho franzido e silencioso, encontrando compensação no pensamento de que eles em breve teriam de começar a trabalhar. Isso ia tirar deles aquele vigor, acalmá-los e dignificá-los... como a ele. E era assim, conforme é hábito dos seres humanos, que Johnny se transformava em padrão pelo qual media todo o universo.

Durante a refeição, a mãe explicou de várias formas e repetidas vezes que tentava fazer o melhor que podia; e foi com alívio que a magra refeição chegou ao fim, e Johnny arredou a cadeira e se levantou. Hesitou durante um momento, entre a cama e a porta da frente, e por fim saiu pela última. Não foi longe. Sentou-se no limiar, as pernas dobradas e os magros ombros inclinados para a frente, com os cotovelos apoiados nos joelhos e as palmas das mãos sustentando o queixo.

Não pensava em nada, assim sentado. Estava apenas descansando. Era como se estivesse dormindo. Os irmãos e as irmãs saíram, e ficaram brincando ruidosamente em volta dele com outras crianças. Uma lâmpada elétrica, na esquina, iluminava as suas travessuras. Bem sabiam que ele estava rabugento e irritável; mas o espírito da aventura tentou-os a provocá-lo. Deram as mãos diante dele e, balançando os corpos no compasso, cantaram para ele versos misteriosos e pouco lisonjeiros. A princípio ele rosnou umas pragas que aprendera com diversos capatazes. Mas, verificando que isto era inútil e lembrando-se da sua dignidade, recolheu-se num silêncio obstinado.

Seu irmão Will, o mais próximo, que fizera há pouco dez anos, era o que comandava a roda. Johnny não experimentava em relação a ele sentimentos particularmente afetuosos. A vida fora bem cedo amargurada por ter que continuamente ceder para Will. Tinha a firme convicção de que Will estava em grande débito para com ele e era ingrato quanto a isso. Durante as suas brincadeiras, num passado já longínquo e obscuro, vira-se roubado de grande parte do seu tempo de folguedos pela obrigação de tomar conta de Will. Era então um bebê, e já nessa altura, tal como hoje, a mãe deles passava os dias nas fábricas. Sobre Johnny recaíra a tarefa simultânea de pai e de mãe.

Will parecia revelar os benefícios desses cuidados. Era bem constituído, bastante forte, tão alto como o irmão e mais pesado. Era como se o sangue da vida de um tivesse sido desviado para as veias do outro. E espiritualmente acontecia o mesmo. Johnny estava cansado, gasto, sem alegria, enquanto o irmão mais novo parecia transbordar de exuberância.

A cantilena trocista elevou-se cada vez mais. Will aproximou-se, enquanto dançava, pondo a língua de fora. O braço esquerdo de Johnny disparou e agarrou o outro pelo pescoço. Simultaneamente bateu com seu punho ossudo no nariz de Will. Era um punho pateticamente ossudo. Mas que machucava, como provava o grito de dor que se seguiu. As outras crianças guincharam, assustadas, enquanto a irmã de Johnny corria para o interior da casa.

Johnny afastou Will de si, desferiu-lhe pontapés nas canelas, selvagemente, e em seguida agarrou-o e esfregou-lhe a cara na lama. Não o soltou sem que a cara tivesse sido esfregada várias vezes. A mãe chegou nesta altura: era um turbilhão anêmico de solicitude e ira materna.

– Por que ele não me deixa em paz? – foi a resposta que Johnny deu à sua admoestação. Não vê que estou cansado?

– Sou tão grande como você – bradava Will nos braços da mãe, com o rosto feito máscara de lágrimas, lama e sangue. – Já sou tão grande como você, e vou ficar maior. Então hei de dar-lhe uma surra... você vai ver...

– Devia ir trabalhar, já que é tão grande – rosnou Johnny. – Seu mal é esse. Devia trabalhar. E a sua mãe é que devia mandá-lo trabalhar.

– Mas ele é novo demais – protestou esta. É ainda um menino.

– Eu ainda era mais novo quando comecei a trabalhar.

A boca de Johnny estava aberta, para continuar a exprimir a sensação de injustiça que sentia, mas fechou-se com um estalo. Rodou tristemente nos calcanhares e dirigiu-se gravemente para casa e para a cama. A porta do seu quarto estava aberta para deixar entrar o calor da cozinha. Enquanto se despia na semipenumbra, ouviu a mãe conversando com uma vizinha que fora visitá-la. A mãe estava chorando, e o seu discurso era interrompido por soluços de consternação.

– Não posso compreender o que se passa com Johnny – ele a ouviu dizer. – Ele não era assim. Era paciente como um anjo.

"E é bom rapaz – apressou-se ela a defendê-lo. Trabalha sempre. Começou cedo demais. Mas a culpa não foi minha. Faço o que posso, tenho certeza."

Seguiram-se uns suspiros prolongados, vindos da cozinha, e Johnny murmurou para si, quando seus olhos se fechavam: "Não tenha dúvidas que trabalhei sempre".

Na manhã seguinte foi arrancado pela mãe dos braços do sono. Depois seguiu-se o frugal café da manhã, a caminhada no meio da escuridão, e o pálido vislumbre do dia por cima dos telhados das casas, quando ele lhe voltou as costas e entrou pelo portão da fábrica. Era um outro dia, e todos os dias eram iguais.

No entanto, houvera mudanças na sua vida – ocasiões em que mudara de um emprego para outro, ou em que estivera doente. Aos seis anos, fazia de pai e de mãe para Will e para as outras crianças mais novas ainda. Aos sete anos, entrara na fábrica – para enrolar bobinas. Aos oito, arranjara trabalho noutra fábrica. O novo emprego era maravilhosamente fácil. Tudo quanto tinha a fazer era sentar-se, com uma varinha na mão, e guiar uma corrente de tecido, que passava diante dele. Esta corrente de tecido saía das mandíbulas de uma máquina, passava por um cilindro quente e prosseguia caminho para outro lugar qualquer. Mas ele estava sempre sentado no mesmo lugar, onde a luz do dia nunca chegava, com um bico de gás flamejante sobre a sua cabeça, ele próprio constituindo uma parte do mecanismo.

Estava muito contente com este trabalho, não obstante o calor úmido, porque era ainda muito novo e tinha sonhos e ilusões. E sonhava sonhos maravilhosos, enquanto observava a corrente de tecido que passava continuamente. Mas o trabalho não requeria qualquer exercício nem esforço intelectual, e ele foi sonhando cada vez menos; seu espírito foi se tornando cada vez mais apático e sonolento. Ganhava, no entanto, dois dólares por semana, e dois dólares representavam a diferença entre a fome aguda e a subalimentação crônica.

Mas aos nove anos perdeu o emprego. O sarampo foi a causa. Quando ficou bom, arranjou trabalho numa fábrica de vidro. O ordenado era melhor, e o trabalho requeria habilidade. Era um trabalho por empreitada, e, quanto mais hábil, mais se ganhava. Isto era um incentivo. E sob este incentivo tornou-se um operário notável.

O trabalho era simples: prender tampas de vidro em garrafas pequenas. Trazia na cintura a meada de barbante. Segurava as garrafas entre os joelhos, para poder trabalhar com as duas mãos. Nesta posição, sentado e curvado sobre os joelhos, os seus ombros estreitos foram se encurvando; o peito ficava contraído durante dez horas por dia. Não fazia bem para os seus pulmões, mas ele atava trezentas dúzias de garrafas por dia.

O superintendente tinha grande orgulho dele e trazia visitantes para observarem-no. Em dez horas passavam-lhe pelas mãos trezentas dúzias de garrafas. Isto significava que ele atingira a perfeição da máquina. Todos os movimentos inúteis eram eliminados. Todos os movimentos dos seus magros braços, cada movimento de um músculo dos dedos magros, eram rápidos e precisos. Trabalhava sob grande tensão, e o resultado foi tornar-se nervoso. À noite seus músculos se contraíam durante o sono, e durante o dia não conseguia descontrair-se nem descansar. Permanecia dobrado, e os músculos continuavam a contrair-se. Adquiriu um aspecto doentio e piorou da tosse provocada pelos fiapos. A pneumonia apoderou-se dos fracos pulmões dentro do seu peito contraído, e perdeu o emprego na fábrica de vidro.

Agora voltara para as fábricas de juta, onde tinha nascido com as bobinas giratórias. Sua promoção estava iminente. Era um bom operário. Passaria para a sala da goma e depois para os teares. Depois disto não havia mais nada, a não ser o aperfeiçoamento.

As máquinas funcionavam mais depressa do que quando ele principiara a trabalhar, e seu espírito funcionava mais devagar. Já não sonhava, embora seus primeiros anos tivessem sido cheios de sonhos. Estivera apaixonado uma vez, quando começara a guiar o tecido para o cilindro quente; e foi pela filha do superintendente que ele se apaixonou. Ela era muito mais velha, uma senhorita. Vira-a à distância, uma escassa meia dúzia de vezes. Mas isso não importava. Sobre a superfície da corrente de tecido que passava diante dele, vislumbrava futuros radiantes em que executava prodígios, inventava máquinas maravilhosas, ganhava a direção da fábrica e, no final, tomava-a nos braços e beijava-a sobriamente na testa.

Mas isso tudo fora há muito tempo, antes de ficar demasiado velho e cansado para amar. Além disso, ela se casara e partira, e a imaginação dele adormecera. Fora contudo uma experiência maravilhosa, e ele costumava recordar-se dela, como os outros homens e mulheres costumam se lembrar do tempo em que acreditavam em fadas. Ele nunca acreditara em fadas nem em Papai Noel; mas acreditara implicitamente no futuro risonho que a sua imaginação forjara à beira da torrente fumegante de tecido.

Fizera-se homem muito cedo. Sua adolescência começou aos sete anos, quando recebeu seu primeiro salário. Foi criando um certo sentido de independência, e as relações entre ele e a mãe modificaram-se. Ganhando e provendo ao sustento da família, realizando seu próprio trabalho no mundo, estava quase em pé de igualdade com ela. A maturidade, a maturidade completa, verificou-se aos onze anos, altura em que foi trabalhar no turno da noite, durante seis meses. Não é possível uma criança trabalhar no turno da noite e continuar criança.

Houve alguns grandes acontecimentos em sua vida. Um destes foi quando sua mãe comprou umas ameixas da Califórnia. Dois outros, quando ela fez pudim, por duas vezes. Tinham sido estes os acontecimentos. Lembrava-se deles com agrado. Nessa altura, a mãe falara-lhe de um prato delicioso que ela havia de fazer qualquer dia, "ilha flutuante", como ela o chamara, "melhor do que pudim". Durante anos, ansiara pelo dia em que se sentaria à mesa com a "ilha flutuante" à sua frente, até que por fim relegou a ideia para o limbo dos ideais inatingíveis.

Uma vez encontrara uma moeda de prata na calçada. Esse fora também um grande acontecimento em sua vida, sobretudo, um acontecimento trágico. Sabia qual era o seu dever, desde o instante em que os seus olhos viram brilhar a prata, antes mesmo de a ter apanhado. Em casa, como de costume, não havia comida suficiente, e em casa devia entregá-la, como fazia com os seus salários, nos sábados à tarde. Era óbvia, neste caso, a conduta correta; mas jamais gastara dinheiro nenhum, do que ganhava, e estava faminto de balas. Estava ávido dos doces que só provava em dias de festa.

Não tentou enganar a si próprio. Sabia que era pecado, e pecou deliberadamente, entregando-se a uma orgia de quinze centavos de balas. Guardou dez centavos para uma orgia futura; mas como não estava habituado a andar com dinheiro, perdeu os dez centavos. Isto aconteceu na altura em que estava sofrendo todos os tormentos de consciência, e tomou-o como um castigo divino. Acreditava e temia a proximidade de um Deus terrível e colérico. Deus tinha visto e Deus apressara-se em castigá-lo, negando-lhe até o salário completo do pecado.

Recordava-se sempre deste acontecimento como o maior ato criminoso de sua vida, e, a esta recordação, a consciência despertava sempre e fazia-o sentir novos remorsos. Era o esqueleto escondido em seu armário. Além disso, sendo tão minucioso, recordava-se sempre do fato com pena. Sentia-se desgostoso com a maneira como gastara os vinte e cinco centavos. Podia tê-los investido melhor e, conhecendo a rapidez de Deus, podia tê-lo vencido, gastando os vinte e cinco centavos de uma só vez. Em retrospectiva gastava mil vezes aqueles vinte e cinco centavos, e de cada vez com mais proveito.

Havia uma outra recordação do passado, desbotada e nebulosa, mas gravada para sempre em sua alma pela bota cruel de seu pai. Era mais um pesadelo do que a recordação de uma coisa concreta – era como as reminiscências genealógicas do homem, que o fazem cair em sonhos e remontam à sua árvore ancestral.

Esta recordação nunca lhe ocorria durante o dia ou quando estava completamente acordado. Era de noite, na cama, no momento em que sua consciência mergulhava e se perdia no sono. Fazia-o sempre acordar assustado, e durante um momento, no primeiro instante de pavor, julgava estar atravessado aos pés da cama. Ali desenhavam-se as formas vagas do pai e da mãe. Não se lembrava de como era o pai. Conservava uma única impressão dele: a de que tinha pés selvagens e impiedosos.

Possuía recordações antigas, mas nenhuma recente. Todos os dias eram iguais a ontem, e o ano passado era o mesmo que mil anos... ou o mesmo que um minuto. Nunca acontecia nada. Nunca havia acontecimentos que marcassem a marcha do tempo. O tempo não andava. Era sempre o mesmo. Só as máquinas giravam, e para parte nenhuma – apesar de girarem mais depressa.

Aos catorze anos, foi trabalhar na engomadeiria. Um acontecimento colossal. Acontecera finalmente qualquer coisa que merecia ser recordada, depois de uma noite de sono ou do pagamento semanal. Marcava uma era. Constituia uma olimpíada, uma data. "Quando fui trabalhar na engomadeiria"; ou "depois", ou "antes de ir trabalhar na engomadeiria", eram frases constantes em seus lábios.

Celebrou o seu décimo sexto aniversário ingressando na sala dos teares e tomando conta de um deles. Ali também recebeu um incentivo, porque o trabalho era feito por empreitada. E distinguiu-se, porque o barro de que era feito fora moldado pelas fábricas, tendo-se transformado numa máquina perfeita. Ao fim de três meses, trabalhava com dois teares e, mais tarde, três e quatro.

Ao fim de dois anos nos teares, produzia mais metros do que qualquer outro tecelão, e mais do dobro do que alguns dos menos hábeis. E em casa as coisas começaram a prosperar, à medida que ele se aproximava do máximo das suas possibilidades de angariar dinheiro. Não quer dizer, no entanto, que o aumento dos seus salários excedesse as necessidades. As crianças estavam crescendo. Comiam mais. Iam à escola, e os livros escolares custavam dinheiro. De qualquer modo, quanto mais depressa ele trabalhava, mais depressa aumentava o preço das coisas. Até o aluguel subiu, não obstante o estado da casa ter passado de mau a péssimo.

Tinha crescido; mas o aumento de estatura fazia-o parecer mais magro do que nunca. Estava também mais nervoso. Com o nervosismo, aumentaram sua irritabilidade e seu mau humor. As crianças, depois de muitas e amargas lições, haviam aprendido a respeitá-lo. A mãe respeitava-o pelo seu poder de ganhar dinheiro, mas este respeito era um tanto mesclado de temor.

A vida não tinha alegrias para ele. Jamais observava a procissão dos dias. As noites eram dormidas numa inconsciência sobressaltada. Trabalhava o resto do tempo, e a sua consciência era a consciência da máquina. Fora isto, seu espírito ficava vazio. Não tinha ideais e possuía apenas uma única ilusão: o café que bebia era excelente. Era um animal de carga. Não tinha vida espiritual nenhuma. No entanto, nas criptas profundas do seu espírito, sem que o percebesse, estavam sendo pesados e analisados cada instante do seu labor, cada movimento de suas mãos, cada esforço de seus músculos; e faziam-se preparativos para um curso de ação futura, que espantaria a ele e a seu pequeno mundo.

Foi no fim da primavera que regressou do trabalho para casa, uma noite, sentindo um cansaço desacostumado. A atmosfera era de expectativa aguda quando se sentou à mesa, mas ele não notou. Manteve-se num silêncio taciturno durante a refeição, comendo mecanicamente o que tinha diante de si. As crianças soltavam "huns" e "ahs" e davam estalos com a língua. Mas ele estava surdo a tudo.

– Você sabe o que está comendo? – perguntou a mãe por fim, desanimada.

Johnny olhou com ar ausente para o prato que tinha diante de si e com ar ausente a fitou.

– "Ilha flutuante" – anunciou ela em triunfo.

– Oh! – fez ele.

– "Ilha flutuante"! – repetiram as crianças, alto e em coro.

– Oh! – disse ele. E após duas ou três colheradas, acrescentou:

– Parece-me que não tenho apetite esta noite. Pousou a colher, arredou a cadeira e levantou-se da mesa com dificuldade.

– E parece que vou me deitar...

Arrastava os pés mais do que o costume, ao atravessar a cozinha. Despir-se foi uma tarefa titânica, uma dificuldade mostruosa, e chorava debilmente, ao rastejar para se meter na cama, com um sapato ainda calçado. Tinha a sensação de que qualquer coisa inchava dentro da sua cabeça e o fazia sentir-se tonto e estúpido. Sentia seus dedos finos agora da grossura de um pulso, enquanto a extremidade deles lhe transmitia uma sensação vaga e confusa como o seu cérebro. As costas doíam-lhe intoleravelmente. Todos os seus ossos doíam. Doía tudo. E dentro da cabeça começou a sentir os guinchos, o ranger e o crepitar de um milhão de teares. O espaço estava todo cheio de lançadeiras que voavam. Moviam-se de um lado para o outro, intrincadamente, por entre as estrelas. Governava, ao mesmo tempo, mil teares que trabalhavam mais e mais depressa, e o seu cérebro ia se desenrolando, e transformou-se no fio que alimentava as mil lançadeiras volantes.

No dia seguinte não foi trabalhar. Estava demasiado ocupado, tecendo nos mil teares que giravam dentro de sua cabeça. A mãe foi para o trabalho, mas, antes, mandou chamar o médico. "Um forte ataque de gripe", declarou. A irmã fez de enfermeira e cumpriu as suas instruções.

Foi um ataque muito forte, e só uma semana depois Johnny conseguiu vestir-se e pôr-se de pé, com dificuldade. "Mais outra semana", disse o médico, e estaria em condições de voltar ao trabalho. O capataz da sala dos teares foi visitá-lo no domingo à tarde, o primeiro dia da sua convalescença. "O melhor tecelão da sala", declarou ele à mãe. Seu lugar estaria à espera dele. Podia regressar ao trabalho, de segunda-feira a uma semana.

– Por que não lhe agradece, Johnny? – perguntou a mãe ansiosamente. – Tem andado tão doente, que não está em si – explicou ao visitante, com ar de desculpa.

Johnny sentou-se, acocorado, de olhos fitos no chão. Continuou na mesma posição, muito tempo depois do capataz ter ido embora. Estava quente lá fora; à tarde foi sentar-se na soleira da porta. As vezes mexia os lábios. Parecia mergulhado em cálculos sem fim.

Na manhã seguinte, quando o dia esquentou, retomou seu lugar na soleira. Tinha papel e lápis, desta vez, para continuar os seus cálculos, e fez, com dificuldade, contas e mais contas.

– Que é que vem a seguir aos milhões? – perguntou, à tarde, quando Will chegou da escola. – E como é que se trabalha com eles?

Nessa tarde terminou sua tarefa. Todos os dias, mas sem papel nem lápis, voltava para a soleira. Parecia muito absorvido na árvore que havia do outro lado da rua. Estudava-a durante horas a fio, e mostrava-se particularmente interessado quando o vento abanava os ramos e sacudia as folhas. Durante a semana toda, pareceu absorto, em grande comunhão consigo mesmo. No domingo, sentado na soleira, riu alto, por várias vezes, com grande espanto de sua mãe que há anos não o ouvia rir.

Na manhã seguinte, ainda muito escuro, ela veio até sua cama para acordá-lo. Tinha posto o sono em dia durante toda a semana, e acordou facilmente. Não lutou nem tentou agarrar-se aos cobertores, quando ela os puxou. Ficou quieto e falou calmamente.

– Não vale a pena, mãe.

– Vai se atrasar – disse esta, convencida de que ele ainda estava tonto com o sono.

– Estou acordado, mãe, e estou lhe dizendo que não vale a pena. Pode me deixar em paz. Não vou me levantar.

– Mas vai perder o emprego! – exclamou ela. – Não me levanto – repetiu ele numa voz estranha e inexpressiva.

Ela também não foi trabalhar nessa manhã. Isto era uma doença pior do que qualquer das doenças que conhecia. A febre e o delírio, compreendia-os; mas isto era loucura. Cobriu-o com os cobertores e mandou Jennie, a irmã, chamar o médico.

Quando este chegou, Johnny dormia sossegadamente, e sossegadamente acordou e consentiu que lhe tomassem o pulso.

– Não tem nada – declarou o médico. – Está muito debilitado, mais nada. Tem só ossos.

– Foi sempre assim – disse a mãe.

– Agora vá embora, mãe, e deixe-me acabar de dormir.

Johnny falou doce e placidamente, e doce e placidamente voltou-se para o lado e continuou a dormir.

Às dez horas acordou e vestiu-se. Passou para a cozinha, onde encontrou a mãe com uma expressão assustada no rosto.

– Vou-me embora, mãe – anunciou. – Venho dizer-lhe adeus.

Ela cobriu a cabeça com o avental e sentou-se repentinamente, começando a chorar. Johnny esperou pacientemente.

– Já desconfiava – soluçou ela. – Para onde? – perguntou, retirando o avental da cabeça e levantando os olhos com o rosto atormentado.

– Não sei... para qualquer lugar.

Ao falar, reviu mentalmente, com um brilho esplendoroso, a árvore do outro lado da rua. Parecia espreitar por baixo das pálpebras, e a via sempre que queria.

– E o emprego? – perguntou a mãe com voz trêmula.

– Nunca mais trabalharei.

– Santo Deus, Johnny! – gemeu ela. – Não diga isso!

Era uma blasfêmia para ela o que ele dissera. A mãe de Johnny ficou tão perturbada com essas palavras, como uma mãe que ouvisse seu filho negar Deus.

– Mas, afinal, que é que se passa com você? – perguntou ela, numa débil tentativa de se mostrar autoritária.

– Números – respondeu ele. – Apenas números. Tenho feito uma quantidade de contas esta semana, e é surpreendente.

– Não vejo o que é que isso tem a ver com o caso – fungou ela.

Johnny sorriu pacientemente, e a mãe sentiu um choque com a ausência persistente de seu mau humor e irritabilidade.

– Eu explico – disse ele. – Estou completamente exausto. Que é que faz estar exausto? Os movimentos. Tenho trabalhado desde que nasci. Estou cansado de me mexer e nunca mais o farei. Lembra-se de quando eu trabalhava na fábrica de vidro? Costumava fazer trezentas dúzias por dia. Agora calculo que fizesse dez movimentos diferentes por cada garrafa. Isto faz trezentos e sessenta mil movimentos por dia. Num mês, um milhão e oitenta mil movimentos. Ponhamos de lado os oitenta mil – disse ele com a generosidade complascente de um filantropo. – Ponhamos de lado os oitenta mil. Fica ainda um milhão de movimentos por mês: doze milhões de movimentos por ano! – E os teares que eu manejo, devem andar por aí. Isto faz vinte e cinco milhões de movimentos por ano, e me parece que trabalho há milhões de anos.

"Ora, esta semana, não trabalhei. Não fiz um movimento durante horas e horas. Digo-lhe que é maravilhoso ficar sentado, horas e horas, sem fazer nada. Nunca tinha sido feliz. Nunca tive tempo. Nunca parava. Não se pode ser feliz assim. Mas nunca mais farei isso. Vou ficar sentado descansando, descansando, e descansando..."

– Mas que vai ser do Will e das crianças? – perguntou ela desesperada.

– Ora, aí está! "Will e as crianças"! – repetiu ele.

Mas não havia amargura em sua voz. Há muito sabia das ambições da mãe em relação ao filho mais novo, mas este pensamento já não o magoava; já nada interessava. Nem sequer isso.

– Eu sei, mãe, o que tinha planejado para o Will... mantê-lo na escola e fazer dele guarda-livros. Mas não é possível, desisto. Terá que ir trabalhar.

– E depois que eu o criei como o criei – choramingou ela, começando a cobrir a cabeça com o avental e mudando depois de ideia.

– Você nunca me criou – respondeu, com doce benevolência. – Fui eu que me criei a mim mesmo, mãe, e criei o Will. Ele é maior do que eu, mais forte e mais alto. Imagino que, quando era criança, não tinha comida suficiente para comer. Quando ele nasceu, eu era uma criança, trabalhava e ganhava o sustento dele também. Mas isso acabou. O Will pode ir trabalhar, como eu fazia, ou pode ir para o inferno, que tanto faz. Estou cansado. Vou-me embora agora. Não quer me dizer adeus?

A mãe não respondeu. O avental cobria de novo sua cabeça, e ela chorava. Johnny deteve-se um momento na soleira da porta.

– Estou certa de ter feito o melhor que pude – soluçava.

Johnny saiu de casa e desceu a rua. Uma lânguida expressão de prazer inundou-lhe o rosto ao avistar a árvore solitária. "Não vou fazer nada mesmo" – disse baixinho para si mesmo, num tom embalador. Olhou pensativamente para o céu, mas o brilho do Sol ofuscou-o e cegou-o.

Foi um longo passeio o que deu, e não caminhava depressa. Passou em frente da fábrica de juta. Chegou-lhe aos ouvidos o som abafado dos teares, e sorriu. Um sorriso suave, plácido. Não odiava ninguém, nem mesmo as máquinas com os seus guinchos e o seu arfar. Não sentia amargura nenhuma, não sentia nada além de um desejo imoderado de descansar.

As casas e as fábricas foram ficando para trás, os espaços livres foram aumentando à medida que se aproximava do campo. Por fim, a cidade ficou para trás, e ele desceu uma alameda coberta de folhas, ao lado da estrada de ferro. Não caminhava como um homem. Não parecia um homem. Era uma caricatura humana. Era um pedaço de vida raquítico, retorcido e anônimo que se balançava como um macaco cansado, os braços pendendo livremente, de ombros encurvados; peito estreito, grotesco e terrível.

Passou por uma pequena estação de estrada de ferro e deitou-se na relva, debaixo de uma árvore. Ficou estendido ali a tarde inteira. Às vezes adormecia, e seus músculos se contraíam. Quando acordado, ficava imóvel, observando os pássaros ou contemplando o céu por entre os ramos da árvore acima dele. Riu-se uma ou duas vezes, mas sem relação com qualquer coisa que tivesse visto ou sentido.

Depois do pôr do sol, na primeira escuridão da noite, um trem de carga rolou com estrépito para a estação. Quando a máquina manobrava, para mudar de linha, Johnny rastejou ao longo do comboio. Abriu com um puxão a porta lateral de um vagão de carga vazio e trepou lá para dentro, desajeitada e laboriosamente. Fechou a porta. A máquina apitou. Johnny, deitado no chão, sorriu no escuro.

AO SUL DA FENDA

A parte mais antiga de São Francisco, que se formou antes do terremoto, era rachada em duas pela Fenda. Fenda como chamavam a uma calha de ferro que passava pelo meio da Market Street, e onde se sentia vibrar eternamente o cabo sem fim que puxava os bondes de um lado para o outro.

Na realidade, havia duas fendas. Mas os moradores do lado Oeste da cidade, na ânsia de ganhar tempo, mesmo nas questões gramaticais resumiam, com o termo no singular, tanto o material, quanto as deduções mentais que a palavra permite.

Ao norte da fenda ficavam os teatros, os hotéis, os grandes armazéns, os bancos e as sólidas e respeitáveis casas de negócios. Ao sul amontoavam-se as fábricas, as vielas, as lavanderias, as oficinas, as caldeiras de aquecimento e os casebres dos operários.

Essa fenda metafórica expressava a divisão da cidade em classes e ninguém transpunha a metáfora, para cá e para lá, com mais entusiasmo do que Freddie Drummond. Vivia nos dois mundos e se dava muito bem, tanto num, quanto noutro.

Freddie Drummond era professor no Departamento de Sociologia da Universidade da Califórnia, e foi nessa qualidade que, transpondo a fenda, viveu seis meses no gueto do trabalho para escrever *O operário não especializado*, obra apreciada por todos e considerada uma importante contribuição para a história do progresso e uma réplica à literatura do descontentamento, no sentido em que representava um exemplo perfeito de ortodoxia, do ponto de vista político e econômico. Os presidentes das grandes companhias de estradas de ferro compraram edições inteiras para distribuir a seus empregados: só a Associação dos Industriais distribuiu cinquenta mil exemplares.

No começo, Freddie Drummond achou muito difícil viver no meio dos trabalhadores. Não estava habituado a suas maneiras, e os operários ainda menos às suas. Manifestavam certa desconfiança em relação a ele. Como sempre fizera a mesma coisa, não podia falar de empregos anteriores. As mãos muito bem cuidadas e sua excelente educação geravam suspeitas.

Aprendeu muitas coisas, estabelecendo a partir delas generalizações às vezes erradas, como as que se liam nas páginas de *O operário não especializado*. Apesar disso, saiu-se bem, da maneira conservadora dos de sua espécie, apresentando essas generalizações sob o subtítulo *Ensaios*.

Uma das primeiras experiências por que passou foi na grande fábrica de conservas Wilmax, onde trabalhou na seção de peças para confeccionar caixas de embalagem. Uma fábrica de caixas fornecia as peças em série, e Freddie Drummond só tinha que montá-las, batendo preguinhos com um martelo pequeno.

Esta tarefa não exigia qualificação profissional. Era paga por peça. Os operários daquela fábrica recebiam um dólar e meio por dia. Os que executavam as mesmas tarefas que ele trabalhavam sem pressa e tiravam por dia um dólar e setenta e cinco centavos. Ao fim do terceiro dia, conseguiu ganhar a mesma quantia que eles. Mas era ambicioso e não estava interessado em trabalhar calmamente; no quarto dia recebeu dois dólares.

No dia seguinte, à custa de uma estressante tensão nervosa, chegou aos dois dólares e meio. Foi objeto de resmungos e olhares sombrios de seus companheiros e de comentários espirituosos numa gíria incompreensível, como "lamber as botas do patrão", "estragar a profissão" e "atirar-se na água para fugir da chuva".

Estranhava a falta de energia dos colegas para o trabalho por peça; elaborou teorias sobre a preguiça congênita dos não especializados e, no dia seguinte, arranjou jeito de ganhar três dólares, montando as caixas.

Nessa noite, na saída da fábrica, foi interpelado pelos colegas, que lhe lançaram uma torrente de insultos em gíria. Não compreendeu a razão daquela maneira de agir mas eles pareciam muito decididos. Como se recusasse a limitar o seu zelo e fizesse discursos sobre a liberdade e a dignidade do trabalho e a independência americana, recebeu um castigo. Foi uma luta difícil, porque Drummond tinha altura e força de atleta; mas, por fim, o grupo conseguiu pular em cima dele, pisando sua cara e esmagando seus dedos, a tal ponto que teve que ficar de cama uma semana, antes de poder se levantar e procurar outro emprego.

Este incidente está descrito no capítulo intitulado "A tirania do trabalho", em seu primeiro livro.

Antes de voltar à superfície após este primeiro mergulho, percebeu que tinha dotes de ator e deu mostras de uma natural capacidade de adaptação. Espantou-se com ela. Quando aprendeu a gíria e pôde corrigir suas inúmeras e incômodas falhas, percebeu que podia andar por onde quisesse naquele mundo operário, sempre se sentindo perfeitamente à vontade.

Conforme afirmava no prefácio de seu segundo livro, *O operário*, tentava sinceramente entender os trabalhadores, e o único meio de chegar a tanto era misturar-se com eles, sentar-se à sua mesa, dormir na mesma cama, participar de suas distrações, pensar e sentir como eles.

Aquele homem extremamente reservado, cujo temperamento o levava a impor-se muitas e rígidas restrições, tão frio e fechado que não tinha muitos amigos, também não tinha vícios e nunca sentira tentações. Detestava fumar, enjoava com a cerveja e nunca bebia nada mais forte do que um copo de vinho no jantar, muito de vez em quando.

Com o tempo, Freddie Drummond habituou-se a atravessar com mais frequência a Market Street, para caminhar pelo Sul da Fenda. Ali passava as férias e os feriados de Natal e, quando dispunha de uma semana ou mesmo de um fim de semana, as horas passadas do outro lado lhe pareciam mais bem aproveitadas e mais divertidas. Estava reunindo muito material. Seu terceiro livro, *As massas e seus senhores,* tornou-se um manual nas universidades americanas; e quase sem querer, viu-se escrevendo um quarto livro: *A fraude dos operários não especializados.*

Em algum lugar em seu íntimo, ocultava-se um estranho desvio ou uma estranha tendência, reação talvez a seu meio e a sua educação, ou mais provavelmente consequência de um temperamento contido, herdado de muitos antepassados com queda para o estudo; o fato é que sentia prazer em descer ao meio operário.

Os amigos cultos chamavam-no "o Frigorífico", mas nesse outro meio passava a ser "Bill Totts, o grande", que fumava e bebia, dizia palavrões, lutava e era sempre bem recebido em toda a parte.

Todos gostavam de Bill e mais de uma jovem operária se interessou por ele. No princípio, bastava-lhe ser um bom ator; mas, com o passar do tempo, essa simulação tornou-se uma segunda natureza. Já não interpretava um papel: realmente gostava de salsichas, e salsichas com toicinho, cardápio considerado por seu clã de mau gosto e pobre.

Chegava a fazer por prazer coisas que fizera por necessidade, e surpreendia-se lamentando o momento da volta à sala de aulas e às obrigações, ou aguardando com impaciência o instante ansiado em que, ao transpor a fenda, recuperava a liberdade para fazer o que gostava.

Como Bill Totts, entregava-se com a maior naturalidade a mil e uma excentricidades que Freddie Drummond nunca sonharia em praticar. Esse era o aspecto mais estranho de suas descobertas. Freddie Drummond e Bill Totts eram dois seres totalmente diferentes, e cada um obedecia a impulsos, gostos e desejos opostos. Bill Totts era capaz de evitar uma tarefa com a consciência limpa, enquanto Frederic Drummond considerava o fato de se furtar ao trabalho um vício criminoso, antiestadunidense, dedicando vários capítulos de seus livros a condená-lo.

Freddie Drummond mudava de hábitos ao mesmo tempo em que mudava de roupa, e sem o menor esforço. Ao entrar no quartinho escuro em que se disfarçava, comportava-se com excessiva rigidez, empertigava-se um pouco, ficava com os ombros muito retos, o rosto grave, quase duro e desprovido de expressão. Mas ao sair de lá com as roupas de Bill Totts, parecia um ser totalmente diferente. Bill Totts não caminhava propriamente de cabeça baixa, mas toda a sua pessoa se suavizava e adquiria graça. O próprio tom de voz mudava, ria alto e com gosto, e as palavras, muitas vezes entrecortadas de pragas, saíam com naturalidade de seus lábios.

Além disso, Bill Totts tinha tendência para voltar tarde para casa: acontecia-lhe, nos bares, mostrar uma familiaridade agressiva para com os outros operários. E, nos passeios ao campo, aos domingos, ou ao voltar de algum espetáculo, abraçava com hábil simplicidade uma cintura feminina, ao mesmo tempo em que revelava espírito vivo e encantador nas brincadeiras próprias de um jovem saudável de sua classe.

Bill Totts sentia-se tão bem em sua nova pele, era um operário tão perfeito e um habitante tão autêntico do Sul da fenda, que sentia solidariedade por sua classe, como é comum nas pessoas de sua espécie e o ódio que dedicava aos fura-greves era até maior do que a média do que sentiam os sindicalistas sinceros.

Durante a greve do porto, Freddie Drummond conseguiu abstrair-se de sua condição contraditória e observar, com olhar frio e crítico, como Bill Totts desancava alegremente os carregadores pelegos.

Porque Bill Totts pagava regularmente o Sindicato dos Carregadores e tinha razão em indignar-se contra os que lhe usurpavam o emprego. O "Bill Totts grande" era de fato tão grande e tão forte que o mandavam para a frente de batalha assim que se anunciava uma pancadaria.

De tanto fingir cólera no papel de seu sósia, Freddie Drummond acabava por enraivecer-se genuinamente, e só ao voltar à atmosfera acadêmica conseguia elaborar teorias sensatas e conservadoras sobre as suas experiências no mundo de baixo e anotá-las, como é próprio de um sociólogo que se preza.

Nessa altura Freddie Drummond percebeu claramente que faltava a Bill Totts uma perspectiva capaz de o elevar acima da sua consciência de classe. Mas Bill Totts não captava esse ponto de vista. Quando um pelego roubava o seu ganha-pão, via tudo vermelho e não queria saber de mais nada.

Era Freddie Drummond quem, impecável, tanto física como moralmente, sentado em seu escritório ou na cátedra da classe nº 17, de Sociologia, observava Bill Totts e seus companheiros e suas relações com os sindicatos e os fura-greves, e as consequências para a prosperidade econômica dos Estados Unidos, na luta pelo mercado mundial. Bill Totts de fato não tinha capacidade para ver além de sua próxima refeição ou da luta de boxe que na noite seguinte se realizaria no clube atlético.

Quando reunia material para *As mulheres e o trabalho,* Freddie Drummond recebeu um primeiro aviso do perigo que corria. Conseguia viver naqueles dois mundos com excessiva facilidade. Mas, no final das contas, esta estranha duplicidade parecia-lhe instável e, pensando bem, sentado em seu escritório, percebia que aquilo não podia continuar assim. Atravessava uma transição e previa que, se continuasse, cairia inevitavelmente para um dos lados.

E, contemplando os volumes bem alinhados na prateleira superior da estante giratória, desde sua tese até o ensaio *As mulheres e o trabalho,* chegou à conclusão que devia ficar no mundo em que se encontrava naquele momento. O personagem Bill Totts tinha cumprido bem a sua missão, mas tornava-se um cúmplice demasiado perigoso; devia desaparecer.

A preocupação de Freddie Drummond era inspirada por uma certa Mary Condon, presidente do Sindicato Internacional das Trabalhadoras em Fábricas de Luvas, a quem vira pela primeira vez na plateia, durante a reunião anual da Federação do Trabalho do Noroeste, e que lhe causara uma ótima impressão.

A moça não correspondia em nada ao ideal de Freddie Drummond. Para dizer a verdade, tinha um corpo magnífico, os músculos e a graça de uma pantera e prodigiosos olhos negros, tão capazes de se incendiarem de ódio como de rir de amor. Ele detestava as mulheres dotadas de vitalidade excessiva e destituídas de limites, de regras. Admitia a teoria da evolução porque era universalmente aceita pelos intelectuais e acreditava piamente que o homem subira na escala da criação partindo da lama onde pululam os organismos inferiores. Mas, um tanto humilhado por esta árvore genealógica, preferia não pensar nisso. Era provavelmente por essa razão que praticava e pregava para os outros uma férrea reserva, e preferia as mulheres do seu meio, capazes de se libertarem dessa ascendência bestial e deplorável e de ampliar, por meio da disciplina, o abismo que as separa de seus antepassados mais remotos.

Bill Totts não se dedicava a tais considerações. Mary Condon agradara-lhe desde que a vira na sala da reunião e decidira de imediato descobrir quem ela era. Não tardou a encontrá-la por acaso, quando dirigia um caminhão, substituindo Pat Morrissey, um de seus amigos irlandeses.

A cena passou-se numa pensão residencial da Mission Street. Fora chamado para pegar um baú e levá-lo para um guarda-móveis. A filha da dona da pensão levou-o a um quartinho cuja ocupante, operária numa fábrica de luvas, acabava de ser transportada para o hospital. Bill Totts não sabia desses pormenores. Abaixou-se, pousou o baú, que era pesado, de lado e carregou-o no ombro, endireitando-se, de costas para a porta aberta. No mesmo instante, ouviu uma voz feminina perguntando:

– Você pertence ao sindicato?

– Que lhe interessa? – replicou. – Ande, saia daí! Saia do meu caminho, que tenho que me virar!

Em seguida, e apesar da sua corpulência, recebeu um empurrão que quase o fez dar meia volta e o obrigou a cambalear, atrapalhado com o peso do baú. Bateu na parede, provocando um grande estrondo. Preparava-se para praguejar quando se viu diante de Mary Condon, cujos olhos faiscavam de ódio.

– Claro que pertenço ao sindicato – disse ele. – Estava só brincando.

– Onde está a sua carteirinha? – perguntou ela, num tom seco.

– No meu bolso. Mas agora não posso lhe mostrar. Este baú é muito pesado. Venha comigo até o caminhão, que lá embaixo eu lhe mostro.

– Pouse esse baú – ordenou ela.

– Por quê? Já lhe disse que tenho carteirinha!

– Pouse-o, sem mais conversa! Não quero que este baú seja transportado por um pelego. Devia ter vergonha, seu grande covarde, de enganar trabalhadores sérios! Por que não se inscreve no sindicato e não se porta como um homem?

O rosto de Mary estava branco de raiva.

– Devia ser proibido, um homem forte como você trair a sua classe! Calculo que tenciona alistar-se na polícia para na próxima greve atirar nos caminhoneiros sindicalizados. Talvez já faça parte dela; você é daquelas pessoas que...

– Ei, cale-se! Agora já é demais! Estou farto de lhe dizer que estava brincando. Tome, veja isto!

E mostrou a carteirinha do sindicato, toda em regra.

– Muito bem, leve o baú! – concluiu Mary Condon. E da próxima vez não me venha com brincadeiras.

Voltou a ver a moça durante a greve das lavanderias. Os trabalhadores deste sindicato recém-formado, ainda pouco experientes, tinham pedido a Mary Condon que organizasse a greve.

Freddie Drummond, tendo sabido dos preparativos, mandou Bill Totts inscrever-se no sindicato e acompanhar os acontecimentos. Bill trabalhava em uma lavanderia. Nessa manhã, os homens não pegaram no batente, para encorajar as mulheres; e Bill estava perto da porta da lavanderia quando Mary Condon se apresentou, para entrar. O encarregado, homem gordo e alto, barrou-lhe o caminho. Não queria que as operárias parassem o trabalho e ia ensinar aquela intrusa a não se meter onde não era chamada. Como Mary tentasse esgueirar-se entre ele e a porta, o homem empurrou-a, pousando em seu ombro uma mão enorme. Ela olhou em redor e viu Bill.

– Ei, senhor Totts! – gritou. – Ajude aqui, por favor. Quero entrar!

Bill sentiu uma grata surpresa. Ela se lembrava do seu nome, que lera a carteirinha do sindicato. Passado um instante, o encarregado, tendo sido afastado da porta, discursava sobre os direitos garantidos pela lei e as mulheres abandonavam as máquinas. Durante o resto desta greve, curta e bem-sucedida, Bill assumiu o papel de assistente e mensageiro de Mary Condon; quando tudo terminou, regressou à universidade para retomar a personalidade de Freddie Drummond, e refletir sobre que raio de interesse Bill Totts podia sentir por aquela mulher.

Freddie Drummond estava perfeitamente seguro, mas Bill estava apaixonado. Impossível negar; e foi esse fato que serviu de aviso a Freddie Drummond. Pois bem! Como terminara o trabalho, podia por fim à aventura. A partir deste momento, nada o obrigava a passar para o outro lado da Fenda. Só faltava redigir os três últimos capítulos do livro *Táticas e estratégias do trabalho,* e tinha matéria mais do que suficiente para terminá-lo.

Também chegou à conclusão que, para lançar âncora e instalar-se de vez na personalidade de Freddie Drummond, tinha de estabelecer relações e laços mais estreitos com seu meio social.

Em todo o caso, já estava na hora de se casar porque percebia perfeitamente que, se Freddie Drummond não escolhesse mulher, Bill Totts com certeza o faria, o que acarretaria complicações tais que nem era bom pensar.

E foi assim que entrou em cena Catherine Van Vorst. Também pertencia ao meio universitário: o pai, o único professor com recursos financeiros, era chefe do departamento de filosofia.

Será um casamento acertado de todos os pontos de vista, concluiu Freddie Drummond quando o noivado foi anunciado publicamente. Aristocrata e saudavelmente conservadora, ar frio e reservado, embora ardente a seu modo, Catherine Van Vorst não ficava atrás de Freddie Drummond em matéria de escrúpulos e ponderação.

Tudo parecia correr às mil maravilhas, mas ele não conseguia libertar-se do apelo daquela outra vida despreocupada e sem restrições que levavam as pessoas ao sul da fenda. À medida que se aproximava a data do casamento, dizia para si mesmo que o tempo da transgressão já ficara para trás; mas ao mesmo tempo sentia que lhe agradaria muitíssimo uma última escapada, desempenhar mais uma vez o papel de espalha brasas, antes de se instalar na pasmaceira das salas de aulas e na sobriedade de um casamento sensato. E, para aumentar a tentação, o último capítulo do seu livro *Táticas e estratégias do trabalho* continuava inacabado, por falta de certos pormenores que se esquecera de recolher. Foi assim que Freddie Drummond voltou a representar – pela última vez – o papel de Bill Totts, reuniu os elementos que lhe faltavam e, para sua desgraça, cruzou uma vez mais com Mary Condon.

Ao voltar a seu gabinete, desagradava-lhe a recordação daquele reencontro que o enchia de culpa. Bill Totts comportara-se de uma maneira execrável: não só revira Mary Condon no Conselho Central do Trabalho como, ao levá-la para casa, a convidara a entrar num restaurante para comerem ostras. Antes de se despedirem, abraçara-a e beijara-a na boca, várias vezes. E as últimas palavras que Mary lhe dissera ao ouvido, muito baixinho, com um profundo suspiro, verdadeiro soluço de amor, foram:

– Bill... oh! Bill... meu querido...

Freddie Drummond estremecia ao lembrar-se daquele momento. Via abrir-se um abismo à sua frente. Não sendo naturalmente polígamo, assustavam-no as possíveis consequências daquela situação. Só via duas saídas: ou passar a ser Bill Totts para sempre e casar-se com Mary Condon, ou permanecer Freddie Drummond indefinidamente e desposar Catherine Van Vorst. Fora destas alternativas, qualquer outra atitude da sua parte seria odiosa e digna do maior desprezo.

Nos meses seguintes, São Francisco foi abalada pela luta dos trabalhadores. Os sindicatos e as associações patronais lançaram-se num combate cuja veemência mostrava a intenção de ambas as partes de resolver a questão a todo custo e de uma vez por todas.

Enquanto isso, Freddie Drummond passava o tempo corrigindo provas, dando aulas, mas não ia a lugar algum. Dedicava-se a Catherine Van Vorst e todos os dias descobria novas razões para respeitá-la, admirá-la e até amá-la.

A greve dos transportes públicos tentou-o, mas não tanto quanto temera, e a dos alfaiates deixou-o indiferente.

O fantasma de Bill Totts estava definitivamente exorcizado e, com renovado zelo, Freddie Drummond iniciou a redação de uma brochura com a qual sonhava há muito, a propósito da "redução de rendas".

O casamento devia realizar-se dali a duas semanas quando, uma certa tarde, Catherine Van Vorst veio buscá-lo de automóvel, para levá-lo a visitar um clube de jovens recentemente criado pelos trabalhadores que limpavam novos terrenos para a construção e pelo qual ela se interessava. O automóvel era do irmão, mas iam sozinhos, com o motorista.

No cruzamento da Kearny Street, a Market Street e a Geary Street faziam um ângulo agudo. Os ocupantes do veículo seguiram pela Market Street, com a intenção de contornar a ponta desse "V" para entrar na Geary Street. Mas ignoravam o que se passava nessa última rua, o que o destino lhes aprontava ao virar a esquina. De fato tinham lido nos jornais que a greve dos alfaiates se radicalizara, mas naquele momento Freddie Drummond pensava em tudo, menos nisso. Não estava sentado ao lado de Catherine? Além disso, expunha-lhe suas ideias sobre os trabalhadores que limpavam terrenos, ideias para as quais as aventuras de Bill Totts muito tinham contribuído.

Pela Geary Street seguia uma fila de seis caminhões de carne. Em cada um, ao lado de um jovem motorista, ia um policial. À frente, atrás e de cada lado deste cortejo seguia um esquadrão de uns trinta agentes e a seguir, na retaguarda e a respeitosa distância, avançava uma multidão organizada mas enraivecida, ao longo de vários quarteirões, obstruindo a rua em toda a sua largura.

O truste das carnes procurava reabastecer os hotéis e, ao mesmo tempo, furar a greve. O Hotel São Francisco fora abastecido, à custa de vários vidros e cabeças quebradas, e a expedição continuava, para socorrer o Palace Hotel. Sem suspeitar de nada, Drummond, ao lado de Catherine, falava de limpeza de terrenos, enquanto o veículo, buzinando regularmente e abrindo caminho por entre outros veículos, fazia uma curva bem aberta em direção ao fim do cruzamento.

Nesse momento, uma enorme carroça, carregada de carvão de pedra e atrelada a quatro sólidos cavalos, que acabava de desembocar da Kearny Street, em direção à Market Street, barrou o caminho do automóvel. O condutor da carroça parecia indeciso, e o motorista, diminuindo a velocidade, mas ignorando os gritos de aviso dos policiais, ultrapassou o outro pela direita, contrariamente às regras de trânsito, para passar à frente da carroça.

Freddie Drummond interrompeu a conversa.

Não voltaria a retomá-la porque a situação evoluía com rapidez extraordinária. Ouviu os gritos da multidão lá atrás e viu os capacetes dos policiais no cortejo dos caminhões de carne.

No mesmo instante, o carvoeiro entrou em ação: com uma série de chicotadas, levou a carroça a atravessar-se à frente da procissão cada vez mais próxima, fez parar os cavalos, puxou a trave de mão, atou as rédeas e sentou-se, com ar de quem está decidido a não se mexer. O automóvel também ficou imobilizado pelos cavalos ofegantes que lhe barravam o caminho.

Antes do motorista ter tempo de recuar, um velho irlandês, que dirigia uma carroça decrépita, chicoteando o cavalo sem cessar, chocou as rodas da carroça com as do automóvel. Drummond reconheceu o cavalo e a carroça, que conduzira mais de uma vez. O irlandês era Pat Morrissey. Do outro lado, uma viatura de transporte de cerveja estava colada à carroça de carvão, e o condutor de um bonde que desembocara na Kearny Street fazia soar ininterruptamente a campainha, lançava desafios ao policial do cruzamento e vinha completar o engarrafamento, enquanto outros veículos se precipitavam uns atrás dos outros, aumentando a confusão. Os furgões de carne pararam. A polícia estava presa na armadilha. Os gritos redobraram na retaguarda, quando a multidão se lançou ao assalto, enquanto à frente a polícia atacava a barricada de veículos.

– Estamos bem arranjados! – comentou tranquilamente Freddie Drummond para Catherine.

– Sim – respondeu ela com a mesma frieza. – Que bando de selvagens!

Sentiu crescer sua admiração por ela. Era um exemplo típico de pessoa da sociedade. Tê-la-ia aprovado, mesmo que gritasse e se agarrasse a ele, mas achava magnífica aquela maneira de se comportar. Mantinha-se sentada, no meio de um vendaval, com a mesma calma que teria se se tratasse de um engarrafamento em frente à ópera.

Os policiais tentavam abrir passagem para a fila de caminhões. O condutor da carroça de carvão, gordo e em mangas de camisa, acendeu o cachimbo e pôs-se a fumar tranquilamente, fitando com ar calmo o comandante da polícia que esbravejava e praguejava diante dele, obtendo apenas um encolher de ombros como resposta.

Da retaguarda vinha o ruído do choque dos cassetetes brancos contra as cabeças, e uma confusão de gritos, uivos e insultos. Um crescendo rápido mostrou que a multidão tinha furado o cordão de policiais e arrancava um pelego do assento de condutor. O comandante enviou em seu socorro um reforço formado pelos policiais da frente, e estes conseguiram afastar a multidão.

Por ordem do comandante, um policial subiu no assento da carroça para prender o condutor; este, levantando-se calmamente como para recebê-lo, envolveu-o de repente nos braços e jogou-o na cabeça do chefe. Este carroceiro era um jovem gigante. Ao vê-lo trepar para cima da carga e segurar em cada mão um pedaço grande de carvão, um policial que escalava o caminhão por um dos lados largou tudo e pulou para o chão. O comandante ordenou a meia dúzia de policiais que tomassem o veículo de assalto. O condutor, agachando-se ora de um lado, ora do outro da carga, repeliu-os, atacando-os com grandes pedaços de carvão.

A multidão concentrada nas calçadas e os condutores dos carros presos no engarrafamento soltavam uivos de prazer e encorajamento. O condutor do bonde, que amassava capacetes com a comprida barra de endireitar trilhos, desmaiou e foi arrancado da plataforma. O comandante, enraivecido por ver seus homens repelidos, assumiu o comando para assaltar a carroça. Mas o carroceiro valia por dez.

Por momentos, meia dúzia de policiais juntaram-se na calçada ou por baixo do veículo. Ocupado em repelir um ataque na retaguarda da sua fortaleza, o carreteiro virou-se a tempo de ver o comandante subir para o assento: este estava ainda em equilíbrio instável quando o outro atirou-lhe um bloco de carvão de mais de dez quilos. O projétil atingiu em pleno peito o assaltante, que caiu de costas por cima do dorso de um dos cavalos atrelados em fila, estatelou-se no chão e rolou contra a roda traseira do automóvel.

Catherine julgou-o morto. Mas ele levantou-se e retomou o assalto. Ela estendeu a mão enluvada e acariciou o flanco do cavalo, que se agitava e tremia todo. Mas Drummond não reparou nesse gesto. Só tinha olhos para a batalha da carroça de carvão. Viu um policial chegar ao alto da carga, depois um segundo e um terceiro. Cambaleavam em cima daquele material instável, mas faziam funcionar os longos cassetetes. O condutor foi atingido por uma pancada na cabeça. Esquivou-se a outra, mas recebeu-a no ombro. Era evidente que perdia a batalha. De repente lançou-se para a frente, prendeu um policial em cada braço e pulou para a calçada para se entregar, mas sem largá-los.

Catherine Van Vorst sentia-se enjoada e prestes a desmaiar por ver sangue e assistir a este combate brutal. Mas sua tontura passou diante do acontecimento sensacional e inesperado que se desenrolou em seguida.

O homem sentado a seu lado lançou um urro que não era deste mundo, e muito menos do seu mundo, e levantou-se de um salto. Viu-o subir para o assento da frente, atirar-se no dorso do cavalo do varal e daí para a carroça. Atacou como um turbilhão. Antes do comandante, intrigado, poder adivinhar o que estava fazendo ali aquele senhor bem vestido, mas obviamente excitado, este disparou-lhe um direto que o fez descrever uma curva ao contrário, até o chão. Um pontapé na cara de um policial que subia convenceu este subalterno a juntar-se ao chefe. Outros três, que acabavam de equilibrar-se em cima do carvão agarraram-se a Bill Totts num corpo a corpo de gigantes, durante o qual lhe arrancaram uma tira de couro cabeludo, o casaco e o colete, bem como metade da camisa engomada. Mas os três policiais foram lançados para os quatro pontos cardeais e Bill Totts, disparando a sua metralha de carvão, manteve-se firme na posição estratégica.

O comandante repetiu corajosamente o assalto, mas um bloco de carvão partiu-se contra a sua cabeça e fê-lo ver estrelas. O objetivo da polícia era desfazer a barricada da frente, antes que a multidão conseguisse romper a barreira de policiais na retaguarda, e o de Bill Totts era defender a carroça até a chegada da multidão. Por isso a luta se prolongava.

A multidão reconhecera o seu campeão. O grande Bill, como de costume, surgira em plena confusão, e Catherine Van Vorst perguntava-se o que significavam aqueles berros: Bill! Bravo, Bill, repetidos de todos os lados.

Pat Morrissey, no volante do caminhão, dançava e gritava de alegria:

– Morda, Bill. Dê conta deles! Coma eles vivos!

Ouviu-se uma mulher gritar da calçada:

– Cuidado, Bill, veja, lá na frente!

Avisado, Bill libertou a parte da frente da carroça de assaltantes, com uma rajada de projéteis; Catherine Van Vorst virou a cabeça e viu na calçada uma mulher de faces coradas e faiscantes olhos negros, que fitava embevecida aquele que há bem pouco tempo era Freddie Drummond.

De todas as janelas dos prédios saíram gritos entusiasmados, ao mesmo tempo em que choviam cadeiras e clamores. A multidão de manifestantes abrira passagem de um dos lados da fila de furgões e avançava em grupos, cada um dos quais enfrentava um policial isolado.

Os pelegos foram arrancados dos seus lugares e os arreios dos cavalos, cortados; os animais fugiram espavoridos. Vários agentes refugiaram-se embaixo da carroça de carvão, enquanto os cavalos soltos, alguns montados por policiais, outros com os agentes agarrados a suas cabeças tentando detê-los, galopavam pelas calçada do outro lado da aglomeração e seguiam desabalados pela Market Street.

Catherine Van Vorst ouviu de novo a voz da mesma mulher que, voltando para a beira da calçada, gritava recomendações:

– Saia daí, Bill! Agora é que são elas!

A polícia fora temporariamente varrida. Bill Totts saltou da carroça e abriu caminho em direção à mulher na calçada. Catherine Van Vorst viu-a lançar os braços em seu pescoço e beijá-lo na boca; e ficou olhando com curiosidade, enquanto o noivo se afastava, o braço em torno da cintura daquela desconhecida: conversavam e riam os dois, com um à vontade e um abandono de que nunca o teria julgado capaz.

A polícia reapareceu e desfez a aglomeração, aguardando reforços, novos condutores e cavalos. A multidão, terminada a sua tarefa, se dispersou; e Catherine Van Vorst ainda avistava o homem que conhecia pelo nome de Freddie Drummond. A cabeça dele elevava-se acima da multidão e continuava a abraçar a mulher pela cintura.

Sentada no automóvel e sempre atenta, viu o casal atravessar a Market Street, transpor a fenda e desaparecer na esquina da 3ª Rua, no gueto do trabalho.

Nos anos seguintes, não houve aulas de Freddie Drummond na Universidade da Califórnia, e não foi publicado nenhum livro seu sobre economia social.

Mas, ao mesmo tempo, surgia um novo dirigente sindical, chamado William Totts. Foi ele que se casou com Mary Condon, presidente do Sindicato Internacional das Trabalhadoras em Luvas; foi ele quem organizou a famosa greve dos cozinheiros e empregados de restaurantes e, antes de obter uma vitória definitiva, ajudou a formar uns vinte sindicatos mais ou menos associados, entre os quais os de desempenadores de aves e o dos empregados de agências funerárias.

FAZER UMA FOGUEIRA

O dia amanhecera frio e cinzento – extremamente frio e cinzento – quando o homem saiu do principal caminho para Yukon e subiu um morro alto; ali, uma trilha, escondida pela densa floresta de pinheiros, indicava o caminho para Leste. A subida era íngreme e ele parou no topo, quase sem fôlego. Como que pedindo desculpas a si mesmo por seu enorme cansaço, olhou para o relógio: eram nove horas. Para alegrar o solitário, não se via nem sugestão de Sol. Engraçado que no céu não havia nenhuma nuvem; seria, por certo, um dia bem claro; mas, ainda assim, tombava uma intangível mortalha sobre o dia, escurecendo-o sutilmente, tudo provocado pela ausência do Sol. Mas isso não preocupava o viajante, acostumado que estava à falta do Sol. Há muito não o via. Sabia que sua ausência poderia continuar por mais alguns poucos dias, antes que viesse alegrar o ambiente, quando aparecesse pouco acima da linha do horizonte, para sumir pouco depois.

O homem virou a cabeça e lançou um olhar ao caminho que percorrera. O Yukon permanecia a um quilômetro, oculto sob uma camada de gelo. No topo do gelo via-se a neve. Tudo tão branco e ondulado: suaves ondulações, formadas pelo movimento do rio congelado. Para o norte e para o sul, até onde os olhos podiam alcançar, tudo era monotonamente branco, a não ser por aquela linha escura, que se curvava e se retorcia. Lá estava ela, saindo da ilha de pinheiros ao sul: curvando-se e retorcendo-se, ziguezagueava para o norte para só então, finalmente, sumir em outra ilhota de pinheiros. Aquela linha escura era a trilha principal, que se estendia por quinhentas milhas ao sul até Chilcoot Pass, Dyea e Água Salgada; ao norte ela se estendia por cinquenta milhas até Dawson e de lá continuava por mais mil milhas até Nulato, viajando mais umas mil e quinhentas milhas, até desembocar em St. Michel, no Mar de Behring.

Nada do que anotamos – a misteriosa e longínqua linha estendida, a ausência do Sol no céu, o tremendo frio, aquele estranho destino, afetava o pensar, a alma do peregrino. Não que estivesse acostumado àqueles caprichos da natureza: recém-chegado àquela região, vivia ali seu primeiro inverno... Mostrava-se atento às coisas da vida, somente a elas, não a seus significados profundos. Cinquenta graus abaixo de zero significavam uns oitenta e tantos graus, devido à geada. Este fato o impressionava como sendo frio e desconfortável, nada mais. Não o levava a meditar – pelo menos assim parecia – sobre sua fragilidade ao perambular por tal temperatura e sobre a fragilidade do ser humano, que somente pode viver bem dentro de certos estreitos e estabelecidos limites de frio e calor; também não parecia se preocupar com a imortalidade, o lugar do homem no Universo. Cinquenta graus abaixo de zero significavam um frio de doer, do qual era preciso se proteger com luvas, protetor de orelhas, mocassins quentes e meias grossas. Cinquenta graus abaixo de zero eram para ele precisamente cinquenta graus abaixo de zero. Nada de metafísica, de divagações amedrontadas...

Ao voltar-se para prosseguir caminho, cuspiu especulativamente. Ouviu um estalar explosivo que o assustou. Cuspiu novamente. No ar, antes que tombasse na neve, sua saliva fez um ruído estridente.

Sabia que a cusparada deveria explodir na neve quando a temperatura estivesse a menos cinquenta; aprendera isso. Mas esta explodira no ar... Sem dúvida fazia mais frio do que menos cinquenta; só não sabia quanto mais. Contudo, não perdeu muito tempo forçando a mente. A temperatura não era empecilho, não o impediria de seguir a bifurcação à esquerda, pelo caminho que o levaria a Henderson Creek, onde seus amigos o esperavam. Eles tinham chegado lá pela divisa de Indian Creek; ele chegaria depois, já que decidira examinar as possibilidades de pegar madeira das ilhotas do Yukon, quando a primavera chegasse. Deveria chegar ao acampamento lá pelas seis horas. Seria um pouco escuro, é verdade, mas os rapazes estariam lá, com o fogo aceso e uma comida quentinha a esperá-lo. O viajante levava consigo, avolumando-se sob a jaqueta, um farnel. A comida estava embaixo de sua camisa, envolta em um lenço, colada à sua pele. Aprendera que esse era o único modo de impedir que os biscoitos congelassem. Sorriu muito satisfeito consigo mesmo, matutando sobre os biscoitos, recheados um a um com uma porção generosa de bacon.

O homem entrou na mata. Seu caminho parecia confundir-se. Muita neve havia caído desde que o último trenó passara e estava feliz por ter decidido viajar sem bagagem nem trenó. Tudo o que carregava era aquele farnel embrulhado num lenço. Mas estava surpreso com o frio que fazia. "É, faz muito frio", concluiu, esfregando seu nariz entorpecido contra a mão enluvada. Era um homem de bom sangue, peludo, mas, ainda assim, seus cabelos não defendiam a parte de cima de seu rosto; tampouco seu nariz, que atravessava, indefeso, o ar gelado.

Seguindo o homem de perto, ia um grande cão nativo, um *husky,* o próprio cão lobo, de pelo cinzento, sem nenhuma diferença física ou de temperamento com seu irmão, o lobo selvagem. O animal sentia-se muito deprimido pela baixa temperatura; sabia que não era época de viajar, apesar do homem não sabê-lo... Seu instinto avisava-o, sua experiência... Fazia realmente não só aquele frio contado pelo homem, de cinquenta abaixo de zero; estava mais frio que sessenta, setenta graus abaixo de zero. Fazia setenta e cinco graus abaixo de zero. O cão não sabia nada a respeito de termômetros. Possivelmente, seu cérebro não tinha, em sua rusticidade, a real consciência do frio, tal como se dava com seu companheiro homem. O cão experimentava vago e apreensivo temor. Isso o fazia seguir, ávido, as pegadas do homem em todos os seus menores movimentos, esperando que viesse um esperado repouso, o calor de uma fogueira em um abrigo. Bem conhecia o valor de uma fogueira a crepitar, desejava-o; era isso ou cavar para baixo da neve, aninhando-se no buraco em busca de algum calor, longe da friagem do ar.

A umidade da respiração do animal formava em sua pele uma camada fina de pó de gelo, principalmente sobre a mandíbula, ao redor do focinho, nos cílios. Estas partes mostravam-se embranquecidas por aquela respiração de cristal. A barba avermelhada do homem e seu bigode estavam igualmente congelados, solidificados. Cada vez que soltava a respiração, o depósito de gelo aumentava. O viajante mascava tabaco; o gelo agarrava-se a seus lábios tão firmemente, que mal conseguia mover o queixo para expelir o sumo formado por sua saliva e pelo tabaco. O resultado era a formação de uma barba de cristal, com a cor e a solidez do âmbar, tomando toda a extensão do queixo. Se caísse, sua barba se espatifaria como vidro, em inúmeros estilhaços. Contudo, parecia não se importar com o apêndice. Sabia que era o preço pago por mascadores de tabaco no frio; ele mesmo já havia caminhado duas vezes em frio intenso. Não fizera tanto frio como desta vez. Em suas outras jornadas, pelo termômetro de Sixty Mile, sabia que fizera cinquenta e cinquenta e cinco graus abaixo de zero.

Finalmente, o homem agachou-se à margem do leito gelado de uma trilha. O lugar chamava-se Henderson Creek e o homem sabia que estava a dez milhas da bifurcação. Olhou para o relógio: dez horas. Estava fazendo quatro milhas por hora. Calculou que poderia chegar à bifurcação pouco depois do meio dia. Resolveu celebrar o feliz acontecimento comendo seu lanche por lá.

O cão lobo seguia, cauteloso, suas pegadas, com o rabo abaixado em desânimo, quando o homem foi para a beira do caminho. A marca da velha trilha de trenós ainda era visível, mas uma densa camada de neve cobria os sinais dos últimos caminhantes... Em um mês, nenhum ser humano palmilhara aqueles caminhos silenciosos. O homem continuava andando. Não era um tipo pensativo e, particularmente naquela ocasião, não tinha muito em que pensar, a não ser em comer seu lanche na bifurcação e no fato de que, lá pelas seis horas da tarde, poderia estar no acampamento com os rapazes. Não tinha ninguém para conversar; e mesmo que quisesse tentá-lo não poderia, já que o gelo prendia sua boca. Continuou a mascar o tabaco monotonamente, aumentando o tamanho de sua máscara de âmbar.

De vez em quando pensava que o frio era demais, que nunca experimentara tal temperatura. Enquanto andava, esfregava as mãos enluvadas na face, no nariz. Fazia isso automaticamente, trocando de mãos. Mas, por mais que massageasse o rosto, quando parava, sentia-se entorpecido, sem poder sentir a ponta do nariz. Sabia que havia queimado o rosto e arrependeu-se de não ter trazido protetor para o nariz, do tipo que as pessoas usam em temperaturas muito frias. Mas isso não importava tanto assim, afinal, qual o problema de se ter o rosto queimado pelo frio? Doía um pouco, e só; não era coisa muito séria.

Apesar de ter a mente vazia de pensamentos, o homem observava tudo cuidadosamente. As curvas, os buracos, onde colocar os pés. De repente, no início de uma curva, protegeu-se, qual cavalo assustado, curvando-se para frente. Retrocedeu um pouco. Conhecia bem a região: era um lago congelado... Sabia que o lago estava congelado em suas profundezas, mas poderia haver, lá embaixo, correntes que vinham das montanhas e corriam sob o gelo. Sabia que, por mais frio que fizesse, essas correntes não congelavam, e conhecia o perigo delas.

Eram armadilhas. Charcos d'água ocultavam-se embaixo da neve, e podiam ter alguns centímetros ou um metro de profundidade. Às vezes uma camada fina de gelo coberta de neve os cobria, escondendo-os. Às vezes camadas de gelo e água se alternavam e quando uma delas se quebrava as outras iam junto, fazendo com que as pessoas se molhassem até a cintura.

Era por isso que estava em pânico. Sentira o chão ceder sob seus pés e ouvira gelo escondido por neve se quebrando. Molhar os pés numa temperatura dessas poderia ser muito perigoso. Na melhor das hipóteses significaria atraso, pois teria que parar e acender uma fogueira para proteger seus pés nus e secar as meias e os mocassins. Parou para examinar o leito do lago, suas margens, e decidiu que o fluxo da água vinha da direita. Refletiu, esfregando o nariz e as faces; depois foi para a esquerda, caminhando cautelosamente, testando o terreno a cada passo. Uma vez passado o perigo, apanhou um pedaço de tabaco e continuou sua marcha de quatro milhas por hora. Nas duas horas seguintes encontrou outras armadilhas semelhantes. Normalmente, a neve sobre os charcos escondidos tinha uma aparência diferente, que o avisava do perigo. Mais de uma vez, entretanto, quase caiu. Outra vez, ao suspeitar do perigo, empurrou o cão para frente. O animal não queria ir, forçando o corpo para trás. Voltou sobre seus passos, até que o homem o empurrou com mais força e ele caminhou rapidamente sobre a superfície branca. Houve um momento em que a superfície se quebrou e ele resvalou, quase caiu para o lado, mas conseguiu sair para o chão firme. Molhara as patas dianteiras, e quase imediatamente a água tornou-se gelo. Rapidamente lambeu as patas para se livrar do gelo e deitou-se na neve para tirar o resto de gelo que havia se formado entre os dedos. Era uma questão de instinto. Se permitisse que o gelo ficasse lá, teria dor nos pés. Não que o animal soubesse disso; simplesmente obedecia aos misteriosos comandos que vinham do mais íntimo de seu ser. Mas o homem sabia bem das consequências e, percebendo o que poderia acontecer ao animal, tirou a luva da mão direita e o ajudou a arrancar as partículas de gelo. Em toda a operação, não expôs seus dedos ao frio por mais de um minuto e ficou surpreso ao perceber quão rapidamente sua mão ficava dormente. Estava um frio de doer. Rapidamente tornou a por a luva e bateu com força a mão no peito para afastar aquela sensação.

Era meio dia e a claridade estava no auge. Mesmo assim o Sol estava muito longe, em sua jornada para o Sul, para clarear o horizonte. A curvatura da terra impunha uma barreira entre seu calor e Henderson Creek, onde se podia andar em um dia claro sem nuvens, ao meio dia, sem projetar a própria sombra. Pontualmente chegou à bifurcação do caminho. Estava satisfeito com a velocidade com que havia andado. Se continuasse assim certamente estaria com os rapazes às seis horas. Desabotoou o casaco e a camisa para pegar seu farnel. Esta ação não demorou mais do que um quarto de minuto e ainda assim o torpor tomou conta de seus dedos expostos. Não pôs a luva outra vez, preferindo bater os dedos rapidamente na perna. Depois sentou-se em um toco coberto de neve para comer. As agulhadas que sentira ao bater as mãos nas pernas cessaram tão rapidamente que se surpreendeu. Não conseguia pegar sequer um mísero pedaço de biscoito. Bateu os dedos mais e mais e pôs novamente a mão na luva, tirando a outra para poder comer. Tentou comer um pedaço, mas a mordaça de gelo o impediu. Tinha se esquecido de fazer uma fogueira para que ela se desfizesse. Riu-se dessa tolice sua e, enquanto ria, notou o torpor se imiscuindo em seus dedos expostos. Também notou que o formigamento que sentira nos pés ao sentar-se estava desaparecendo. Não podia ter certeza se seus pés estavam aquecidos ou congelados. Tentou movê-los nos mocassins e decidiu que estavam congelados.

Rapidamente pôs a luva de volta e levantou-se. Estava começando a ficar com medo. Começou a bater os pés com força até sentir de novo o formigamento. Estava realmente frio, era tudo que pensava. Aquele veterano de Sulphur Creek não o havia enganado ao falar do frio que fazia por lá. E, na época, ele rira daquele homem experiente!

Isto lhe mostrava que nunca se deve ter certeza demais das coisas. Não havia dúvidas, com certeza estava *muito* frio. Pôs-se a andar, batendo os pés com força no chão e movendo os braços até sentir--se mais aquecido. Pegou então os fósforos para fazer uma fogueira. Encontrou gravetos em um buraco formado pelas águas da primavera anterior. Trabalhando cuidadosamente, de uma tímida chama fez um maravilhoso fogo crepitante que derreteu o gelo de seu rosto e sob cuja proteção pôde comer seus biscoitos. Por um momento o frio foi esquecido e vencido. O cachorro estava feliz com o fogo e se espreguiçava bem junto dele, sempre mantendo uma distância segura para não se queimar. Quando o homem terminou, encheu seu cachimbo e aproveitou o calor para fumar. Logo depois, pôs as luvas, ajeitou os protetores de orelha de seu chapéu e tomou a trilha da esquerda da bifurcação. O cachorro, desapontado, tentou fazê-lo voltar para o calor reconfortante do fogo. Aquele homem não sabia o que era frio. Possivelmente seus ancestrais não tinham conhecido o frio, o frio de verdade, o frio de setenta e nove graus abaixo de zero. Mas o cachorro sabia o que era isso; todos os seus ancestrais sabiam e ele herdara seu conhecimento. Com certeza não era bom viajar nesse frio amedrontador. Era tempo de se aconchegar em um buraco na neve e esperar. Por outro lado, não havia nenhuma intimidade entre o homem e o animal. Ele era apenas um animal de trabalho e o único contato físico que conhecera fora o de um chicote; o chicote e os ameaçadores sons guturais que antecediam o chicote. Assim o cachorro não se esforçou para comunicar suas apreensões, pois não estava preocupado com o bem-estar do homem; era apenas pelo seu próprio bem que tentava fazer o viajante voltar para perto do fogo. Mas o homem assobiou e falou-lhe com os sons do chicote, e o cachorro limitou-se a seguir seu dono.

O homem pegou um pedaço de tabaco e começou a fazer outra barba âmbar. Sua respiração úmida também fazia embranquecer seu bigode, os cílios e as sobrancelhas. O homem andava e nada via que o alarmasse; não parecia haver charcos escondidos. Foi aí que ocorreu o imprevisto. Em um lugar onde não se notava o menor sinal, onde só se via o macio da neve, ele afundou. Resvalou no branco da neve até à metade dos joelhos, antes que percebesse o perigo.

Agora estava muito zangado e praguejou bem alto por sua má sorte. Prometera a si mesmo estar no acampamento em companhia dos rapazes por volta das seis horas e o acidente o faria se atrasar uma hora, pois agora teria que fazer fogo e secar sapatos e meias. Não seria possível deixar de fazer isso em uma temperatura tão baixa, ele bem sabia. Subiu uma pequena colina formada pelas margens do lago. Embaixo de uma árvore, junto a um pequeno bosque de abetos, havia um depósito de gravetos e palha seca, bom combustível para o fogo. Jogou porções generosas do material sobre a neve: pedaços maiores primeiro. Isto serviria de base para a fogueira, e não deixaria que as pequenas e jovens chamas se afogassem na neve que fatalmente iria derreter. Pegou um fósforo em seu bolso, riscou-o em um punhado de casca de bétula que trazia consigo. Este material queimava mais rápido do que papel e foi colocado no lugar certo, na base da fogueira. Em seguida, alimentou a chama recém-nascida com um punhado de relva seca e gravetos finos.

Trabalhou naquela operação lenta e cuidadosamente, consciente de suas dificuldades e do perigo. A chama ia crescendo, cada vez mais forte; o homem aumentou o tamanho dos gravetos. Depois, acocorou-se na neve. Desembaraçando gravetos e palha, alimentava o fogo. Sabia que não podia falhar. Quando está a setenta e cinco graus abaixo de zero, com os pés úmidos, um homem não pode fracassar em sua primeira tentativa para acender fogo. Se seus pés ainda estivessem secos, e ele fracassasse em sua fogueira, teria a possibilidade de correr ao longo do caminho por meia milha e assim restaurar a circulação. Mas a circulação de pés molhados e congelados não pode ser recuperada na corrida, não a setenta e cinco graus abaixo de zero. Quanto mais rápida a corrida, mais rápido o congelamento dos pés.

O viajante não ignorava nada disso. Os veteranos de Sulphur Creek lhe haviam ensinado muito no outono anterior e agora ele estava fazendo uso dos preciosos ensinamentos. Já não sentia mais os pés. Para acender o fogo precisara tirar as luvas, e os dedos haviam se entorpecido rapidamente. A caminhada de quatro milhas por hora vinha mantendo seu corpo aquecido, as batidas do coração mandando sangue para todas as extremidades. Mas no momento em que parou, os batimentos cardíacos diminuíram. O frio do ar tomou conta do lugar desprotegido onde ele se encontrava, engolfando-o em rajadas mortais, fazendo seu sangue se encolher de medo. Seu sangue estava vivo como aquele cachorro, e como o cachorro, queria se esconder e se cobrir daquele frio amedrontador. Ao parar de andar a quatro milhas por hora, deixara de mandar calor para a superfície de seu corpo e agora se escondia no fundo de seu ser. As extremidades foram as primeiras a sentir sua falta. Seus pés molhados congelavam mais rápido e seus dedos expostos se entorpeciam, apesar de ainda não terem começado a congelar. Nariz e face já estavam congelados, enquanto ele podia sentir sua pele esfriando à medida que o sangue parava de circular.

Mas estava salvo. Os dedos dos pés e o nariz ficariam apenas um pouco queimados pelo frio, pois o fogo já estava começando a crepitar com mais força. Ele agora o alimentava com ramos da largura de seu dedo. Mais um minuto e começaria a usar ramos da grossura de seu pulso e aí poderia tirar seus sapatos e meias para deixá-los secar. Deveria então massagear os pés com neve antes de aquecê-los ao fogo. A fogueira era um sucesso. Estava salvo. Lembrou-se dos conselhos do veterano de Sulphur Creek e sorriu. O velho aconselhara-o a jamais viajar sozinho em Klondike quando a temperatura estivesse abaixo de cinquenta. Pois bem, lá estava ele. Sofrera o acidente, estava sozinho, mas conseguira se salvar. Pensava em como certos veteranos são apavorados. Tudo o que precisava fazer era manter a cabeça fria; estava bem. Qualquer homem de verdade poderia viajar sozinho.

Entretanto era surpreendente como seu nariz e faces congelavam depressa. Não sabia que seus dedos ficariam sem vida em tão pouco tempo. Estavam sem vida sim, pois mal podia mantê-los juntos para pegar um graveto. Eles não mais pareciam fazer parte de seu corpo ou de si mesmo. Ao pegar um galho precisava olhar para se certificar de que o estava segurando mesmo. Parecia não haver mais conexão alguma entre ele e as pontas de seus dedos.

Mas isso não importava muito. Havia o fogo que continuava animado, as faíscas soltando-se, os gravetos a crepitar, prometendo vida, calor, conforto. Depois de desatar os sapatos, percebeu que suas meias grossas pareciam tecidas a ferro, de tão duras. Os cordões dos sapatos, retorcidos como varetas de aço, estavam ásperos. O homem tentou puxá-los, com seus dedos entorpecidos; percebendo a inutilidade do gesto, tirou a faca da bainha.

Antes que pudesse cortar o emaranhado dos cordões, deu-se o inesperado. Talvez fosse sua inexperiência, que provocara o doloroso imprevisto. Não deveria – jamais – ter construído a fogueira sob aquele pinheiro, mas sim num lugar aberto. Achara tão mais fácil, já que podia tirar os gravetos da própria árvore, colocando-os diretamente no fogo. Os galhos das árvores estavam carregados de gelo; sempre que ele deslocava um ramo, ela agitava-se de modo quase imperceptível. O tremular fazia a neve cair aos poucos, galho por galho, cada vez mais para baixo, o deslocamento quase imperceptível crescendo pelo leve tremular. Isso foi aumentando, envolvendo toda a árvore. Foi crescendo como uma avalanche, e finalmente desceu com força sobre o homem e sua fogueira, e a fogueira apagou-se. Morreu, quebrou-se toda. O manto impiedoso de gelo ficou no lugar das solenes chamas da fogueira.

Aí, o homem assustou-se. Pensou: "Esta foi minha sentença de morte". Sentou-se, desorientado, olhou o lugar onde antes estava a fogueira. Depois, sentiu uma grande calma. Talvez as velhas histórias estivessem certas. Se contasse com um companheiro humano, não estaria em perigo agora. Seu companheiro de viagem poderia fazer fogo. Mas ele mesmo é que teria de fazer uma nova fogueira agora, sem falhas. E mesmo que conseguisse, muito provavelmente iria perder alguns dos dedos dos pés, que estavam tremendamente congelados. E teriam de ficar assim por mais um tempo até que conseguisse fazer outra fogueira.

Tais eram seus pensamentos; mas não podia parar para refletir. Não, ocupado como estava. Fez novo arranjo na neve para armar sua fogueira num lugar aberto, sem árvores ameaçadoras. Pegou galhos, ramos, destroços, nas redondezas. Não pôde trazê-los com os dedos separados, mas pegava-os com as mãos cheias. Dessa maneira vieram também alguns raminhos podres e pedaços de musgo verde indesejáveis, mas era o melhor que podia fazer. Trabalhou metodicamente, chegando a coletar ramos maiores para usar quando o fogo pegasse bem. Todo o tempo o cão esteve sentado, esperando, olhando com olhos ávidos para o seu provedor de fogo, fogo que tardava a vir.

Quando tudo estava bem disposto, o homem tirou de seu bolso um segundo pedaço de casca de bétula. Sabia que a tinha no bolso, e mesmo sem ser capaz de senti-la, podia ouvir seus estalidos ao tocá-la. Por mais que tentasse, não conseguia pegá-la. Sabia que seus pés gelavam cada vez mais. O pensamento o fez ficar em pânico, mas procurou acalmar-se, ser a sua própria luz... Pôs as luvas com os dentes e moveu seus braços vigorosamente para frente e para trás em todas as direções possíveis e impossíveis, sentado e em pé. E durante todo aquele tempo, o cão estava sentado na neve, a cauda peluda de lobo envolvendo suas patas para aquecê-lo, os ouvidos afinados de lobo empinando-se em atenção enquanto observava os movimentos do homem. Este batia e rebatia as mãos, à procura de calor. Subitamente, sentiu uma inveja quase incontrolável de seu cão, daquela criatura quente e segura, ali perto dele, na neve.

Depois de um tempo sentiu os primeiros longínquos sinais de vida em seus dedos. O formigamento ia aumentando até se transformar em dor lancinante, mas foi recebido com alegria pelo homem. Tirou num último desespero a luva de sua mão direita, e procurou a casca em seu bolso. Os dedos expostos entorpeciam-se outra vez, cada vez mais. Pegou então sua caixa de fósforos. O tremendo frio, entretanto, já tirava a vida de seus pobres dedos. O esforço para separar um fósforo do outro fez que todo o feixe caísse na neve. Tentou febrilmente apanhar os fósforos, mas falhou. Aqueles dedos defuntos jamais poderiam fazê-lo. Esperou, usando o sentido da visão, em vez do tato, e quando notou que seus dedos estavam um de cada lado do maço ele os fechou para agarrá-lo; isto é, quis agarrar os fósforos, mas os dedos não obedeceram ao cérebro. Calçou a luva da mão direita, bateu-a fortemente contra o joelho. Aí, com suas mãos enluvadas, colheu o maço de fósforos junto com um bocado de neve e o colocou em seu colo. Grande coisa: isso não parecia ajudar muito a resolver seu problema.

Depois de algumas tentativas, conseguiu pegar o maço nas pontas de sua luva, e levou-o até a boca. O gelo que havia ali se rompeu, estalou naquele violento esforço, quando o homem abriu a boca. Ondulou o lábio superior, pegou o feixe entre os dentes superiores para separar um fósforo. Pegou um fósforo com os dentes e jogou-o no colo. Mas do que lhe serviria aquele fósforo que não podia pegar? Aí teve uma ideia. Pegou-o com os dentes, esfregando-o na perna. Esfregava e esfregava o fósforo. Muitas vezes tentou, antes que finalmente viesse a chama. Quando o fósforo flamejou, prendeu-o firmemente em seus dentes contra a casca de bétula. Mas o fogo eriçou-se na direção de sua fossa nasal, irritou os pulmões, provocando uma tosse espasmódica. O fósforo tombou na neve, e apagou-se.

As velhas histórias dos homens de Sulphur Creek eram verídicas, pensou, com desespero ainda controlado. Após cinquenta graus abaixo de zero, um homem precisava realmente andar com um companheiro. Bateu as mãos, mas a operação falhou, não provocando em sua pele a mínima sensação. Bruscamente despiu as duas mãos das luvas, removendo-as com os dentes. Colocou todo o maço de fósforos entre as mãos. Como os músculos de seus braços não estavam congelados, era capaz de pressionar as mãos com força contra os fósforos. Esfregou o maço em sua perna. Setenta fósforos arderam! Não havia vento para apagá-los. Mantendo seu rosto de lado para fugir da fumaça, direcionou o feixe em chamas para a casca de bétula. Enquanto o fazia, começou a sentir alguma coisa em suas mãos. Sua carne estava queimando. Ele podia sentir o cheiro. Bem lá no fundo até experimentava uma leve sensação que crescia e que aos poucos foi se tornando uma dor aguda. Ainda assim, reagiu, tentando por a chama dos fósforos na direção da casca de bétula, que não acendia porque suas mãos estavam no caminho.

Finalmente, quando não pôde mais se defender das queimaduras, sacudiu as mãos, apartou-as. Os fósforos incandescentes caíram na neve; mas a casca de bétula estava acesa. Ele começou por colocar mato seco e gravetos bem finos na chama. Não conseguia pegá-los e escolher os melhores pedaços, aos quais se juntavam ramos podres e musgo verde, que tentava tirar com os dentes. Cuidava da chama o melhor que podia. Ela significava a diferença entre a vida e a morte; não poderia se acabar. A retirada do sangue da superfície de seu corpo fez com que ele começasse a tremer, o que dificultava ainda mais seus movimentos. Um pedaço grande de musgo tombou no fogo incipiente. Tentou mirá-lo e agarrá-lo com seus dedos inertes, mas a tremedeira fê-lo atingir outro lugar. Ele rompera o núcleo da pequena fogueira, fazendo com que os ramos incandescentes e os gravetos pequenos se separassem e se dispersassem. Tentou novamente reuni-los, mas não conseguiu. Um a um, viu os raminhos se apagarem em uma nuvem de fumaça. O provedor de fogo falhara. Olhando apalermado a seu redor, os olhos do homem deram com o cão, sentado do outro lado das ruínas do fogo que não conseguira acender. O animal levantou-se inquieto, movendo uma e outra pata dianteira, balançando o corpo para frente e para trás.

A presença do cão deu ao homem uma ideia. Lembrou-se que tinham lhe contado a história de um homem que, pego em uma nevasca, para salvar a vida, matara um novilho e entrara em sua carcaça, conseguindo assim sobreviver à intempérie. Poderia matar o cachorro e esquentar suas mãos no corpo quente do animal, até que o entorpecimento cessasse. Aí poderia armar outra fogueira.

Chamou o cão, mas sua voz demonstrava uma ponta de medo que fez o animal recuar. Jamais ouvira o homem falar daquela maneira! Sua natureza instintiva pressentiu o perigo. Não sabia precisá-lo exatamente, mas ele estava lá; a apreensão cresceu ainda mais em seu cérebro primário. Estava com medo do homem. Tombou as orelhas ao som repetido da voz trêmula do homem, continuou com os movimentos das patas e o balanço do corpo ainda mais pronunciados, mas não se moveu em direção ao dono. Este agora estava de quatro e se arrastava em direção ao animal. A postura estranha o deixou ainda mais desconfiado e o cachorro se afastou.

O homem sentou-se na neve por uns instantes, lutou contra si mesmo, procurando estabilidade emocional. Tirou as luvas grossas com a ajuda dos dentes, ficou de pé. Olhou para baixo, procurou assegurar-se de que estava realmente em pé, pois a ausência de sensações em seus membros deixava-o sem ligação com o solo. Com o homem assim em pé, numa posição conhecida, o cão sentia-se mais à vontade. Quando o homem falou com voz de comando, as sílabas parecendo chicotadas, o cão voltou à sua costumeira obediência e caminhou em direção ao dono, mais e mais perto dele. Aí o homem descontrolou-se, seus braços foram em direção ao cão. Experimentou genuína surpresa quando verificou que suas mãos não podiam agarrar o animal, que não sentia seus dedos, completamente adormecidos pelo frio. Esquecera-se, por uns instantes, de que os seus dedos estavam gelados e tornavam-se cada vez mais duros. Antes que o animal pudesse seguir o caminho da fuga, o homem rodeou seu corpo com os braços. Sentou-se na neve e agarrou firmemente o cão que rosnava, gania, debatendo-se, muito aflito.

Foi tudo que o homem conseguiu. Rodeando o cão com os braços, permaneceu ali, sentado. Pensou que não poderia matar o animal. Não havia meios para fazê-lo. Com os dedos congelados, suas mãos jamais poderiam tirar a faca da bainha, apunhalar o animal. Soltou-o e o cão se afastou rapidamente, a cauda entre as patas, ainda rosnando. Agora a uma distância segura, olhava com curiosidade para o homem, as orelhas aguçadas, em guarda.

O homem olhou para baixo, para suas mãos, procurando localizá--las. Lá estavam elas, no final das extremidades de seus braços. Achou muito interessante precisar usar os olhos para localizar uma parte do corpo. Tornou a movimentar os braços com força, batendo suas mãos enluvadas nos lados de seu corpo. Ficou assim, fazendo movimentos com toda força, por cinco minutos, até seu coração bombear sangue suficiente para a superfície, para parar com aqueles tremores. Mesmo com tudo isso continuou sem sentir as mãos. Tinha a impressão de que eram pesos mortos e de que não mais poderia encontrá-las.

Um receio de morrer, cru e opressivo, tomou conta do homem. O medo aumentou mais ainda ao perceber que agora o que estava em jogo não era mais perder ou não dedos dos pés e das mãos, mas sim a própria vida. Tinha todas as cartas contra si. Completamente em pânico tomou a trilha velha e estreita do lago e começou a correr, o cachorro a segui-lo de perto. Correu às cegas, sem rumo, somente movido por um medo que nunca sentira antes na vida. Pouco a pouco, à medida que afundava e lutava contra a neve, começou a ver as coisas mais claramente, as pequenas colinas, as reservas de madeira, as árvores sem folhas e o céu. A corrida fez com que se sentisse melhor. Não estava mais tremendo. Quem sabe se continuasse correndo sem parar, poderia descongelar ou até chegar ao acampamento com os rapazes. Claro que perderia alguns dedos dos pés e das mãos e parte de sua face, mas os rapazes tomariam conta dele, salvando o resto de seu corpo que chegasse ao acampamento. Mas também poderia nunca mais ver os rapazes ou chegar a lugar algum. Ainda faltava muito para caminhar e o frio já tomava conta dele todo; logo estaria morto. Entretanto, tentou manter tais pensamentos afastados; não poderia deixar-se dominar por eles. Lutava ferozmente contra tais ideias, mas elas gritavam mais e mais alto em sua mente, exigindo ser ouvidas; tentava desesperadamente manter seu cérebro ocupado com outras coisas.

Impressionou-se muito ao verificar que podia correr com os pés assim gelados, que não podia senti-los quando tocavam no chão, suportando o peso morto de seu corpo. Sentia-se flutuando, sem nenhuma conexão com a terra. Certa vez vira um Mercúrio com asas; talvez ele se sentisse assim, flutuando acima da terra.

Sua ideia de correr sempre até encontrar o campo e os rapazes tinha somente um problema: faltava-lhe vigor. Por várias vezes tropeçou até que, finalmente, vacilou, cambaleou e caiu. Quando tentou levantar-se, falhou na tentativa. Deveria ficar ali sentado, descansar, decidiu. Da próxima vez deveria andar, ir-se... Ao sentar-se, recuperando o fôlego, pôde notar que sentia certo confortável calor. Não tremia mais. Parecia-lhe que aquele bom calor caminhava para seu peito. Quando, porém, tocou seu nariz e sua face, não conseguiu senti-los. Correr não faria com que descongelassem. Tampouco suas mãos e pés se recuperariam com a corrida. Não poderia descongelá-los. Pensou que as partes congeladas de seu pobre corpo poderiam aumentar. Tentou pensar em outra coisa, esquecer aquela ideia; evitava avidamente o pânico e o sentia, com medo. Aí o pensamento absorveu-o, dominou-o, persistiu, deu-lhe a visão horrível de seu corpo completamente congelado. Mas aquele pensar era muito para seu cérebro enfraquecido. Fez outra tentativa para correr, correr ao longo do caminho. Houve um instante em que diminuiu um pouco seus passos, pôs-se a caminhar, mas a ideia do congelamento espraiou-se dentro dele e fê-lo correr ainda mais.

E, todo o tempo, o cão lobo corria em seu encalço, bem junto a seus pés. Quando o homem caiu uma segunda vez, o animal sentou-

-se, observando-o curiosamente, a cauda enrolada em torno das patas dianteiras. O calor e a segurança daquele animal fizeram com que o homem, irado, o insultasse até ver suas orelhas pontudas se abaixarem para trás. Aí veio o tremor, súbito, insidioso. Perdia sua batalha contra o frio, que avançava por seu corpo por todos os poros. Tentou continuar a andar e andar, mas logo caiu de bruços. Era o pânico derradeiro. Quando recuperou o fôlego e o controle, sentou-se novamente, entretendo sua mente com a ideia da morte... Procurava dignidade para morrer. Contudo, a ideia não o tomou logo. Pensava que tolo fora, correndo sem rumo, como uma galinha, ao ter a cabeça cortada do corpo. Já que estava fadado a congelar, então que assim fosse. Foi com essa nova paz de espírito que recebeu os primeiros sinais de desfalecimento. Até que não era tão mal se dirigir à morte no suave torpor do sono que se apoderava dele. O congelamento não era assim tão doloroso como muita gente julgava. Havia modos piores de morrer.

Imaginou como seria quando os rapazes encontrassem seu corpo gelado no dia seguinte. De repente, viu-se a si mesmo com eles, a andar pela trilha, procurando seu corpo. Ainda com eles, numa curva do caminho, pôde ver-se caído na neve. Ele já não se pertencia, pois podia contemplar-se; estava em pé junto aos rapazes, olhando seu corpo inerte no chão. Está um frio de doer, pensou. Quando voltasse para os Estados Unidos contaria a seus amigos como era fria a terra que visitara. Como num sonho, imaginava-se em sua terra, contando a seus compatriotas o frio que experimentara; aí viu o veterano de Sulphur Creek. Podia vê-lo claramente, sentado confortavelmente no calor, fumando um cachimbo.

"Você estava certo, meu velho, estava certo", murmurou para o veterano de Sulphur Creek.

Então o homem foi se abandonando ao sono mais confortável e satisfatório que jamais conhecera. O cão permanecia sentado à sua frente, fitando-o. Esperava. O dia breve terminava num longo e lento crepúsculo.

Por ali não se viam sinais de fogo, nem intenções de fazê-lo. Além do mais, nunca antes o cão lobo vira um homem sentado assim na neve, inútil, sem tentar fazer uma boa fogueira. Como o crepúsculo se adensasse, o cão, ansioso, desejou o fogo mais do que nunca. Estendeu as patas dianteiras com um ganido suave e, antecipando o falar ríspido do dono, colocou as orelhas para trás. Mas o homem permaneceu mudo. O cão então ganiu mais alto. Custou para se arrastar, cauteloso, para perto do homem. E foi aí que descobriu o cheiro da morte. Isso fez com que o animal se eriçasse, recuando. Ficou ali ainda mais um pouco, uivando para as estrelas que cintilavam, dançavam, rodopiavam no firmamento gelado. Finalmente virou-se e trotou em direção à trilha conhecida do acampamento. Lá haveria outros provedores de fogo e de comida.

AMOR À VIDA

Eles caminhavam com dificuldade pela margem do rio gelado. O homem que vinha mais à frente tentava em vão se equilibrar pelas fendas de rocha. Eles estavam cansados e fracos, e suas faces traziam as marcas da paciência conseguida às custas de muitas dificuldades vividas. Carregavam seus pesados cobertores amarrados às costas. Faixas que passavam pela testa também ajudavam a distribuir melhor o peso das costas. Cada um deles trazia um rifle. Andavam inclinados para frente, com os olhos pousados no chão.

"Gostaria de ter aqui conosco apenas duas cargas da munição que temos escondida", disse o segundo homem.

Sua voz era dura e sem expressão. Ele falava sem entusiasmo. O primeiro homem nada disse; mancava pelo caminho esbranquiçado formado pela espuma da água nas rochas.

O outro homem o seguia de perto. Eles não tiraram os sapatos, pois a água estava muito fria; tão fria que suas canelas doíam e seus pés estavam entorpecidos. Havia vezes em que a água batia com tanta força nos joelhos que com dificuldade se mantinham em pé.

O homem que seguia o companheiro resvalou em uma superfície mais lisa, quase caiu. Recuperou-se com violento esforço, ao mesmo tempo que soltava um grito agudo de dor. Ele parecia prestes a desmaiar, a mão livre estendida à frente, como que a buscar suporte no ar. Com muita dificuldade conseguiu se equilibrar, mas logo balançou e quase caiu. Então ele parou por um momento, como que a debater consigo mesmo, e olhou para o outro homem. Este, em nenhum momento se virara para ver o que acontecia.

"Bill, torci meu tornozelo", finalmente conseguiu dizer.

Bill continuou a caminhar pelas águas espumosas. Ele não olhou para trás. O homem o viu ir embora e apesar de sua face manter-se inexpressiva como sempre, em seus olhos podia-se ver a dor de um cervo ferido.

O outro se arrastava em direção à outra margem, e continuou sempre em frente, sem jamais olhar para trás. O homem na água o viu ir-se embora. Seus lábios tremeram um pouco, movendo seus bigodes castanhos. Umedeceu os lábios com a língua.

"Bill!" ele gritou. Era o grito de misericórdia de um homem forte, mas Bill não se voltou. O homem o viu afastar-se, mancando grotescamente em direção à colina que se destacava à frente. Ele o observou até que finalmente desapareceu do outro lado. Só então ele tornou seu olhar para perto, para a fatia de mundo que lhe restara agora que Bill havia ido embora.

Próximo do horizonte, mal se divisava o Sol, obscurecido pelas disformes cerrações e vapores, que davam a impressão de massa e densidade, sem contornos tangíveis. O homem bruscamente puxou seu relógio. Apoiava o seu corpo quase numa só perna. Eram quatro horas da tarde. Era tudo o que poderia saber de datas, pois já fazia uma semana ou mais que já não mais sabia se estavam próximos ao fim de julho ou começo de agosto. Sabia, contudo, que o Sol assinalava-se fortemente em direção do noroeste. Olhou para o Sul. Sabia que em algum lugar além daquelas frias colinas desoladas ficava o lago do

Grande Urso. Sabia ainda, que, naquela direção, o Círculo Ártico cortava o Barrens Canadense. Este riozinho, no qual ele permanecia, era um alimento para o rio Mina de Cobre, que se voltava em direção Norte, e desaguava no do golfo da Coroação e depois no Oceano Ártico. Jamais estivera por aquelas paragens, mas já a havia visto, certa vez, num mapa da Companhia da baía de Hudson.

Novamente os seus olhos contemplaram, atônitos, o seu restrito mundo. Não era um espetáculo agradável. Por onde a vista alcançasse podia ver a linha obscurecida do céu. As colinas eram todas baixas; não se viam árvores, arbustos ou relva. Nada mais do que uma terrível desolação que lhe povoava de medo os próprios olhos.

"Bill, Bill!" ele ainda chamou baixinho, "Bill!"

Acocorou-se então naquela água espumante, como se a vastidão o pressionasse completamente, em toda a sua força brutal, esmagando-o em todo seu horror complacente. Começou a sacudir-se como que em um ataque, até que a arma lhe tombou da mão com um forte ruído. Isto serviu para fazê-lo cair em si. Lutando contra o temor, procurou recuperar o sangue frio. Tateando na água fria, recuperou a sua arma. Suspendeu fortemente o seu fardo mais para o ombro esquerdo, assim como se tentasse aliviar o tornozelo ferido. Aí se dirigiu, vagarosa e cuidadosamente para a margem, procurando vencer a dor.

Não parou. Com desespero que já se tornava quase loucura procurou não pensar na dor e acelerou os seus passos rumo à crista da colina... Aquela mesma montanha onde Bill desaparecera. E o fazia de modo ainda mais grotesco e cômico que o seu companheiro que coxeava. Assim era seu cambalear provocado pelo ferimento. Quando chegou ao topo, pôde ver uma grande planície, vazia e desprovida de vida. Lutou novamente contra o pânico. Desceu. Sustentava a carga – o mais que lhe era permitido – em seu ombro esquerdo.

O fundo do vale estava realmente encharcado de água, e a superfície de musgo a absorvia como esponja. A água esguichava sob seus pés; cada passo era difícil, pois o musgo custava a soltar a pressão dos pés contra o chão. Tomou o caminho rumo às pegadas de Bill, nas rochas que se sobressaíam dentro daquele mar verde de musgo.

Apesar de só, ele não estava perdido. Além, muito além, ele sabia que iria encontrar um lugar onde abetos mortos, muito pequenos, margeavam um laguinho, o *tichinnichilie,* na linguagem nativa, "o lugar dos pequenos gravetos". Dentro daquilo tudo florescia um diminuto arroio de águas límpidas. Havia alguma vegetação por lá, disso ele se lembrava bem, mas não havia madeira. Ele poderia seguir aquela nascente até sua primeira bifurcação. Então precisaria atravessar a bifurcação até o próximo riacho que seguiria para oeste até desaguar no rio Dease, onde finalmente encontraria um depósito escondido sob um monte de pedras, encimado por uma canoa emborcada. No esconderijo ele poderia encontrar munição para abastecer seu revólver e instrumentos de pesca, tudo que era necessário para se conseguir bom alimento. Ele também poderia encontrar um pouco de farinha, um pedaço de bacon e um punhado de feijões.

Bill talvez o estivesse esperando, e ambos poderiam rumar para o Sul em direção ao Dease até o lago do Grande Urso. E no lago eles ainda iriam cada vez mais ao sul até chegar ao Mackenzie. De lá eles poderiam seguir sempre e sempre, cada vez mais para o sul, correndo do inverno frio e suas geleiras, do impiedoso vento frio e cortante. Lá iriam eles rumo a algum posto da Companhia da baía de Hudson em lugares mais quentes. Nesse lugar eles poderiam encontrar madeira boa e generosa e alimento farto.

Estes eram os pensamentos do homem a caminhar sempre para diante. E tão difícil quanto a caminhada era para seu corpo, assim também se esforçava em seus pensamentos, tentando pensar que Bill não o desertara, que Bill esperaria por ele no esconderijo. Ele precisava pensar assim, pois do contrário não haveria sentido na sua luta para se manter em pé e o que lhe restaria seria somente deitar e morrer. E enquanto o Sol se punha, desaparecendo a noroeste, ele pensava no caminho para o sul, em cada pequeno trecho da jornada planejada por ele e por Bill, antes da chegada do inverno. Ele também pensava na comida do esconderijo e na comida da Companhia da baía de Hudson. O homem não comia há dois longos dias e fazia um tempo maior que ele não comia nada que lhe satisfizesse o paladar. Frequentemente parava e apanhava pálidos frutos silvestres, punha-os na boca, mastigava-os demoradamente. Aqueles frutos nada mais eram que sementes fechadas em água... Na boca, a água derretia-se, as sementes tinham um forte gosto amargo. O homem sabia que aquelas frutinhas não sustentavam, mas ele as mastigava pacientemente, com uma esperança que desafiava toda lógica e experiência.

Lá pelas nove horas, ele machucou seu dedão na ponta de uma rocha. Desgastado, enfraquecido, cambaleou e caiu. Ali ficou por certo tempo, sem movimento algum. Depois, soltando sua bagagem, sentou-se. Ainda não estava muito escuro e, naquela demora crepuscular, andou às apalpadelas entre as rochas para pegar musgos secos. Quando conseguiu boa quantidade, fez uma fogueira, um fogo tímido, fumacento. Colocou então água para ferver em uma lata.

Abriu sua bagagem e a primeira coisa que fez foi contar os fósforos. Ali estavam sessenta e sete deles. Contou-os novamente, para certificar-se. Dividiu-os em diferentes porções, envolvendo-os em papel impermeável, dispondo um feixe na sua bolsa vazia de tabaco, um outro feixe dentro de seu chapéu, e o terceiro embaixo da camisa, junto ao peito. Depois de tudo feito, o pânico caiu sobre ele e contou todos os fósforos novamente. Ali estavam, ainda, sessenta e sete.

Procurou esquentar-se no fogo. Seus sapatos estavam encharcados e em pedaços. As meias encontravam-se estragadas, quase desfeitas. Seus pés estavam machucados de dar dó. Seu tornozelo latejava incontrolavelmente e havia inchado muito, ficando quase do tamanho do joelho. Despedaçou uma tira de seu cobertor e amarrou o tornozelo fortemente com ela. Cortou outras tiras e com elas envolveu seus pés, numa tentativa de substituir as meias e mocassins imprestáveis.

Depois, bebeu a água quente da lata, deu corda no relógio e enrolou-se nos cobertores para dormir.

Dormiu um sono de pedra. A breve escuridão da meia-noite veio e foi-se. O Sol apareceu a noroeste, ou melhor, o dia amanheceu, pois o Sol estava escondido por nuvens cinzentas.

Eram seis horas quando acordou quietamente, deitado de costas. Olhou atento para o céu carrancudo, sentiu fome. Quando rolou sobre um cotovelo, sentiu um forte resfolegar... Viu que partia de um touro caribu, que o olhava com atenta curiosidade. O animal não estava muito distante do homem. Este logo pensou num suculento bife caribu... bem fritinho no fogo. Mecanicamente, pegou sua arma sem munição, apontou o tiro. O touro bufou fortemente, e fugiu, o ruído de seus cascos contra as rochas fez-se ouvir na planície.

O homem amaldiçoou sua arma vazia e a atirou longe. Gemeu alto, naquele esforço de luta para se levantar. Era uma trabalhosa e lenta tarefa. As juntas pareciam dobradiças enferrujadas. Trabalhavam asperamente em seus encaixes com muita fricção, e cada dobra ou desdobra somente acontecia por consequência de uma férrea vontade. Quando finalmente o homem ganhou os seus pés, gastou um minuto ou mais se recompondo. Só depois de algum tempo conseguiu colocar-se totalmente em pé como um ser humano deve ficar.

Arrastou-se, a seguir, para uma pequena colina e observou a paisagem. Não havia árvores, arbustos. Tudo que se via era o mar de musgo cinzento povoado por rochas cinzentas, riachos cinzentos, lagos cinzentos. O céu também tinha a mesma cor, dissemos. Não havia naquele firmamento escuro qualquer insinuação de Sol. O homem não tinha a menor ideia de sua direção, não sabia mais onde estava o Norte e nem se lembrava por qual lado havia chegado àquele lugar na noite anterior. Mesmo assim, de alguma forma ele sabia que não estava perdido. Logo ele estaria na "terra dos pequenos gravetos". Ele intuía que era só ir um pouco para a esquerda, não muito longe, para além daquela colina.

Procurou arrumar sua bagagem para retomar a jornada. Certificou-se que ainda possuía as três separadas porções de fósforos, mas não mais parou para contá-los. Demorou-se um pouco a decidir se levaria ou não um saquinho fechado. Ele não era muito grande, podendo ser escondido entre suas mãos. Ele sabia que aquela peça pesava cerca de sete quilos, tanto quanto todo o resto de sua bagagem, o que o preocupava. Finalmente colocou-o de lado e pôs-se a fechar a bagagem. Parou então para olhá-lo. Pegou-o rapidamente, olhando desafiadoramente ao redor, como se aquela desolação estivesse tentando roubar dele o objeto. Quando finalmente se levantou para a penosa jornada do dia, levava consigo o saquinho na bagagem.

Seguia seu caminho um pouco inclinado para a esquerda, parando às vezes para comer frutinhas do mato. Seu tornozelo endurecera, coxeava ainda mais, mas a dor ali não era nada comparada à dor da fome. Uma fome cruciante que lhe doía, roía as suas entranhas, obscurecia-lhe a mente. Os frutos silvestres não podiam lhe satisfazer o enorme apetite, ao contrário, deixavam a língua e o céu da boca irritados.

Caminhou sobre um vale cheio de aves. Volteavam com asas nervosas pelas rochas e musgos. "Ker-ker-ker", elas gritavam. O homem atirou-lhes pedras, mas sem conseguir atingi-las. Colocou o seu fardo no chão, parou. Qual gato a espreitar sua presa procurou agarrá-las. As ásperas rochas cortaram suas pernas até deixar atrás de si um rastro de sangue, mas a agonia da dor dos ferimentos não se comparava à dor da fome. Ele se arrastava pelo tapete de musgo, saturando suas roupas de água e deixando-o com frio. Em seu anseio febril por comida parecia não sentir qualquer outro desconforto. E sempre as aves lhe fugiam, agitando suas asas, gritando como que a zombar de sua imperícia. Ele as amaldiçoou e gritou.

Houve um momento em que ele conseguiu se aproximar de uma ave que parecia dormir. Ele só conseguiu vê-la ao chegar bem perto. Rapidamente tentou agarrá-la, mas ela foi mais rápida. O animal alçou voo, deixando em sua mão três penas da cauda. Enquanto a via voar ele a odiou como se ela lhe tivesse feito algum terrível mal. Então, colocou novamente a bagagem no ombro.

Quando o dia já estava alto, foi para os vales, onde a caça era mais sortida. Um grupo de caribus passou, uns vinte animais, bem na mira do rifle. O homem sentiu o selvagem anseio de persegui-los. Uma raposa preta, logo a seguir, passou, trazendo uma ave na boca. O homem gritou. Foi um grito amedrontador, capaz de assustar a raposa, mas não de fazê-la soltar a presa.

Pela tardinha, ele seguiu o caminho de um riacho. As águas turvas de limo se moviam por entre grupos de vegetação esparsa, onde descobriu algo; parecia ser uma cebola de laguna, não maior do que um sarrafo. Mas era macia, e os seus dentes esmagaram-na, como se fosse o melhor alimento do mundo! Entretanto, as suas fibras cediam. Eram apenas filamentos cheios de água, assim como as frutas silvestres do musgo. Atirou fora a sua carga e adentrou a áspera relva, arrastando-se, andando de joelho, a mastigar qual um bovino.

O homem estava esgotado. Completamente. Sentia desejos de descansar, dormir. Mas precisava seguir em frente, já não mais por causa de seu anseio de chegar à "terra dos pequenos gravetos", mas sim atiçado por uma fome cruel. Procurou por charcos onde poderia encontrar sapos, cavou a terra com as unhas buscando minhocas, mesmo sabendo que não encontraria nada disso tão ao norte como estava.

Olhou cada laguinho em vão até que, quando escureceu, conseguiu descobrir um solitário peixe na laguna espumosa... Enfiou o braço lá, ficando com água até o ombro para pegá-lo. Estendeu ambas as mãos, e remexeu naquele lodo mole, até suas maiores profundezas. Em seu entusiasmo, caiu, molhando-se até a cintura. A esta altura a água estava muito turva, e ele não podia ver o peixe. Esperou até ela sedimentar.

A perseguição foi retomada, até a água ficar lodosa novamente. Dessa vez não pôde esperar, tão nervoso estava. Começou febrilmente a esvaziar o charco com sua lata de cozinhar. Fazia-o tão desesperado que atirava a água perto demais e ela acabava voltando para o charco. Tentou então trabalhar com mais cuidado, esforçando-se ao máximo para manter a calma, apesar de seu coração estar batendo furiosamente contra o peito e suas mãos tremerem. No final de meia hora, o charco estava quase seco; não dava nem para encher uma xícara. E não havia lá nenhum peixe. Encontrou foi disfarçada fenda entre as pedras – por lá o peixe deveria ter escapulido para a lagoa maior. Soubesse ele da existência da fenda, ele a teria fechado, com pedras e o peixe agora seria seu.

Com esse pensamento ele se jogou sobre a terra úmida e gritou. Primeiramente, gritou baixo, para si mesmo, depois mais alto, para a impiedosa desolação que o rodeava. Por um longo tempo depois seu corpo estremecia com os soluços.

Depois, fez fogo e esquentou-se bebendo quartos de água quente. Acampou em uma fenda de rocha, da mesma maneira que fizera na noite anterior. A última coisa que fez foi ver se seus fósforos estavam secos e dar corda no relógio. Os cobertores estavam úmidos e viscosos. Seu tornozelo latejava de dor. Porém; tudo que sabia é que tinha muita fome e, durante seu sono agitado, sonhou com alegres festins, com banquetes, em que o alimento era servido e arrumado de todas as formas imagináveis.

Acordou com frio e sentindo-se mal. Não se via o Sol. O cinzento da terra e do céu tinha se tornado mais profundo. Um vento frio soprava e os primeiros flocos de neve embranqueciam os topos das colinas. O ar ao seu redor evaporou quando ele fez fogo. Esquentou mais água. A neve parecia úmida, meio chuvosa, e os flocos mostravam-se largos, encharcados. Primeiramente, derretiam assim que entravam em contato com o solo, mas depois mais neve foi caindo, cobrindo tudo, apagando o fogo e destruindo todo o suprimento de musgo seco, usado como combustível.

Este era o sinal para pegar a bagagem e seguir adiante, não sabia muito bem para onde. Já não se preocupava mais com a "terra dos pequenos gravetos", nem com Bill nem com o esconderijo sob a canoa emborcada perto do rio Dease. Estava era possuído pelo verbo COMER, faminto até não poder mais! Já não importava mais o caminho que percorresse se tão somente ele o levasse para onde houvesse comida. Percorreu o caminho úmido da neve em direção aos frutos silvestres do musgo. Tateou até achá-los e tirou o úmido musgo pela raiz. Mas aquilo não tinha gosto e não o satisfez. Encontrou uma erva de gosto azedo e comeu tudo que encontrou dela. Não havia muito, pois a maior parte já estava escondida por várias camadas de neve.

O homem não fizera o seu fogo para aquela noite, e não tinha, assim, água quente. Enfiou-se embaixo de suas cobertas, procurou dormir aquele intercalado e faminto sono. A neve transformou-se numa chuvinha má, muito fria. Ele acordou muitas vezes sentindo-a bater em seu rosto. Despontou mais um dia, cinzento e sem sol. A chuva havia passado e com ela a fome do homem. Quisera tanto se alimentar, que o desejo o exaurira... Havia um peso, uma dor surda em seu estômago, mas ele não se preocupou muito com isso. Sentia-se mais realista, racional e voltou a interessar-se pela "terra dos pequenos gravetos" e pelo esconderijo junto ao Dease.

Rasgou em tiras o que restava de um de seus cobertores para enrolá-las em seus pés que sangravam. Também amarrou seu tornozelo machucado e preparou-se para mais um dia de jornada. Quando foi pegar sua bagagem, pensou se ficaria ou não com seu saquinho de sete quilos e acabou indo embora com ele.

A neve dissolvera-se completamente pela chuva; somente os topos das colinas ainda se mostravam brancos. O Sol saiu, ele prosseguiu seu caminho procurando localizar-se pelos pontos cardeais; contudo, sentiu, agora sabia, que estava perdido. Pode ser que enquanto vagava no dia anterior em busca de comida tivesse se desviado demais para a esquerda. Tentou andar mais para a direita para compensar seu erro, procurando achar seu caminho.

Apesar das dores de fome terem passado percebeu que estava cada vez mais fraco. Parava para frequentes descansos, quando comia frutas silvestres de musgo e procurava comida em meio à vegetação. Sentia a língua seca e grande, esta parecia coberta por uma fina camada de pelos. Sentia um gosto amargo na boca. Seu coração também começou a assustá-lo: trabalhava irregularmente. Quando andava, punha-se a bater cada vez mais e mais rápido, as batidas subindo mais e mais para a garganta até deixá-lo sem ar. Sentia-se então desfalecido e atordoado.

Pelo meio do dia encontrou dois peixes num charco. Agora ele estava mais calmo, sabia que não poderia esvaziá-lo. Conseguiu pegá-los com sua lata de cozinhar. Eles não eram maiores que seu dedinho, mas ele não estava com muita fome mesmo. A dor surda em seu estômago tornara-se menor e menor. Parecia que seu estômago cochilava. Comeu os peixes crus, mastigando-os cuidadosamente, já que comer era um ato, agora, de puro raciocínio. Mesmo que não mais sentisse desejo de comer, sabia que era preciso fazê-lo para sobreviver.

À noite ele pegou mais três peixinhos. Comeu dois, deixando o terceiro para seu café da manhã. O Sol havia secado algumas porções de musgo e ele pode esquentar água para se aquecer. Ele não cobrira mais que dezesseis quilômetros naquele dia. E, no próximo, caminhando o máximo que o seu coração desritmado permitia, andou não mais do que oito. Mas o seu estômago não lhe deu nenhum problema; parecia dormir. O homem achava-se em um estranho lugar, com muitos caribus. Havia também muitos lobos. Seus uivos assolavam o lugar e ele viu três deles atravessarem seu caminho.

Mais uma noite; e na manhã seguinte, sentindo-se mais racional do que antes, desatou a tira de couro que prendia o pequeno saco escondido. De sua boca aberta, veio uma amarelada corrente de ouro em pó, de pepitas douradas. Dividiu o ouro em duas partes, ocultando uma delas na fenda proeminente de uma rocha, depois de embrulhá-lo em um pedaço de cobertor. Colocou a outra parte no saquinho. Começou a cortar tiras do último cobertor para os pés. Pegou a sua arma, já que havia muitos cartuchos ainda naquele esconderijo do Dease. Era um dia de intenso nevoeiro e veio chamá-lo novamente uma grande fome. Sentia-se fraco e com muita vertigem que, por três vezes, chegou a cegá-lo. Tropeçava e caía muito agora e foi num desses tombos que descobriu um ninho de aves. Havia quatro filhotes recém-nascidos, com um dia – pequenas chamas de vida pulsando, mal davam para um bocado; comeu-os avidamente, sentindo a vida pulsar dentro de sua boca bem recheada. Esmagou os filhotes como se eles fossem cascas de ovo contra seus dentes. A mãe surgiu, esvoaçou ao redor, com agudos gritos de alarma. Usou sua arma qual um porrete, mas não conseguiu atingi-la; ela logo se colocava fora de seu alcance.

Jogou pedras em sua direção, e por pura sorte acabou quebrando uma de suas asas. A ave alvoroçou-se, procurou fugir correndo, a arrastar a asa quebrada. O homem ia atrás.

Os pequenos filhotes somente despertaram sua fome canibalesca, qual um aperitivo. Saltou em direção da mãe, balançando-se desajeitadamente com seu tornozelo ferido, jogando pedras e gritando roucamente. Outras vezes, saltava, vacilava... Mas finalmente o atordoamento o tomou.

A perseguição o levara a um chão pantanoso, no seio do vale. Encontrou pegadas que não eram suas no musgo encharcado. Poderiam ser de Bill. Mas ele não podia parar, pois a ave mãe estava fugindo. Ele precisava pegá-la primeiro, depois voltaria para investigar as pegadas.

Ele cansara a ave mãe, mas também se esgotara. Ela ofegava, deitada de lado. Ele ofegava na mesma posição, pertinho dela, incapaz de se mover para capturá-la. E à medida que ele se recuperava ela se recuperava também e cada vez que ele estendia a mão para pegá-la ela se afastava. A caçada recomeçou. A noite chegou e a ave escapou.

O homem, tropeçando de fraqueza, tombou para frente, machucando sua face, a mochila nas costas. Não se moveu durante bom tempo. Então, rolou para um lado, deu corda no relógio e assim ficou até o nascimento de mais uma manhã.

Outro dia de névoa. Metade do seu último cobertor envolvia-lhe os pés. Não conseguiu seguir a trilha de Bill. Não importava mais. A única coisa que agora o dominava fazendo-o prosseguir era a fome. Podia ser que Bill também estivesse perdido como ele. Já era meio dia e a carga tornou-se opressiva. Novamente, dividiu o ouro, dessa vez espalhando a outra metade pelo chão. Durante o resto do dia acabou jogando todo o ouro. Agora tudo o que carregava era o meio cobertor, a lata de cozinhar e o rifle.

Uma alucinação começou a transtorná-lo. Tinha certeza que ainda possuía um cartucho de munição. Estava escondido no rifle e por isso ele não havia visto. Por outro lado, todo o tempo ele sabia que seu rifle estava vazio. Mas a alucinação persistia. Ele lutou contra ela horas a fio até finalmente abrir o rifle e confrontar-se com o vazio. O desapontamento foi tão amargo como se ele realmente esperasse encontrar o cartucho.

Arrastou-se com dificuldade por cerca de meia hora, até que a alucinação tomou-o novamente. Outra vez, lutou contra ela e ainda assim ela persistia. Até que, completamente tomado, abriu o seu rifle para se convencer de quantas balas havia ali. Sua mente começava a vagar para bem longe de onde estava; caminhava vagarosamente qual autômato, estranhas ideias o enervavam, entranhando-se em seu cérebro como vermes. Mas aquelas excursões para além do real eram de breve duração, já que a dor da fome sempre o chamava de volta. Cambaleou, agitou-se, ainda a tropeçar; parecia um bêbado. Ante ele, estava agora, um cavalo! Um cavalo realmente. Não pôde acreditar em seus olhos. Uma densa neblina tudo envolvia, entremeada com pontos brilhantes de luz. Esfregou os olhos com sofreguidão para melhorar a visão, e não mais viu o cavalo; agora era um grande urso castanho. O animal estudava-o belicosamente, com curiosidade malsã.

O homem pegou sua arma e colocou-a em posição de tiro antes de cair em si. Abaixou-a e pegou a faca de caça que trazia presa na cintura. Diante dele havia carne e vida. Estudou a lâmina da faca e ela estava afiada. A ponta também estava afiada. Poderia atirar-se contra o urso e matá-lo. Mas em seus ouvidos começou aquele "tump, tump, tump". Sentiu a pressão em seu cérebro, o crepitar das vertigens que o iam tomando, tomando vagarosamente.

A sua desesperada audácia ia dando lugar a um imenso medo. Em sua enorme fraqueza, o que fazer quando fosse atacado? Colocou-se em sua posição mais impositiva, agarrando com firmeza a faca. O animal avançou desajeitadamente, levantou-se e emitiu um fraco rosnado. Se o homem corresse, o animal iria atrás. Mas o homem não correu. Animava-o a coragem que advém do terror. Também rosnou selvagemente, terrível, demonstrando todo o medo de sua vida ancestral.

O urso dirigiu-se para um lado qualquer, rosnando, apavorado pela misteriosa criatura que ali aparecera, em pé e sem medo. Mas o homem não se movia, precavido. Ficou qual uma estátua, até que o perigo passou; depois, atirou-se contra o úmido musgo, tremendo.

Levantando-se, continuou seu caminho sentindo um novo tipo de medo. Já não era mais medo de morrer passivamente por carência de alimento. Dominava-o agora o terror de ser destruído violentamente antes que a fome lhe destruísse cada partícula de luta por sobrevivência. E havia lobos. Por trás, pela frente, por todos os lados daquela desolação vinham seus uivos, tecendo o ar numa teia de ameaça opressiva tão tangível que ele poderia tocá-la como às paredes de uma tenda.

De quando em quando os lobos em grupos de dois ou três, cruzavam o seu caminho. Mas eles logo procuravam afastar-se. Eles não estavam em número grande o suficiente e, além do mais, ocupavam-se em caçar caribus. Estes não lutavam da forma que aquela estranha criatura, que andava ereta e poderia arranhar e morder.

Nas últimas horas da tarde, pisou em ossos espalhados; ali, os lobos tinham feito sua matança. Os despojos eram de um pequeno caribu que, uma hora antes, corria e gritava, vivendo. Contemplou aqueles ossos de carne devorada, aqui e ali ainda picotados com a célula rubra da vida. Será que ele estaria naquela situação ao fim do dia? Ah, a vida, vã e esvoaçante quimera. Somente vivendo, lutando, que a dor vinha; na morte ela não mais existia. Morrer era dormir. Cessaria de sofrer, poderia descansar. Então, por que não se alegrava com a ideia da morte, em vez de temê-la?

Mas não filosofou por muito tempo. Estava agachado no musgo, um osso na boca. Sugava as partículas rubras de vida que ainda existiam. A memória longínqua do gosto adocicado de carne quase o enlouquecia. Fechou suas mandíbulas nos ossos e mastigou. Algumas vezes era osso que ele quebrava, outras eram seus próprios dentes. Esmagou então os ossos com uma pedra, fazendo uma pasta, que devorou. Em sua ânsia por comida machucou os dedos entre a rocha e surpreendeu-se por não sentir tanta dor.

Vieram então dias de neve e chuva perversa. Já não sabia mais quando parava e voltava a caminhar. Descansava onde caísse e se arrastava sempre que a urgência da vida o carregava para frente. Viajava de dia e de noite. Ele não mais sofria os sofrimentos humanos. Era a vida nele que o impulsionava para frente, a vida que não desejava se extinguir. Seus nervos estavam embotados, e sua mente era provocada por visões estranhas e deliciosos sonhos.

Alimentava-se com os ossos esmagados do caribu; havia levado o resto deles consigo. Não mais cruzou montanhas, nem divisas; limitava-se a seguir um riacho que se diluía através de um imenso vale vazio. Não via mais vale ou corrente, porém. Nada enxergava além de visões. Sua alma, seu corpo andavam e arrastavam-se, delgados como se voassem.

Acordou bem, lúcido, deitado de costas numa rocha. O Sol brilhava muito, e estava quente. À distância, ouviam-se os gritos dos caribus. Tinha vagas lembranças de chuva, vento e neve, mas não sabia ao certo se fora tomado pela tempestade por dois dias ou duas semanas.

Por algum tempo, ficou sem se mover, a genial luz do Sol a iluminá-lo, saturando seu miserável corpo de calor reconfortante. Um belo dia – pensou. Poderia tentar se localizar agora. Rolou de lado, numa dolorosa tentativa. Perto dele, flutuava indolente riozinho. Sua pouca familiaridade confundiu-o. Vagarosamente, seguiu-o com os olhos; desviava-se entre colinas monótonas e vazias; muito mais frias e despidas do que quaisquer colinas que encontrara antes. Vagarosamente, deliberadamente, sem maior interesse ou excitação, seguiu aquele estranho rio e viu-o desembocar no mar brilhante. Ainda não sentia emoções. "Muito diferente, estranho" – pensou. Imaginou que o oceano fosse somente quimera, imagem fictícia que a sua mente desordenada criara. Viu um navio – algo parecido – bem no meio daquele impetuoso e impossível mar. Fechou os seus olhos para a visão, aí os abriu; estranha coisa, a visão persistia, talvez fosse verdade... Mas ele sabia que não havia oceanos ou embarcações no coração de terras vazias, assim como soubera que não havia cartucho nenhum no rifle vazio.

Escutou um som de respiração atrás; um resfolegar sutil, algo como uma tosse. Vagarosamente, devido a sua imensa fraqueza, rolou para o lado. Nada havia ao alcance da vista, mas esperou com paciência. Novamente o resfolegar e a tosse e, não muito longe, viu esboçar-se, entre duas rochas, o perfil dum lobo. As orelhas não apontavam para o alto como havia visto em outros lobos; os olhos eram turvos e injetados, a cabeça cinzenta parecia dobrar-se com debilidade, abandono. O animal piscava sem parar por causa do Sol. Parecia doente. Resfolegava e tossia vezes sem conta.

"Isso pelo menos é real" – pensou. Virou-se para o outro lado, procurando entrar em contato com a realidade do mundo que as visões lhe haviam velado. Mas o mar continuava a cintilar, o navio mostrava-se bem perceptível. "O que era a realidade depois de tudo?" Fechou os seus olhos para um longínquo tempo, pensou. Puxou as memórias para si. Ele andara para o norte via leste, para longe da divisa do Dease e em direção ao Vale da Mina de Cobre. Aquele riozinho estranho era o rio Mina de Cobre. O mar brilhante não era outro senão o Oceano Ártico. O navio era um baleeiro, e se movia em direção a leste, cada vez mais longe, longe da boca do Mackenzie até o golfo da Coroação. Ele se lembrava bem dos mapas da Companhia da baía de Hudson, e tudo ia ficando cada vez mais claro.

Sentou-se e voltou sua atenção para afazeres imediatos. As bandagens de cobertor haviam-se desfeito e seus pés eram massas disformes em carne viva. O último cobertor tinha-se acabado. O rifle e a faca também haviam desaparecido; perdera o seu chapéu com o maço de fósforos na aba em algum lugar. Ainda bem que os fósforos guardados contra o peito ainda estavam lá, salvos e secos, dentro da bolsa de tabaco, envolvidos em papel impermeável. Olhou para o relógio. Eram onze horas e ele ainda parecia funcionar bem. Por certo ele havia se lembrado de lhe dar corda.

Sentia-se calmo, com os pés no chão. Apesar de sua extrema fraqueza, não sentia mais dor. Também não estava com fome. O pensamento de comida nem lhe parecia muito agradável, e movia-se apenas impulsionado pela razão, nada mais. Rasgou suas calças até os joelhos e envolveu os pés com o tecido. De alguma forma ele ainda conseguira manter consigo a lata de cozinhar. Ele beberia um pouco de água morna antes de engendrar a jornada terrível até o navio.

Seus movimentos eram vagarosos. Tremia como se estivesse com paralisia. Quando começou a pegar musgo seco, percebeu que não conseguia levantar-se. Tentou ficar em pé vezes sem conta e teve de contentar-se em rastejar com o auxílio de seus joelhos e mãos. Chegou perto do lobo doente. O animal procurou desviar-se de seu caminho, deixando à vista uma língua fraca e sem cor, que parecia não ter força nem para curvar-se um pouco. O homem verificou que a língua do lobo não se mostrava avermelhada como seria de se esperar em um animal saudável. Era de um marrom amarelado e parecia coberta por muco áspero e ressecado.

Depois que bebeu um quarto de água quente, o homem achou-se capaz de ficar em pé e até de andar, assim tão bem quanto um homem à beira da morte andaria. A cada minuto, precisava parar, repousar. Seus passos eram débeis e incertos, assim como os passos do lobo que o seguia. E naquela noite, quando o brilho do mar jazia engolfado em escuridão, ele sabia que o mar estava a não mais que seis quilômetros.

Durante toda a noite o homem ouviu a tosse do lobo doente e de vez em quando escutava o grito dos caribus. A vida espalhava-se a seu redor. Mas tratava-se de vida forte e viva, muito viva. E ele sabia que aquele lobo doente seguia sua trilha na esperança de que ele, homem, morresse primeiro. De manhã, assim que abriu os olhos, percebeu que o lobo o contemplava com olhos desejosos e famintos. Estava encolhido, o rabo entre as pernas, qual desprotegido e faminto cão suplicante. O animal tremia com o vento frio da manhã e arreganhou os dentes num arremedo de ferocidade quando o homem lhe falou numa voz que não era mais do que rouco murmúrio.

O Sol brilhava e durante toda a manhã o homem cambaleava e caía em direção ao navio no oceano brilhante. O tempo estava perfeito. Era o breve verão indiano das altas latitudes e poderia durar uma semana ou ir-se no próximo dia.

À tarde o homem encontrou uma trilha. Era de um outro homem que não podia andar ereto, mas arrastava-se de quatro. Pensou, sem emoção, que poderia ser Bill. Ele não estava nem um pouco curioso. Na verdade, as sensações e emoções haviam-no deixado. Já nem sentia mais dor. Seu estômago e todos os nervos estavam adormecidos. Mesmo assim a vida pulsando dentro dele o impulsionava para frente. Apesar de desanimado e fraco, recusava-se a morrer. Por causa de sua recusa em morrer é que ainda comia frutos silvestres do musgo e peixinhos, bebia sua água quente e mantinha-se de olho no lobo doente.

Seguiu o caminho do outro homem, que também conduzira um pobre e rastejante corpo. Subitamente, topou com novos e frescos ossos circundados por pegadas de lobos. Viu um saquinho de ouro como o seu despedaçado por dentes afiados. Pegou-o do chão, apesar do peso ser demais para seus dedos débeis. Bill o havia carregado até o fim. Ele levara a melhor sobre Bill. Ele sobreviveria e carregaria o ouro até o navio. Riu-se um riso rouco e gutural, parecido com o crocitar de um corvo. O lobo doente juntou-se a ele, uivando lugubremente. O homem então se silenciou. Como podia estar rindo assim do Bill? Aqueles ossos poderiam ser tudo o que restara de seu companheiro. Seria ele?

Voltou-se para longe dos ossos. Bem, Bill o abandonara, mas ele não lhe pegaria o ouro nem lhe chuparia os ossos. Se Bill estivesse em seu lugar, tinha certeza que não seria assim. Cambaleando, seguiu em frente. Chegou em um pequeno charco. Quando se inclinou sobre a água, na esperança de encontrar peixinhos, voltou-se para trás num susto. Vira seu reflexo, e a visão era tão horrível que acordou seus sentidos embotados. Havia três peixinhos na água, mas não era possível drenar o charco, que era grande demais. Tentou e tentou pegá-los com a lata, mas desistiu. Tinha medo que, em sua fraqueza, poderia cair e se afogar.

Naquele dia diminuiu sua distância para o navio para quatro quilômetros. No dia seguinte a distância foi para três. Ele agora se arrastava, assim como Bill fizera. No final do quinto dia percebeu que o navio estava a quase oito quilômetro de distância e mal podia fazer um por dia. O verão indiano continuava, e ele continuava a se arrastar e a desmaiar. Assim também o lobo doente, tossindo e espirrando, seguia as suas pegadas. Os joelhos do homem estavam em carne viva e apesar de cobri-los com a camisa, podia-se ver um rastro vermelho de sangue deixado sobre as pedras e musgo. Ao olhar para trás via o lobo lambendo avidamente o sangue deixado pelo caminho. Percebeu vividamente qual poderá ser seu fim a não ser... A não ser que ele pudesse pegar o lobo. E assim começou uma das mais cruas tragédias da existência. Um homem doente se arrastando, um lobo doente coxeando; duas criaturas arrastando suas carcaças pela desolação e caçando um ao outro.

Fosse o lobo um animal sadio, o homem não se preocuparia tanto. Mas só de pensar em servir de alimento para aquele bucho enfermo e semimorto, sentia repugnância. Sua mente começava a vagar novamente, era tomada, pouco a pouco, pela alucinação. Seus intervalos de lucidez tornavam-se mais raros e menores.

Houve uma vez em que foi acordado pelo fraco espirro do lobo em seus ouvidos. O lobo pulou para trás, perdendo o equilíbrio e caindo de fraqueza. Era uma cena burlesca, mas o homem não teve vontade de rir. Também não sentia medo. Estava distante demais de tudo que o rodeava para sentir medo. Mas sua mente subitamente esclareceu-se, e ele parou e considerou. O navio não se achava a mais de seis quilômetros. Quando conseguia firmar a vista, podia ver claramente o branco da vela de um barco cruzando a água brilhante do mar. Mas ele nunca poderia se arrastar por seis quilômetros. Sabia disso, e ficou muito calmo, ao percebê-lo. Tinha consciência de que não poderia rastejar nem por algumas centenas de metros. E ainda assim queria viver. Aquilo não estava certo; não poderia perecer depois de tudo o que suportara. O destino estava querendo demais dele. E, morrendo, recusava-se a morrer. Desafiava a morte em sua impotência ainda que fosse pura insensatez, uma loucura desvairada.

Fechou os olhos e, cautelosamente, procurou se compor. Procurou manter-se alheio ao langor que parecia engolfá-lo em suas garras sufocantes. Parecia-se muito com o mar esse langor mortal, levantando-se mais e mais, sufocando todo resto de consciência. Algumas vezes submergia-se todo, nadando através do esquecimento; depois, por uma estranha alquimia da alma, encontrava um frangalho de vontade e lutava ainda mais furiosamente.

Sem se mover, estava deitado de costas, e podia escutar, chegando cada vez mais perto, a respiração difícil do lobo doente. O animal ia chegando mais e mais perto. Parecia um tempo sem fim, mas o homem permanecia imóvel. O lobo já estava ao lado de seu ouvido. Sentiu uma língua, áspera e seca contra seu rosto. Estendeu as mãos subitamente, ou assim desejou fazer. Seus dedos curvavam-se como garras, mas fecharam-se no vazio do ar. Rapidez e precisão requeriam força, e o homem não tinha mais nenhuma.

A paciência do lobo era terrível. Mas a do homem não era diferente. Por meio dia ele ali ficou, deitado, sem se mover, lutando contra a perda de consciência e esperando pela coisa que dele queria se alimentar a de quem ele queria se alimentar. Algumas vezes, o lânguido mar o envolvia, fazendo-o sonhar longos sonhos. Mas mesmo estes sonhos eram entrecortados por momentos despertos de lucidez. Ele esperava pela respiração doentia e difícil e pela língua áspera.

Não mais escutou a respiração. Deslizou vagarosamente de algum sonho para sentir a língua do lobo com as mãos. Esperou. As presas apertaram suavemente; a pressão aumentou. O lobo extraía suas últimas forças para fincar os dentes no alimento pelo qual esperara longamente. Mas o homem também esperara longamente e a mão lacerada fechou-se na mandíbula. Lentamente, enquanto o lobo lutava debilmente e a mão se fechava debilmente, a outra mão preparava-se para segurar o animal. Cinco minutos depois todo o peso do homem estava sobre o lobo. Suas mãos, contudo, não tinham suficiente força para asfixiar o animal; a face do homem estava junto à garganta do lobo, sua boca estava cheia de pelos... Após meia hora, o homem sentiu uma coisa morna entrando pela sua garganta. Não era nada agradável. Parecia que estavam despejando chumbo derretido no estômago. Precisou de muita força de vontade para continuar com aquilo. Mais tarde ele deitou-se de costas e dormiu.

Alguns membros de uma expedição científica desceram do baleeiro "Bedford". Do convés, avistaram na praia um estranho objeto. Movia-se em direção à água. Os cientistas mostraram-se incapazes de classificar aquela estranha criatura e, como tinha de ser com cientistas, desceram do navio para ver do que se tratava.

E eles viram alguma coisa que vivia, mas que dificilmente se parecia com um homem. Estava cego, sem consciência alguma. Arrastava-se pelo chão como um verme monstruoso. A maioria de seus esforços não tinha efeito, mas ele persistia e retorcia-se todo e seguia em frente numa velocidade de alguns centímetros por hora.

Três semanas depois o homem estava deitado em um catre do baleeiro "Bedford" e, em lágrimas, procurava explicar quem era e as dificuldades por que passara. Balbuciava frases sem sentido sobre sua mãe, sobre a Califórnia ensolarada, sobre um lar entre os laranjais e flores.

Finalmente, o homem pôde sentar-se à mesa com os cientistas e os oficiais. Regozijou-se ao ver tanto alimento espalhado. Observava com ansiedade toda aquela comida indo para a boca de outras pessoas. Com o desaparecimento de cada bocado podia-se ver um desespero profundo em seus olhos. Ele estava lúcido, mas mesmo assim detestava aqueles homens nas horas das refeições. Perseguia-o o medo que aquela comida toda acabasse. Ele enchia de perguntas o cozinheiro, o camareiro, o capitão; queria saber se haveria comida enquanto estivesse no barco, queira saber sobre a provisão de alimentos. Eles o tranquilizavam vezes sem conta, mas ele não conseguia acreditar. Foi à despensa verificar com os próprios olhos.

Notaram que o homem engordava muito depressa. Os cientistas balançavam a cabeça e teorizavam. Procuraram permitir que o homem se alimentasse somente no horário das refeições. Ainda assim, suas medidas iam aumentando mais e mais, principalmente por sob a camisa.

Os marinheiros sorriam. Eles sabiam. E quando os cientistas procuraram impor regras ao homem eles também sabiam. Logo depois do café da manhã eles o viram estender as mãos como um pedinte para um marinheiro. Este sorriu e lhe deu um pedaço de biscoito do mar. Ele o agarrou com sofreguidão, olhando para ele qual avarento olha para o ouro, e o enfiou debaixo da camisa. Outros marinheiros fizeram o mesmo, com o mesmo sorrisinho. Os cientistas foram discretos.

Eles o deixaram em paz. Mas examinaram seu catre quando ele não estava por perto. Estava repleto de biscoito; o colchão estava cheio de biscoito, cada buraco e reentrância estavam cheios de biscoito. Mesmo assim ele estava lúcido. Ele apenas se precavia contra a fome; era só isso. Ele iria se recuperar, os cientistas disseram. E assim aconteceu, quando o baleeiro "Bedford" se aproximou da baía de São Francisco.

O CHINA

"O coral se desenvolve,
a palmeira cresce,
mas o homem morre."
Provérbio taitiano

Ah Cho não sabia francês. Sentou-se na sala do tribunal, apinhada de gente, muito cansado e aborrecido, ouvindo o francês explosivo e ininterrupto de dois funcionários públicos que falavam alternadamente. Para Ah Cho aquilo não passava de tagarelice, e admirava-se com a estupidez dos franceses, que demoravam tanto tempo para descobrir o assassino de Chung Ga, e nem conseguiam descobri-lo. Os quinhentos trabalhadores chineses da plantação sabiam que fora Ah San quem cometera o crime, e Ah San nem sequer fora preso. É certo que os *coolies* tinham feito um acordo secreto de não testemunharem uns contra os outros; mas era tão simples, que os franceses deviam ser capazes de descobrir que o assassino era Ah San. Eram muito estúpidos, estes franceses.

Ah Cho não fizera nada de que tivesse medo. Não interviera no assassínio. É certo que o presenciara, e que Schemmer, o capataz da plantação, havia entrado nas barracas logo depois e o apanhado ali, com mais outros quatro ou cinco. E daí? Chung Ga tinha sido apunhalado apenas duas vezes. Era evidente que cinco ou seis homens não podiam infligir apenas duas punhaladas. Mesmo que um homem pudesse ter dado só uma punhalada, bastavam dois homens para ter dado as duas.

Era assim que Ah Cho raciocinava, quando ele e seus quatro companheiros mentiam, embaralhavam e confundiam o tribunal com suas declarações a respeito do que se passara. Tinham ouvido o barulho da luta e,. tal como Schemmer, haviam corrido para o local. Tinham chegado primeiro que Schemmer... era tudo. Também era certo que Schemmer declarara que, atraído pelo rumor de uma disputa, ao passar ali por acaso, ficara quatro ou cinco minutos, pelo menos, do lado de fora, e que, quando entrara, já lá se encontravam os prisioneiros; e que eles não tinham entrado imediatamente antes dele, porque ele estivera diante da única porta das barracas. E depois? Ah Cho e seus quatro companheiros haviam declarado que Schemmer se enganara. No fim seriam soltos. Todos tinham a certeza disso. Não podiam cortar as cabeças de cinco homens por duas punhaladas. Além disso, nenhum diabo estrangeiro presenciara o crime. Mas estes franceses eram tão estúpidos! Na China, como Ah Cho bem sabia, o magistrado ordenaria que fossem torturados para apurar a verdade. Era muito fácil descobrir a verdade por meio da tortura. Mas estes franceses não empregavam a tortura... os loucos! Por conseguinte, nunca descobririam quem matara Chung Ga.

Mas Ah Cho não compreendia tudo. A companhia inglesa a quem pertencia a plantação importara do Taiti, com grandes despesas, os quinhentos *coolies*. Os acionistas exigiam os dividendos, e a companhia ainda não pagara nenhum. Por esse motivo, a companhia não queria que seus trabalhadores, contratados tão dispendiosamente, começassem a se matar uns aos outros. E havia ainda os franceses, ansiosos e desejosos de impressionar os chinas com as virtudes e a superioridade da lei francesa. Nada melhor do que dar um exemplo de vez em quando; além do mais, para que servia a Nova Caledônia senão para mandar para lá homens para acabar os seus dias, na miséria e na dor, em pagamento do crime de serem fracos e humanos?

Ah Cho não compreendia nada disso. Sentado na sala do tribunal, esperava pela sentença que o libertaria e aos seus camaradas, para voltarem à plantação e cumprirem os seus contratos. Esta sentença seria dada em breve. O processo estava terminando. Dava para perceber: já não havia mais declarações nem palavreados. Os demônios franceses estavam cansados também, era evidente que esperavam a sentença. E, enquanto esperava, foi recordando a sua vida, até o dia em que assinara o contrato e partira no barco para Taiti. A vida era difícil na sua aldeia da costa e, quando assinara o contrato para trabalhar durante cinco anos nos mares do Sul, por cinquenta centavos mexicanos por dia, considerara-se cheio de sorte. Havia homens na sua aldeia que trabalhavam um ano inteiro por dez dólares mexicanos, e mulheres que faziam redes um ano inteiro por cinco dólares, enquanto nas casas dos lojistas haviam criadas que recebiam quatro dólares por um ano de serviço. E ele ia receber cinquenta centavos por dia. Por um dia, apenas por um dia, ia receber essa soma fabulosa! Que importava que o trabalho fosse pesado? No fim dos cinco anos regressaria à casa – era o que estava no contrato – e nunca mais precisaria trabalhar. Seria um homem rico para o resto da vida, com uma casa mesmo sua, uma mulher e filhos que cresceriam e o venerariam. Sim, e atrás da casa teria um jardinzinho, que seria o seu lugar de meditação e repouso, com peixes dourados num laguinho, e campainhas em várias árvores, tilintando ao vento, e um muro alto em toda a volta, para que sua meditação e seu repouso não fossem perturbados.

Bom, já trabalhara três daqueles cinco anos. Já era um homem rico (em seu país) com o dinheiro que ganhara, e só mais dois anos separavam a plantação de algodão, em Taiti, da meditação e do repouso que o esperavam. Mas neste momento estava perdendo dinheiro, por causa da infeliz casualidade de ter presenciado o assassinato de Chung Ga. Estivera três semanas na prisão; por cada dia dessas três semanas perdera cinquenta centavos. Mas agora a sentença já não tardaria, e ele regressaria ao trabalho.

Ah Cho tinha vinte e dois anos. Era alegre, possuía bom caráter e sorria com facilidade. Embora tivesse o corpo esguio como o dos asiáticos, a cara era redonda. Era redonda como a Lua e irradiava uma complacência amável e uma bondade de espírito, invulgares em sua raça. E suas feições não mentiam. Nunca se metia em confusões nem entrava em brigas. Não tinha a alma suficientemente endurecida para ser um jogador. Sentia-se feliz com as coisas pequenas e os prazeres simples. O silêncio e o sossego do fim do dia, depois do trabalho escaldante nos campos de algodão, davam-lhe uma satisfação infinita. Era capaz de ficar sentado, horas seguidas, a contemplar uma flor solitária e a filosofar sobre os mistérios e enigmas da existência. Uma garça azul, pairando sobre uma prainha arenosa em forma decrescente, o chapinhar prateado de um peixe em fuga, ou um pôr de sol, pérola e rosa, sobre uma lagoa exaltavam-no a ponto de o fazerem esquecer por completo os dias exaustivos e o pesado chicote de Schemmer.

Schemmer, Karl Schemmer, era um animal, um animal cruel. Mas merecia o salário que ganhava. Extraía as forças dos quinhentos escravos até à última partícula. Porque eles não passavam de escravos até o término do contrato. Schemmer trabalhava muito para extrair a energia daqueles quinhentos corpos transpirados, transformando-a em fardos de algodão macio, pronto para ser exportado. Era a sua bestialidade primitiva, férrea e dominadora que lhe permitia efetuar a transformação. Usava também um grosso cinto de fivela, de três polegadas de largura e uma jarda de comprimento, que trazia sempre consigo e que de vez em quando caía sobre as costas nuas de um *coolie* curvado, com o estampido de um tiro de pistola. Estes estalidos soavam com frequência, quando Schemmer percorria os campos arados.

Uma vez, no princípio do primeiro ano do contrato de trabalho, tinha matado um *coolie* com um simples murro. Não esmagara propriamente a cabeça do homem, como se fosse uma casca de ovo, mas a pancada fora suficiente para apodrecer o que havia lá dentro, e o homem morreu, depois de ficar uma semana doente. Mas os chineses não tinham se queixado aos demônios franceses que governavam Taiti. Tinham que ter cuidado. O problema deles era Schemmer. Tinham que evitar a sua cólera como evitavam o veneno dos escorpiões que se escondiam nas ervas ou se introduziam, em noites de chuva, nas barracas onde dormiam. Os chinas – era assim que eram chamados pelos indolentes nativos, de pele escura, da ilha – tinham o máximo cuidado em não desagradar Schemmer. Isto equivalia a produzir para ele o máximo de trabalho eficiente. Aquele soco de Schemmer rendeu milhares de dólares à companhia, e Schemmer nunca teve problemas por causa dele.

Os franceses, sem instinto de colonizadores e fúteis, com suas táticas infantis para desenvolver os recursos da ilha, estavam radiantes por verem a companhia inglesa progredir. Que lhes importava Schemmer e seu punho terrível? E o china que morrera? Ora, era apenas um china. Aliás, morrera de insolação, como o certificava o atestado do médico. É certo que nunca na história de Taiti alguém morrera de insolação. Mas foi isso, precisamente isso, que causou a morte do china, um caso único. Foi o que o médico disse no seu relatório. Era muito ingênuo. Os dividendos tinham que ser pagos, senão acrescentar-se-ia mais um malogro à já longa lista de malogros de Taiti.

Não era possível compreender estes demônios. Ah Cho meditava na impenetrabilidade deles, enquanto esperava pela sentença, na sala do tribunal. Era impossível saber o que se passava na cabeça deles. Conhecera alguns destes demônios brancos. Eram todos iguais – os oficiais e marinheiros do navio, os oficiais franceses e os homens brancos da plantação, incluindo Schemmer. Suas mentes funcionavam todas de maneira misteriosa e impossível de compreender. Enfureciam-se sem causa aparente e sua cólera era sempre perigosa. Às vezes pareciam bestas selvagens. Preocupavam-se com coisas insignificantes e, por vezes, conseguiam trabalhar até mais do que um china. Não eram sóbrios como os chinas; eram gulosos, comendo prodigiosamente e bebendo ainda mais prodigiosamente. Um china nunca conseguia saber quando uma atitude iria agradar-lhes ou levantar uma tempestade de cólera. Um china nunca sabia. O que lhes agradava uma vez, na próxima era capaz de provocar uma explosão de ira. Existia uma cortina diante dos olhos dos demônios brancos que ocultava o interior dos seus espíritos do olhar de um china. E depois, dominando todo o resto, havia aquela eficiência terrível dos demônios brancos, aquela habilidade para fazer coisas, para fazê-las progredir, para obter resultados, para vergar à vontade deles todos os outros seres rastejantes e inferiores e o poder dos próprios elementos. Sim, os homens brancos eram estranhos e maravilhosos, e eram demônios. Veja-se o exemplo de Schemmer.

Ah Cho admirava-se da sentença levar tanto tempo para ser pronunciada. Nenhum dos homens acusados havia posto a mão em Chung Ga. Fora Ah San quem o matara, sozinho. Fora Ah San que lhe dobrara a cabeça para trás, puxando-o pela trança, com uma das mãos, e com a outra, pelas costas, lhe enterrara a faca no corpo. Duas vezes a enterrara. Ali mesmo, na sala do tribunal, Ah Cho revivera toda a cena, de olhos fechados: a briga, as palavras odiosas atiradas de um para o outro, as obscenidades e insultos proferidos contra os veneráveis antepassados, as maldições lançadas sobre gerações por procriar, o salto de Ah San, para agarrar a trança de Chung Ga, a faca que se enterrara duas vezes na carne, o abrir da porta, a irrupção de Schemmer, a fuga de Ah San, o estalar do cinto de Schemmer, que fez os restantes encolherem-se num canto, e o disparar do revólver de Schemmer para pedir ajuda. Ah Cho tremia ao reviver isto tudo. Uma pancada do cinto ferira seu rosto, arrancando um pouco de pele. Schemmer apontara os arranhões, quando no banco das testemunhas identificara Ah Cho. Só agora as marcas tinham desaparecido. Fora uma pancada forte. Meia polegada mais para o centro, e teria arrancado um olho. Depois Ah Cho esqueceu todo o acontecido, perdendo-se na visão do jardim de meditação e repouso que seria seu quando regressasse a sua terra.

Ficou sentado, com o rosto impassível, enquanto o magistrado proferia a sentença. Os rostos de seus quatro companheiros estavam igualmente impassíveis. E impassíveis permaneceram quando o intérprete lhes explicou que os cinco haviam sido considerados culpados do assassínio de Chung Ga, e que Ah Chow seria decapitado. Ah Cho cumpriria vinte anos de prisão na Nova Caledônia, Wong Li, doze, e Ah Tong, dez. Não valia a pena excitarem-se por isso. Até mesmo Ah Chow permaneceu impassível como uma múmia, embora fosse sua a cabeça que ia ser cortada. O magistrado acrescentou umas quantas palavras, e o intérprete explicou que o fato do rosto de Ah Chow ter sido o que ficara mais ferido pela chicotada de Schemmer tornara a sua identificação tão positiva que, visto ser preciso que morresse um homem, esse homem seria ele. Igualmente, o fato do rosto de Ah Cho ter sido muito ferido, o que provava sua presença no local do crime e sua participação nele, havia lhe valido os vinte anos de prisão. E, assim, até os dez anos de Ah Tong, foi explicada a razão da proporção de cada uma das sentenças. Que isto servisse de lição aos chinas, disse por fim o tribunal, porque era preciso que compreendessem que a lei seria cumprida em Taiti, acontecesse o que acontecesse.

Os cinco chinas foram levados de novo para a cadeia. Não estavam impressionados nem preocupados. O inesperado da sentença era precisamente aquilo a que estavam habituados nas suas relações com os demônios brancos. Deles os chinas não esperavam senão o inesperado. O pesado castigo por um crime que não haviam cometido não era mais estranho do que as inúmeras coisas estranhas que os demônios brancos faziam. Nas semanas que se seguiram, Ah Cho observou Ah Chow com uma curiosidade moderada. A cabeça dele ia ser cortada na guilhotina que estava sendo erguida na plantação. Para ele não haveria anos de declínio nem jardins de tranquilidade.

Ah Cho filosofava e especulava sobre a vida e a morte. Por si, não estava preocupado. Vinte anos eram apenas vinte anos. O seu jardim demoraria mais esse tempo para concretizar-se... Era jovem e tinha no sangue a paciência da Ásia. Podia esperar esses vinte anos, e nessa altura já os ardores do sangue estariam acalmados e se adaptaria melhor ao jardim do encanto tranquilo. Pensou num nome para ele; chamar-lhe-ia jardim da Paz Matutina. Sentiu-se feliz durante todo o dia com estes pensamentos e inspirado para imaginar uma máxima moral sobre a virtude da paciência, a qual veio a ser de grande conforto especialmente para Wong Li e para Ah Tong. Ah Chow, no entanto, não ligou para a máxima. Sua cabeça seria separada de seu corpo dentro de tão pouco tempo, que não precisava de paciência para esperar pelo acontecimento. Fumava muito, comia bem, dormia melhor ainda, e não se preocupava com a lentidão com que o tempo corria.

Cruchot era um policial. Tinha vinte anos de serviço nas colônias, desde a Nigéria e o Senegal até os mares do Sul, e esses vinte anos não tinham iluminado de maneira perceptível o seu espírito estúpido. Era tão lento e estúpido como no tempo em que era camponês no Sul da França. Conhecia a disciplina e o medo da autoridade, e desde Deus até o sargento, a única diferença para ele consistia no grau de obediência servil que prestava. Na realidade, o sargento pesava mais no seu espírito do que Deus, exceto aos domingos, quando os seus arautos tinham a palavra. Deus estava habitualmente muito distante, ao passo que o sargento estava normalmente muito próximo.

Foi Cruchot que recebeu a ordem do juiz do Supremo para que o carcereiro entregasse a pessoa de Ah Chow. Ora, aconteceu que o juiz do Supremo oferecera na noite anterior um jantar ao comandante e a oficiais do navio de guerra francês. Sua mão tremia quando escreveu a ordem, seus olhos doíam tanto que nem sequer a releu. No fim de contas, tratava-se apenas da vida de um china. E, assim, não reparou que omitira a letra final do nome de Ah Chow. A ordem dizia "Ah Cho", e, quando Cruchot a apresentou, o carcereiro entregou-lhe a pessoa de Ah Cho. Cruchot pôs este personagem a seu lado, numa carroça puxada por duas mulas, e partiu.

Ah Cho sentia-se feliz por se encontrar ao ar livre. Sentado ao lado do guarda, sorria de satisfação. E mais sorriu quando notou que as mulas se encaminhavam para o sul, em direção a Atimaono. Schemmer mandara-o buscar, sem dúvida. Schemmer queria que ele trabalhasse. Muito bem, pois trabalharia bem. Schemmer nunca teria razão de queixa. O dia estava quente. Tinham feito uma parada. As mulas suavam, Cruchot suava, e Ah Cho suava. Mas era Ah Cho quem aguentava melhor o calor. Trabalhara três anos debaixo do sol, na plantação. Sorria, tão bem disposto, que até Cruchot, estúpido como era, estava admirado.

– Está muito contente – disse ele, por fim.

Ah Cho abanou a cabeça e sorriu com ardor. Ao contrário do magistrado, Cruchot dirigia-se a ele na língua canaca e esta, tal como todos os chinas e todos os demônios brancos, Ah Cho compreendia.

– Você ri demais – observou Cruchot. – Devia ter o coração cheio de lágrimas num dia como este.

– Sinto-me feliz por sair da cadeia.

– Só por isso? – o guarda encolheu os ombros.

– E não basta? – foi a resposta.

– Mas não está contente por ficar sem cabeça?

Ah Cho fitou-o, perplexo, e disse:

– Mas vou outra vez para Atimaono, trabalhar para Schemmer na plantação. Não é para Atimaono que me leva?

Cruchot cofiou seus compridos bigodes, meditativamente.

– Bom, bom – disse, por fim, fazendo estalar o chicote nas mulas –, então não sabe?

– Não sei o quê? – Ah Cho começava a sentir-se vagamente alarmado. – Então Schemmer não quer que eu trabalhe mais para ele?

– A partir de hoje, não – riu Cruchot com vontade. Era uma boa piada. – Bem vê que, a partir de hoje, não será capaz de trabalhar. Um homem sem cabeça não pode trabalhar, não é? – Deu uma cotovelada no china, nas costelas, e riu.

Ah Cho manteve-se calado, enquanto as mulas avançavam mais uma milha escaldante. Depois perguntou:

– O Schemmer vai me cortar a cabeça?

Cruchot sorriu e fez que sim com um aceno.

– É engano – disse Ah Cho gravemente. Eu não sou o china de quem vão cortar a cabeça. Eu sou Ah Cho. O venerável juiz decidiu que eu fosse vinte anos para a Nova Caledônia.

O guarda riu. Era uma boa piada aquele cômico china julgar que enganava a guilhotina. As mulas atravessaram um bosque de palmeiras que se estendia por meia milha, ao longo do mar brilhante, e só depois é que Ah Cho tornou a falar.

– Já lhe disse que não sou Ah Chow. O venerável juiz não mandou que me cortassem a cabeça.

– Não tenha medo – disse Cruchot, com a intenção filantrópica de confortar o prisioneiro. Essa morte não faz sofrer nada. – Estalou os dedos. – É rápido... assim. Não é como ser pendurado na extremidade de uma corda e ficar dando pontapés e fazendo caretas durante cinco minutos. É como matar um frango com um machado. Corta-se a cabeça, e pronto! E com um homem é a mesma coisa. Pfui!... acabou-se. Não dói. Nem sequer se pensa que dói, não se pensa. Com a cabeça cortada não se pode pensar. É muito bom. Era assim que eu queria morrer... rápido, rápido. Você tem sorte de morrer assim. Podia apanhar lepra e acabar aos poucos, lentamente, um dedo de uma vez, depois outro, e os dedos dos pés também. Conheci um homem que morreu queimado com água fervendo. Levou dois dias para morrer. Ouvia-se gritar a um quilômetro de distância. Mas você? Ah, tão fácil! Clique!... a lâmina corta o seu pescoço num instante. E pronto! A lâmina pode até fazer cócegas. Sabe-se lá! Ninguém, depois de morto, voltou para contar.

Achou esta última piada tão engraçada que se permitiu rir convulsivamente durante meio minuto. Metade da sua jovialidade era fingida, mas considerava um dever humano animar o china.

– Mas já lhe disse que sou o Ah Cho – teimou o outro. – Não quero que me cortem a cabeça.

Cruchot franziu o sobrolho. O china estava levando a brincadeira demasiado longe.

– Eu não sou Ah Chow – recomeçou Ah Cho. – Basta! – cortou o guarda. Encheu as bochechas e esforçou-se por se mostrar severo.

– Já lhe disse que não sou... – insistiu Ah Cho de novo.

– Calado! – berrou Cruchot.

Depois disso continuaram a viagem, em silêncio. Eram vinte milhas de Papeete a Atimaono, e mais da metade dessa distância foi percorrida antes que o china se atrevesse a falar outra vez.

– Eu o vi na sala do tribunal, quando o venerável juiz leu a nossa sentença – começou. Muito bem. Não se lembra que Ah Chow, o que ia ser decapitado... não se lembra que ele... Ah Chow... era um homem alto? Olhe para mim.

Levantou-se repentinamente e Cruchot verificou que ele era baixo. E nesse mesmo instante Cruchot reviu mentalmente a imagem de Ah Chow, e nessa imagem Ah Chow era alto. Para o guarda, todos os chinas eram iguais. As caras pareciam-se todas umas com as outras. Fez estacar as mulas tão abruptamente que a vara passou à frente delas levantando suas orelheiras.

– Já vê que foi engano – disse Ah Cho, sorrindo satisfeito.

Mas Cruchot estava pensando. Já estava arrependido de ter parado o carro. Não tinha percebido o erro do juiz do Supremo e não sabia como repará-lo; o que sabia era que lhe tinha sido entregue este china para ser levado para Atimaono, e que seu dever era levá-lo para Atimaono. Que importava que não fosse aquele o homem e que lhe cortassem a cabeça? Era apenas um china. E que era um china, afinal de contas? Além disso, podia não ser engano. Não sabia o que ia na cabeça dos seus superiores. Eles sabiam o que faziam. Quem era ele para pensar por eles? Uma vez, há muito tempo, tentara fazê-lo, e o sargento disse-lhe: "Cruchot, está louco? Quanto mais depressa aprender isto, melhor para você. Não tem que pensar. Tem é que obedecer e deixar que seus superiores pensem por você." Esta recordação irritou-o. Além disso, se voltasse para Papeete, atrasaria a execução em Atimaono e, se estivesse errado em voltar para trás, levaria uma reprimenda do sargento, que estava à espera do prisioneiro. E ainda por cima levaria igualmente uma reprimenda em Papeete.

Tocou as mulas com o relho e prosseguiu o caminho. Consultou o relógio. Estava atrasado meia hora, e o sargento ia se zangar. Fez as mulas apressarem o passo. Quanto mais Ah Cho teimava em explicar o erro, mais obstinado ficava Cruchot. A certeza de que conduzia um prisioneiro trocado não melhorava sua disposição. E o fato do erro não ser seu confirmava sua crença de que o mal que estava fazendo era acertado. E preferia conduzir à guilhotina uma dúzia de chinas, por engano, a incorrer no desagrado do sargento.

Quanto a Ah Cho, depois do guarda ter batido em sua cabeça com a ponta do chicote e ter lhe ordenado com um berro que se calasse, não lhe restava mais nada a fazer senão calar-se. A longa viagem continuou em silêncio. Ah Cho meditava nos estranhos procedimentos dos demônios brancos. Não tinham explicação. O que estava ocorrendo com ele era uma pequena amostra do que eles faziam. Primeiro tinham condenado cinco homens inocentes e a seguir cortavam a cabeça de um homem que até eles, na sua bárbara ignorância, tinham considerado merecedor de não mais do que vinte anos de prisão. E ele não podia fazer nada. Só lhe restava sentar-se sem fazer nada e aceitar o que estes senhores todo-poderosos determinavam para ele. A certa altura, encheu-se de medo, e o suor que lhe cobria o corpo tornou-se gelado; mas dominou-se. Procurou resignar-se, lembrando e repetindo certos trechos do *yin Chin Wen (O tratado do caminho tranquilo);* mas, em vez disso, via o seu sonhado jardim da meditação e repouso. Isto preocupou-o, até que se abandonou ao sonho onde, sentado em seu jardim, escutava o tilintar das campainhas sacudidas pelo vento e penduradas nas várias árvores. E, olha! assim sentado, conseguia lembrar e repetir os trechos de *O tratado do caminho tranquilo*.

E desta maneira o tempo decorreu agradavelmente, até chegarem a Atimaono, e as mulas avançarem até os pés do cadafalso, à sombra do qual esperava, impaciente, o sargento. Empurraram Ah Cho escada acima, até o cadafalso. Abaixo dele e de um dos lados, viu reunidos todos os *coolies* da plantação. Schemmer pensou que o acontecimento seria uma boa lição e, por isso, mandara vir os *coolies* dos campos e obrigara-os a estar presentes. Ao verem Ah Cho, começaram a tagarelar entre si, em voz baixa. Tinham compreendido o engano; mas calaram-se. Os indecifráveis demônios brancos tinham sem dúvida mudado de ideia. Em vez de matarem um homem inocente iam matar outro igualmente inocente. Ah Chow ou Ah Cho... que importava um ou outro? Não conseguiam compreender melhor os cães brancos do que estes os compreendiam. Ah Cho ia ficar sem cabeça, mas eles, quando terminassem os dois restantes anos de escravidão, voltariam à China.

Fora o próprio Schemmer quem fizera a guilhotina. Era habilidoso e, embora nunca tivesse visto uma guilhotina, os oficiais franceses haviam lhe explicado o seu princípio. Fora por sugestão sua que haviam resolvido que a execução se efetuasse em Atimaono em vez de Papeete. O local do crime, argumentara Schemmer, era o lugar ideal para o castigo e além disso exerceria uma influência salutar sobre os quinhentos chinas da plantação. Schemmer oferecera-se também voluntariamente para servir de carrasco e era nessas funções que se encontrava agora em cima do cadafalso, experimentando o instrumento que fabricara. Debaixo da guilhotina encontrava-se uma bananeira, com o tamanho e a consistência do pescoço de um homem. Ah Cho observava, fascinado. O alemão, acionando uma pequena manivela, fez subir a lâmina até o topo do pequeno guindaste que ele próprio armara. Sacudindo uma sólida corda, a lâmina soltava-se e caía como um raio, cortando em dois o tronco da bananeira.

– Que tal funciona isso? – perguntou o sargento, que subira ao cadafalso.

– Às mil maravilhas – respondeu Schemmer, exultante. – Vou lhe fazer uma demonstração.

Tornou a acionar a manivela que içava a lâmina, sacudiu a corda, e a lâmina caiu sobre o tronco tenro. Mas, desta vez, não penetrou mais que dois terços da sua espessura.

O sargento carregou o sobrolho. – Não dá resultado.

Schemmer limpou o suor da testa.

– O que precisa é de mais peso – declarou.

Caminhando até à beira do cadafalso, deu ordens ao ferreiro para que lhe trouxesse uma barra de ferro com vinte e cinco libras de peso. Quando se abaixou para prender o ferro na borda da lâmina, Ah Cho olhou para o sargento e aproveitou a oportunidade.

– O venerável juiz mandou cortar a cabeça de Ah Chow – começou ele.

O sargento concordou, impaciente. Estava pensando nas quinze milhas de caminho que tinha de andar ainda essa tarde para a costa da ilha, batida pelo vento, e em Berthe, a linda filha mestiça de Lafière, o negociante de pérolas, que o esperava no fim desse caminho.

O sargento olhou-o impacientemente e reconheceu o erro. – Schemmer! – chamou imperativamente. – Chegue aqui!

O alemão resmungou qualquer coisa, mas continuou curvado e entregue a sua tarefa, até que o pedaço de ferro ficou preso a seu gosto. – O seu china está pronto? – perguntou.

– Olhe para ele – foi a resposta. – É este o china?

Schemmer ficou surpreendido. Praguejou concisamente durante alguns segundos e contemplou pesaroso a coisa que construíra com as próprios mãos e que estava ansioso por ver funcionar.

– Olhe – disse finalmente – não podemos adiar isto. Já perdi três horas de trabalho destes quinhentos chinas. Não posso perder outras três por causa do verdadeiro condenado. Procedamos à execução mesmo assim. Não passa de um china.

O sargento lembrou-se da longa caminhada à sua frente, da filha do negociante de pérolas e hesitou.

– A culpa cairá sobre Cruchot... se se descobrir – insistiu o alemão. – Mas há poucas probabilidades de que se venha a descobrir. Ah Chow não vai se queixar, com certeza.

– A culpa não será atribuída a Cruchot, de qualquer maneira – disse o sargento. – Deve ter sido engano do carcereiro.

– Então vamos a isto. Não nos podem culpar. Quem é capaz de diferenciar um china de outro? Podemos dizer que nos limitamos a cumprir as ordens com o china que nos foi entregue. Além disso, não posso de maneira nenhuma trazer outra vez todos estes *coolies* para cá.

Falavam francês, e Ah Cho, que não compreendia uma palavra sequer, sabia, no entanto, que estavam decidindo o seu destino. Sabia também que a decisão cabia ao sargento, e por isso estava suspenso dos lábios daquele oficial.

– Está bem – declarou o sargento. – Podem ir adiante. Não passa de um china.

– Vou experimentar mais uma vez, para ter certeza. – Schemmer empurrou o tronco da bananeira, que se encontrava debaixo da lâmina que ele içara até o topo do guindaste.

Ah Cho esforçou-se por se lembrar das máximas de *O tratado do caminho tranquilo*. Só lhe ocorreu "Vive em paz". Mas esta não era aplicável à situação. Ele não ia viver. Ia morrer. Não, aquela não servia. "Perdoa a malícia..."! Sim, mas não havia malícia nenhuma a perdoar. Schemmer e os outros não faziam aquilo com malícia. Para eles aquilo não passava de um trabalho que tinha que ser feito, como, por exemplo, desbravar uma floresta, drenar a água e plantar algodão. Schemmer sacudiu a corda, e Ah Cho esqueceu *O tratado do caminho tranquilo.* A lâmina caiu com uma pancada seca e separou o tronco em dois.

– Perfeito! – exclamou o sargento, detendo-se para acender um cigarro. – Perfeito, meu amigo!

Schemmer ficou contente com o elogio.

– Vem, Ah Chow – disse ele no dialeto taitiano.

– Mas eu não sou Ah Chow... – começou Ah Cho.

– Cale-se! – foi a resposta. – Se tornar a abrir a boca, racho sua cabeça.

O capataz ameaçou-o com o punho cerrado, e ele calou-se. Para que protestar? Aqueles diabos estrangeiros faziam sempre o que queriam. Deixou-se amarrar à prancha vertical, que tinha o comprimento do seu corpo. Schemmer apertou os nós com força – com tanta força que as cordas cortavam a carne e machucavam. Mas ele não se queixou. Aquela dor não ia durar muito. Sentiu que a prancha era abaixada até ficar em posição horizontal e fechou os olhos. E nesse momento contemplou pela última vez o seu jardim de meditação e repouso. Julgou estar sentado no jardim. Soprava um vento fresco, e as campainhas das diversas árvores tilintavam suavemente. As aves gorjeavam também sonolentamente, e do outro lado do alto muro chegavam até ele os rumores amortecidos da aldeia.

Deu-se conta então que a prancha se imobilizara, e pelas tensões e pressões musculares percebeu que estava deitado de costas. Abriu os olhos. Suspensa por cima dele, viu a lâmina que faiscava ao sol. Viu o peso que lhe tinham acrescentado e reparou que um dos nós de Schemmer tinha se desatado. Depois ouviu a voz do sargento dar uma ordem breve. Ah Cho fechou os olhos apressadamente. Não queria ver a lâmina descer. Mas sentiu-a... durante um breve mas comprido instante. E nesse instante recordou-se de Cruchot e daquilo que ele dissera. Mas Cruchot estava enganado. A lâmina não fazia cócegas. Soube ainda isso antes de deixar de saber coisa alguma.

ESTERCO... NADA MAIS

Ele caminhou até a esquina e olhou para um lado e para outro da rua que cruzava com a outra, mas nada viu além dos oásis de luz derramados dos postes nos sucessivos cruzamentos. Retrocedeu então por onde viera. Era uma sombra deslizando silenciosamente, sem movimentos excessivos, pela semiescuridão. Caminhava atento, como um animal selvagem na floresta, com a percepção e a captação totalmente aguçadas. Para que lhe escapasse o movimento de alguém, na escuridão que o cercava, era preciso que esse alguém se movesse ainda mais sutilmente do que ele.

Além das informações contínuas sobre o estado das coisas que lhe eram transmitidas pelos sentidos, possuía uma percepção mais sutil, uma *intuição* da atmosfera que o rodeava. Sabia que na casa diante da qual estava parado haviam crianças. Contudo esta certeza não a obtivera por nenhum esforço voluntário de percepção. Nem tinha consciência de o saber, tão profunda era esta impressão. No entanto, se fosse necessário, em qualquer momento, agir em relação a esta casa, ele o faria, partindo da presunção de que lá haviam crianças. Não tinha consciência de tudo quanto sabia acerca das redondezas.

Do mesmo modo, sem saber como, possuía a certeza de não haver nenhum perigo para ele nos passos que subiam a rua perpendicular àquela em que se encontrava. Antes de ver a pessoa, reconhecera-a como um transeunte retardatário que corria apressado para casa. O outro surgiu na esquina e desapareceu rua acima. O homem que vigiava notou o cintilar de uma luzinha na janela de uma casa na esquina da rua e, quando ela se apagou, identificou-a como um fósforo que se extinguira. Isto era a identificação consciente de um fenômeno familiar, e ao seu espírito ocorreu imediatamente a explicação: "Alguém queria saber as horas". Noutra casa havia um compartimento iluminado. A luz era frouxa mas fixa, e a percepção lhe dizia tratar-se do quarto de alguma pessoa doente.

Estava particularmente interessado na casa do outro lado da rua, no meio do quarteirão. Era a esta casa que prestava a máxima atenção. Fosse para que lado fosse que olhasse ou caminhasse, seus olhos e seus passos voltavam sempre para ela. À exceção de uma janela aberta para a varanda, nada havia de estranho na casa. Ninguém saía nem entrava. Nada acontecia. Não se via nenhuma janela iluminada, nem tinham aparecido ou desaparecido luzes nas janelas. No entanto, era o ponto central de toda a sua atenção. Tornava a ele sempre, após cada especulação sobre o estado das redondezas.

Não obstante a sua percepção das coisas, não se sentia confiante. Tinha plena consciência da precariedade da situação. Embora não se tivesse perturbado com os passos do transeunte ocasional, era estimulado e sensível e estava pronto a assustar-se como uma corça timorata. Não ignorava a possibilidade e a existência de outras inteligências a rondar na sombra – inteligências com faculdades semelhantes às suas próprias, em movimento, percepção e adivinhação.

Lá no fundo da rua, percebeu qualquer coisa que se movia. E adivinhou que não se tratava de nenhum retardatário, mas sim da ameaça e do perigo. Assobiou, por duas vezes, para a casa do outro lado da rua e desapareceu como uma sombra, na esquina, que contornou. Parou ali e olhou em volta cautelosamente. Acalmado, tornou à esquina, espreitando, e estudou o vulto que se movia e se aproximava. Tinha adivinhado bem. Era um policial.

O homem desceu a rua até a esquina seguinte, onde ele, abrigado, observava a esquina que acabara de deixar. Viu o policial passar, continuando a subir a rua. Fez um percurso paralelo ao dele e tornou a observá-lo, passando na esquina seguinte; refez então o caminho que percorrera. Assobiou mais uma vez para a casa em frente e, após algum tempo, tornou a assobiar. Este assobio traduzia confiança, tal como o anterior assobio duplo traduzira um aviso.

Viu um vulto escuro delinear-se no telhado da varanda e descer lentamente um pilar. Depois desceu os degraus, passou o portãozinho de ferro e desceu pela calçada, tomando a forma de um homem. Aquele que vigiava manteve-se no lado da rua onde estava e caminhou até a esquina, onde atravessou e foi se juntar ao outro. Parecia muito baixo ao lado do homem a quem se juntou.

– Como se arranjou, Matt? – perguntou.

O outro resmungou qualquer coisa que não se ouviu e continuou a andar mais alguns passos, em silêncio.

– Acho que avistei a mercadoria – disse.

Jim riu-se, na escuridão, e esperou por mais informações. Os quarteirões foram passando sob seus pés, e ele começou a impacientar-se.

– Então, que me diz dessa mercadoria? – perguntou. – Que tal foi o golpe?

– Não tive tempo de verificar, mas é volumoso. Só sei dizer que é volumoso, Jim. Volumoso, ora bolas! Espere só até chegarmos ao quarto!

Jim observou-o atentamente, à luz do poste da esquina seguinte, e notou que o rosto dele estava um pouco rígido, e que seu braço esquerdo estava numa posição esquisita.

– Que aconteceu ao seu braço? – perguntou.

– O safado me mordeu. Tomara que não pegue a raiva. Às vezes pode-se pegar com a mordida de um homem, não pode?

– Houve luta, hem? – encorajou-o Jim.

O outro grunhiu.

– É difícil como um raio tirar qualquer coisa de você – explodiu Jim com irritação. – Desembucha! Você não vai perder dinheiro só por contar algo a alguém.

– Acho que o sufoquei um pouco – foi a resposta. A seguir, à guisa de explicação. – Ele acordou e me pegou.

– Mas você fez um trabalho limpo. Não ouvi barulho nenhum.

– Jim – disse o outro com seriedade. – O caso é sério. Eu o apaguei. Fui obrigado a isso. Ele acordou e me pegou. Você e eu vamos ficar em maus lençóis, durante um tempo.

Jim soltou um assobio baixo de compreensão. – Ouviu o meu assobio? – perguntou de repente.

– Claro. Já tinha terminado. Estava saindo.

– Era um policial. Mas não demorou nada. Foi-se logo. Voltei então e assobiei outra vez. Por que é que demorou tanto tempo depois?

– Esperei para ter certeza – explicou Matt. Fiquei radiante quando ouvi você assobiar de novo. Custa tanto esperar! Fiquei sentado, pensando, pensando... oh, um monte de coisas. É espantoso, as coisas em que se pensa. E então havia um maldito de um gato mexendo-se pela casa inteira e chateando-me com o barulho que fazia.

– Então é volumoso! – exclamou Jim sem propósito e com alegria.

– Garanto que sim, Jim. Estou morto de vontade de vê-las outra vez.

Inconscientemente, os dois homens apressaram o passo. Mas não descuidaram das suas precauções. Mudaram por duas vezes de direção, para evitar a polícia, e asseguraram-se de que não eram observados antes de penetrarem no corredor escuro de uma pensão barata, no centro da cidade.

Só quando chegaram ao quarto, no último andar, é que riscaram um fósforo. Enquanto Jim acendia um lampião, Matt fechou a porta e trancou a fechadura. Quando se voltou, reparou que seu companheiro esperava, cheio de ansiedade. Matt sorriu para si mesmo da avidez do outro.

– Estas pilhas são muito boas – comentou ele, tirando uma pequena lanterna do bolso e examinando-a. – Mas é preciso comprar uma pilha nova. Já está muito fraca. Pensei que ia me deixar ficar no escuro, por duas ou três vezes. É engraçada aquela casa. Quase ia me perdendo. O quarto dele era à esquerda, e isso me confundiu.

– Eu tinha dito que era à esquerda – interrompeu Jim.

– Você tinha me dito que era à direita – prosseguiu Matt. – Parece-me que sei o que me disse, e aqui está o mapa que você desenhou.

Procurando no bolso do colete, tirou de lá um pedaço de papel dobrado. Desdobrou-o, e Jim debruçou-se para examiná-lo.

– Enganei-me – confessou.

– Claro que se enganou. Eu me atrapalhei por causa disso.

– Mas isso agora não importa – exclamou Jim. – Vejamos o que trouxe.

– Isso é que importa – retorquiu Matt. Importa e muito para mim. Eu é que tive que correr todos os riscos. Arrisquei a cabeça, enquanto você ficava lá fora na rua. Tem que ser mais cuidadoso. Bom, vou mostrar.

Mergulhou a mão descuidadamente no bolso das calças e retirou de lá uma mão cheia de diamantes pequenos. Despejou-os, numa torrente faiscante, sobre a mesa engordurada. Jim soltou uma grande praga.

– Isto não é nada – disse Matt com complacência triunfante. – Ainda nem começou.

Continuou a tirar o espólio de um bolso atrás do outro. Havia muitos diamantes embrulhados em camurça, maiores do que os da primeira mão cheia. De um dos bolsos extraiu um punhado de gemas cortadas muito pequenas.

– Poalha de sol – comentou, despejando-as em cima da mesa, num lugar à parte.

Jim examinou-as.

– Mesmo assim, vendem-se por um bom par de dólares cada um. É tudo?

– E não é o bastante? – perguntou o outro com ar ofendido.

– Claro que é – respondeu Jim, em tom de louvor ilimitado. – Não esperava tanto. Não aceito menos do que dez mil pelo bolo todo.

– Dez mil – disse Matt desdenhosamente. Valem o dobro, e eu também não entendo nada de joias. Olha só para isto!

Tirou uma do montão reluzente e aproximou-a da luz com ar de perito que pesasse e calculasse. – Vale mil, só esta – opinou rapidamente Jim. – Qual mil, qual nada! – foi a réplica desdenhosa de Matt. – Não a compraria por três mil.

– Acorde-me! Estou sonhando! – O brilho das pedras refletia-se nos olhos de Jim, que começou a agrupar os diamantes maiores e a examiná-los. Estamos ricos, Matt... vamos ser milionários.

– Vamos levar anos para nos livrar deles – foi o pensamento mais prático de Matt.

– Mas pensa só como viveremos. Não faremos nada senão gastar o dinheiro e livrar-nos deles.

Os olhos de Matt começavam a brilhar, embora sombriamente, à medida que a sua natureza fleumática ia acordando.

– Já tinha dito que era volumoso – murmurou baixinho.

– Mas que golpe! Mas que golpe! – foi a exclamação extasiada do outro.

– Quase me ia esquecendo – disse Matt, metendo a mão no bolso interior do casaco.

De um embrulho de papel de seda e pele de camurça emergiu um fio de grandes pérolas. Jim quase nem olhou para elas.

– Valem dinheiro – disse, e voltou aos diamantes.

Seguiu-se um silêncio entre os dois homens. Jim brincava com as pedras, rolando-as entre os dedos, agrupando-as em montinhos e espalhando-as completamente. Era um homem magro e seco, nervoso, irritadiço, excitável e anêmico – um produto típico das sarjetas, de feições desgraciosas e torcidas, olhos pequenos, de rosto e boca perpétua e febrilmente esfomeados, selvagem à moda felina, marcado até o âmago pela degeneração.

Matt não tocou nos diamantes. Estava sentado, com o queixo apoiado nas mãos e os cotovelos sobre a mesa, pestanejando pesadamente para aquela ostentação reluzente. Era em todos os sentidos a antítese do outro. Não fora criado em nenhuma cidade. Era musculoso e peludo, com aspecto e força de gorila. Não existiam para ele mundos invisíveis. Os olhos eram grandes e afastados, e havia neles uma certa fraternidade impudente. Inspiravam confiança. Mas um exame mais cuidadoso teria revelado que eram um pouco grandes demais, um pouco separados demais. Era excessivo, ultrapassava os limites da normalidade, e suas feições escondiam a realidade do homem que apresentavam.

– Este bolo vale cinquenta mil – comentou Jim repentinamente.

– Cem mil – retorquiu Matt.

O silêncio tornou a cair por muito tempo, para ser de novo quebrado por Jim.

– Que diabo faria ele com isto tudo em casa?... Isso é que eu queria saber. Pensava que ele os guardava no cofre da loja.

Matt acabava de rever o homem estrangulado, tal como o vira pela última vez, à luz frouxa da lanterna; mas não estremeceu com a alusão do companheiro.

– Sabe-se lá – respondeu. – Talvez se preparasse para enganar o sócio. Podia ter fugido de manhã para local incerto se nós não tivéssemos aparecido. Calculo que haja tantos ladrões entre os homens honestos como entre os próprios ladrões. Leem-se coisas assim nos jornais, Jim. Os sócios estão sempre se traindo.

Nos olhos do outro assomou uma expressão estranha, nervosa. Matt não deixou perceber que a notara, embora dissesse:

– Em que é que está pensando, Jim?

Jim ficou um pouco atrapalhado, por um instante. – Em nada – retorquiu. – Estava apenas pensando como era engraçado... todas estas joias em casa. Por que pergunta?

– Por nada. Era só por perguntar.

Fez-se o silêncio, quebrado ocasionalmente por um riso baixo e nervoso de Jim. Sentia-se subjugado pelas pedras. Não que fosse sensível à beleza delas. Não percebia tal beleza em si. Mas nelas a sua imaginação viva vislumbrava os prazeres da vida que comprariam, e todos os desejos e apetites do seu espírito mórbido e da sua carne doente vibravam à promessa que elas ofereciam. Construía castelos magníficos, onde se desenrolavam orgias, brilhantes como elas, e ficava assombrado com o que construía. Era então que ria. Era tudo muito impossível para ser verdade. E, contudo, ali estavam a luzir na mesa diante dele, avivando-lhe a chama da luxúria. E tornou a rir.

– Acho que devíamos contá-los – disse Matt de súbito, arrancando-se aos seus próprios sonhos. Verifique se as conto honestamente, porque você e eu temos de ser honestos um com o outro, Jim. Compreende?

Jim não gostou de ouvir aquilo e deixou-o transparecer no olhar, ao passo que a Matt não agradou o que viu nos olhos do companheiro.

– Compreende? – repetiu Matt, quase ameaçadoramente.

– Não o temos sido sempre? – retorquiu o outro, na defensiva, porque a traição já se ia insinuando em seu espírito.

– Não custa nada ser honesto nos tempos difíceis – replicou Matt. – O que importa é ser honesto na prosperidade. Quando não se tem nada, não se pode deixar de ser honesto. Estamos ricos agora e temos de ser homens de negócios... homens de negócios honestos. Compreende?

– É o mesmo que eu penso – aprovou Jim. Mas muito no fundo da sua alma estéril, e contra sua vontade, agitavam-se pensamentos irregulares e cruéis. Matt dirigiu-se à prateleira da comida, por trás do fogão de querosene de dois bicos. Esvaziou o chá, de um saco de papel, e de um segundo saco esvaziou alguns pimentões vermelhos. Voltando à mesa com os sacos, pôs dentro deles os dois lotes de diamantes pequenos. Em seguida contou as gemas e embrulhou-as nos seus papéis de seda e nas camurças.

– Cento e quarenta e sete, de bom tamanho – foi o inventário. – Vinte verdadeiramente grandes; dois enormes e um colossal; e duas mãos cheias de pequenos.

Olhou para Jim.

– Está certo – foi a resposta.

Escreveu a conta num pedaço de papel de um bloquinho e fez uma cópia, dando um pedaço de papel a seu companheiro e ficando com o outro.

– Para servir de referência.

Voltara à prateleira, onde esvaziou um grande saco de papel com açúcar. Meteu neste os diamantes, grandes e pequenos, embrulhou-o num lenço grande e colorido e escondeu-o debaixo do seu travesseiro. Em seguida sentou-se na borda da cama e descalçou os sapatos.

– Acha então que valem cem mil? – perguntou Jim, parando de afrouxar o laço do sapato e olhando para cima.

– Pois com certeza – foi a resposta. – Vi uma vez uma bailarina no Arizona que tinha uns diamantes grandes. Não eram verdadeiros. Ela disse que, se fossem, não precisaria dançar. Disse que valeriam por volta de cinquenta mil, e ela não tinha uma dúzia deles.

– Quem trabalharia para viver? – perguntou Jim, triunfante. – Com pá e enxada! – disse desdenhosamente. – Trabalhar como um cão, toda a vida, economizar todos os salários e nem assim teria metade do que ganhamos esta noite.

– Lavar pratos é a mesma coisa, e nunca se ganha mais de vinte dólares por mês, além da comida. Os teus cálculos não estão certos, mas o que importa é a ideia. Que trabalhem aqueles que gostam. Fui guarda florestal, por trinta dólares por mês, quando era novo e tolo. Bom! Agora sou mais velho e não vou ser guarda florestal.

Deitou-se num dos lados da cama. Jim apagou a luz e imitou-o, do outro lado.

– Como está seu braço? – perguntou Jim amavelmente.

Um cuidado destes não era hábito. Matt reparou nisso e replicou:

– Não deve haver perigo de raiva. Por que é que pergunta?

Jim sentiu-se culpado e amaldiçoou, para si mesmo, a maneira que o outro tinha de fazer perguntas desagradáveis; mas em voz alta retorquiu:

– Por nada. Como você parecia preocupado no começo... Que vai fazer com a sua parte, Matt?

– Comprar um rancho de gado no Arizona, instalar-me e pagar a outros para que trabalhem por mim. Há uns quantos que gostaria que viessem me pedir trabalho, malditos sejam eles! E agora cala essa boca, Jim. Ainda vai levar algum tempo, antes que eu compre esse rancho. Agora vou dormir.

Mas Jim ficou muito tempo acordado, nervoso e contraído, virando-se na cama, sem descanso, e acordando de novo, de cada vez que passava pelo sono. Os diamantes continuavam a brilhar debaixo das suas pálpebras, e o fogo deles queimava. Matt, não obstante a sua compleição pesada, tinha o sono leve como um animal selvagem, alerta, enquanto dorme. E Jim notava que, cada vez que se movia, o corpo do seu camarada se movia o suficiente para mostrar que recebera a impressão e estava prestes a acordar. Muitas vezes, Jim não tinha sequer certeza se ele estava ou não dormindo. Uma vez, calmamente, demonstrando estar completamente acordado, Matt dissera-lhe:

– Ah! dorme, Jim. Não fique assim por causa das joias. Estão bem guardadas. – E Jim pensara que, nesse preciso instante, Matt estava dormindo.

De manhã, já tarde, Matt acordou ao primeiro movimento de Jim e, a partir de então, passou pelo sono, até o meio-dia, quando se levantaram juntos e começaram a se vestir.

– Vou sair para comprar jornal e pão – disse Matt. – Faça o café.

Ao ouvi-lo, os olhos de Jim, inconscientemente, afastaram-se do rosto de Matt, vagaram até o travesseiro, debaixo do qual estava o embrulho, atado com o lenço colorido. Imediatamente o rosto de Matt se transformou no de um animal selvagem.

– Escute aqui, Jim – rosnou. – Você tem que ser honesto. Se me enganar, liquido-o. Compreende? Dou conta de você, Jim. Já sabe. Abro sua garganta a dentadas e como-o como se fosse carne de bife.

Seu rosto, queimado pelo sol, estava enegrecido por uma onda de sangue, e os beiços arreganhados deixavam ver os dentes manchados pelo fumo. Jim estremeceu e encolheu-se involuntariamente. Havia uma ameaça de morte no homem que tinha à sua frente. Ainda na noite anterior aquele homem, de rosto escuro, tinha matado outro com as mãos, e isso não lhe perturbara o sono. No fundo do coração, Jim sentia insinuar-se um sentimento de culpa, uma torrente de pensamentos que o tornava merecedor de todas aquelas ameaças.

Matt saiu, deixando-o ainda tremendo. Então o ódio contorceu-lhe o próprio rosto e, baixinho, rosnou maldições ferozes contra a porta. Lembrou-se das joias e correu para a cama, procurando às apalpadelas, debaixo do travesseiro, o embrulho do lenço. Apalpou-o com os dedos, para se certificar de que ainda continha os diamantes. Certo de que Matt não os levara, olhou para o fogão de querosene, com um sobressalto de culpa. Acendeu-o então apressadamente, encheu a cafeteira na pia e colocou-a sobre a chama.

O café fervia quando Matt voltou; enquanto este cortava o pão e punha um pedaço de manteiga na mesa, Jim serviu o café. Só depois de ter se sentado e bebido uns goles de café é que Matt tirou o jornal do bolso.

– Ficamos muito aquém – disse. – Eu bem dizia que era volumoso. Olhe para isto!

Apontava para as manchetes da primeira página:

CASTIGO RÁPIDO DE BUJANNOFF – leram. MORTO ENQUANTO DORMIA DEPOIS DE TER ROUBADO O SÓCIO.

Ora, aí está! – exclamou Matt. – Ele roubou o sócio... roubou-o, como um ladrão indecente.

– Meio milhão de joias desaparecidas – leu Jim em voz alta. Pousou o jornal e fitou Matt, de olhos arregalados.

– Era o que eu dizia – disse o último. – Que diabo entendemos nós de joias? Meio milhão!... e o máximo que eu calculava era cem mil.

Continuaram a ler, em silêncio, as cabeças lado a lado, deixando o café esfriar sem tomá-lo; de vez em quando, um ou outro frisava, em voz alta, qualquer fato importante, impresso.

– Gostaria de ter visto a cara do Metzner, quando abriu o cofre da loja, esta manhã – exultou Jim.

– Correu, como uma seta, à casa do Bujannoff explicou Matt. – Continua lendo.

– Era para partir a noite passada no *Sajoda* para os mares do Sul. O navio atrasou-se devido a um carregamento extra...

– Foi por isso que o apanhamos na cama – interrompeu Matt. – Foi sorte... foi o mesmo que ter apostado no vencedor cinquenta a um.

– *O Sajoda* partiu às seis da manhã.

– E ele não o apanhou – disse Matt. – Eu reparei que o despertador estava marcado para as cinco. Dar-lhe-ia tempo mais que suficiente... mas acontece que apareci e o liquidei. Continue.

– Adolfo Metzner está desesperado... o famoso colar de pérolas Haythorne... magnífico conjunto de pérolas... avaliadas pelos peritos entre cinquenta a setenta mil dólares.

Jim parou para praguejar solenemente, concluindo:

– Aqueles malditos ovos de avestruz valem todo este dinheiro!

Lambeu os beiços e acrescentou:

– Eram uma beleza, não há dúvida!

– Enorme gema brasileira – continuou ele a ler. – Oitenta mil dólares... Muitas pedras valiosas de primeira água... Alguns milhares de diamantes pequenos, valendo bem quarenta mil.

– A nossa ignorância sobre joias é grande – comentou Matt, sorrindo, bem humorado.

– Teoria dos investigadores – leu Jim. – Os ladrões deviam saber – sagazes, vigiaram os passos de Bujannoff – deviam saber do seu plano e o seguiram até sua casa, atrás dos frutos do seu roubo...

– Sagazes, que nada! – interrompeu Matt. É assim que se fazem as reputações... nos jornais. Como havíamos de saber que ele roubaria o sócio?

– Fosse como fosse, temos a mercadoria – comentou Jim sorrindo. – Vamos vê-la outra vez.

Certificou-se de novo que a porta estava fechada e trancada, enquanto Matt ia buscar o embrulho do lenço e o abria, sobre a mesa.

– Não são uma beleza? – exclamou Jim, à vista das pérolas; e durante algum tempo só teve olhos para elas. – Segundo os peritos, valem de cinquenta a setenta mil dólares.

– E as mulheres adoram estas coisas – comentou Matt. – E fazem tudo para possui-las: vendem-se... matam... tudo!

– Tal como eu e você.

– Lá isso é que não – retorquiu Matt. – Sou capaz de matar por elas, mas não por elas em si: apenas pelo que me proporcionarão. Aí é que está a diferença. As mulheres cobiçam as joias por elas próprias, e eu cobiço-as pelas mulheres e coisas assim que elas me proporcionam.

– É uma sorte que as mulheres e os homens não desejem as mesmas coisas – observou Jim.

– É isso que faz o comércio – concordou Matt: – As pessoas quererem coisas diferentes.

No meio da tarde Jim saiu para comprar comida. Enquanto esteve ausente, Matt tirou as joias da mesa, embrulhando-as como estavam anteriormente e colocando-as debaixo do travesseiro. Em seguida acendeu o fogão de querosene e pôs água para o café. Poucos minutos depois, Jim regressou.

– É surpreendente – observou. – As ruas, as lojas e as pessoas estão todas na mesma. Nada mudou. E eu, um milionário, passeando no meio delas. Ninguém olhou para mim nem adivinhou.

Matt rosnou qualquer coisa em tom de pouco interesse. Não compreendia muito bem os caprichos e fantasias da imaginação do seu sócio.

– Trouxe os bifes?

– Claro, e com uma polegada de grossura. São uma beleza. Olha só.

Desembrulhou-os e levantou-os, para que o outro os examinasse. Em seguida fez o café e pôs a mesa, enquanto Matt fritava os bifes.

– Não ponha pimentão demais – avisou Jim. – Não estou habituado à sua comida mexicana. Tempera sempre demais.

Matt deu uma gargalhada semelhante a um ronco e continuou a cozinhar. Jim serviu o café, mas primeiro esvaziou para dentro da xícara de porcelana rachada um pó que tinha trazido no bolso do colete, embrulhado em papel de arroz. Tinha nessa altura voltado as costas para o companheiro, mas não ousou olhar em torno de si. Matt colocou um jornal sobre a mesa e, por cima deste, a frigideira quente. Partiu o bife ao meio e serviu-se a si e a Jim.

– Come enquanto está quente – aconselhou. E deu o exemplo com a faca e o garfo.

– Está maravilhoso – comentou Jim, depois da primeira garfada. – Mas vou lhe dizer já uma coisa. Nunca irei visitá-lo nesse seu rancho do Arizona; portanto não vale a pena me convidar.

– O que é que se passa agora? – perguntou Matt. – Passa-se o diabo! – foi a resposta. – Os cozinheiros mexicanos do seu rancho seriam demasiado fortes para mim. Já que tenho que ir para o inferno na outra vida, não vou atormentar as minhas entranhas nesta. Maldito pimentão!

Sorriu, soprou para refrescar a boca, bebeu um pouco de café e continuou a comer o bife.

– E a propósito: acredita na outra vida, Matt? – perguntou pouco depois, enquanto intimamente se admirava porque o outro ainda não tocara no café.

– Não há outra vida – respondeu Matt, parando de comer o bife para beber o primeiro gole de café. – Nem céu, nem inferno, nem nada. Só esta vida é que conta.

– E depois? – interrogou Jim com a sua curiosidade mórbida, pois sabia que estava falando com um homem que em breve morreria. – E depois? – repetiu.

– Já viu alguma vez um homem com duas semanas de morto? – perguntou o outro.

Jim abanou a cabeça.

– Bom, pois eu já. Estava como este bife que eu e você estamos comendo. Tempos antes, andava pulando por aí. Mas depois era apenas esterco. Esterco e nada mais. É tudo. E é o que você e eu e toda a gente viremos a ser: esterco!

Matt engoliu de um trago a xícara de café e tornou a enchê-la.

– Você tem medo de morrer? – Perguntou.

Jim abanou a cabeça: – Por que é que havia de ter? Não morro, de qualquer maneira. Morro e torno a viver...

– Para roubar, mentir e penar durante outra vida inteira, e continuar assim para sempre? – disse Matt com desprezo.

– Pode ser que melhore – sugeriu Jim, cheio de esperança. – Talvez não seja preciso roubar na vida futura.

Interrompeu-se abruptamente, de olhar fixo, com uma expressão assustada no rosto.

– Que é que você tem? – perguntou Matt.

– Nada. Estava apenas pensando... na morte... e nisso tudo.

Jim voltou a si, num grande esforço. Mas não conseguia afastar o medo que se apossara dele. Era como se tivesse roçado por ele algo invisível e ameaçador, oprimindo-o com a sombra intangível da sua presença. Tinha um mau pressentimento. Algo de mau ia acontecer.

A desgraça pairava no ar. Fitou fixamente o outro homem, do outro lado da mesa. Não conseguia compreender. Ter-se-ia enganado, envenenando-se a si próprio? Mas não. Matt é que estava com a xícara rachada, e ele tinha certeza de ter posto o veneno na xícara rachada.

"Era tudo imaginação sua", pensou a seguir. Já anteriormente lhe tinha pregado outras peças. Que louco! Pois claro que era isso. Ia certamente acontecer qualquer coisa, mas era a Matt que ia acontecer. Matt não tinha bebido a xícara inteira de café?

Jim animou-se e acabou o bife, ensopando pão no molho, depois de ter acabado a carne.

– Quando era pequeno... – começou a dizer; mas interrompeu-se abruptamente.

De novo a coisa invisível e ameaçadora tinha esvoaçado, e todo o seu ser vibrava com o presságio de uma desgraça iminente. Sentia qualquer coisa romper-se na sua carne, e todos os seus músculos pareciam começar a contrair-se. Recostou-se repentinamente para trás e logo, repentinamente também, inclinou-se para diante, com os cotovelos apoiados sobre a mesa. Um tremor percorreu vagamente os seus músculos. Era como o primeiro sussurrar de folhas antes da chegada do vento. Cerrou os dentes. De novo se verificou o retesamento espasmódico dos músculos. Sentiu-se apavorado, com a revolta dentro de si. Os músculos já não reconheciam seu domínio sobre eles. De novo se retesaram espasmodicamente, não obstante a sua vontade, pois ele tinha lhes ordenado que não o fizessem. Era uma revolta dentro de si próprio, era a anarquia. E o terror da impotência dominou-o, enquanto a sua carne se encolhia e parecia apertá-lo, calafrios percorriam sua espinha, para cima e para baixo, e o suor lhe brotava da testa. Olhou à volta, e todos os pormenores do quarto lhe deram uma sensação estranha de familiaridade. Era como se tivesse acabado de regressar de uma longa viagem. Olhou para o companheiro, do outro lado da mesa. Matt observava-o e sorria. Uma expressão de pavor espalhou-se pela cara de Jim.

– Meu Deus, Matt! – gritou. – Não me envenenou, não é?

Matt sorriu e continuou a observá-lo. Jim não perdeu a consciência no paroxismo que se seguiu. Os seus músculos retesavam-se e contraíam-se, magoando-o e esmagando-o com o seu aperto violento. E, no meio de tudo isso, deu-se conta que Matt agia de modo estranho. Percorria o mesmo caminho. O sorriso tinha se apagado em seu rosto e dera lugar a uma expressão atenta, como se escutasse alguma história interior e estivesse tentando adivinhar sua mensagem. Matt levantou-se, atravessou o quarto, voltou atrás e sentou-se.

– Foi você, Jim – disse calmamente.

– Mas não pensava que você tentaria me liquidar – respondeu Jim com ar de censura.

– Oh! liquidei, sim! – disse Matt, com os dentes cerrados e o corpo tremendo. – Que é que me deu?

– Estricnina.

– O mesmo que eu a você – confessou Matt. Que grande enrascada!

– Está mentindo, Matt – suplicou Jim. – Não me envenenou, não é?

– Envenenei, sim; mas não exagerei a dose. Cozinhei-a, como você gosta, na sua metade de bife... Alto aí! Onde vai?

Jim dera uma corrida para a porta e abria a fechadura. Matt interpôs-se, de um salto, e afastou-o com um empurrão.

– Farmácia! – arfou Jim. – Farmácia!

– Você não vai lá. Não vai sair daqui. Não vai sair para fazer uma cena de envenenamento na rua... com aquelas joias escondidas debaixo do travesseiro. Vê? Mesmo que não morresse, cairia nas mãos da polícia e tinha que dar um monte de explicações. Um vomitório é o indicado para envenamento. Estou tão mal como você e vou tomar um vomitório. Era isso que lhe dariam na farmácia, de qualquer maneira.

Empurrou Jim para o meio do compartimento e tornou a correr os ferrolhos. Ao encaminhar-se para a prateleira da comida passou a mão pela testa e limpou as gotas de suor. Estas salpicaram o chão, produzindo um ruído audível. Jim observou, no meio de um sofrimento intenso, Matt tirar o vidro de mostarda e uma xícara, e correr para a pia. Misturou mostarda numa xícara de água e bebeu-a. Jim seguira-o e estendeu as mãos trêmulas para a xícara vazia. Matt empurrou-o outra vez. Enquanto preparava uma segunda xícara, perguntou:

– Acha que uma xícara será suficiente para mim? Espere até eu acabar. Cambaleando, Jim começou a dirigir-se para a porta, mas Matt fê-lo parar.

– Se mexer com aquela porta, torço seu pescoço. Vê? Vai poder tomar o seu, quando eu tiver acabado. E, se se salvar, torço seu pescoço do mesmo jeito. Você não tem esperança nenhuma, de qualquer maneira. Eu lhe disse muitas vezes o que aconteceria se me pregasse uma peça.

– Mas você me fez a mesma coisa – articulou Jim, a custo.

Matt estava bebendo a segunda xícara e não respondeu. O suor caía sobre os olhos de Jim. Este mal distinguia o caminho para a mesa, onde arranjou uma xícara para si. Mas Matt preparava uma terceira xícara e afastou-o como das outras vezes.

– Já disse para esperar até eu acabar – rosnou Matt. – Sai da minha frente.

E Jim apoiou contra a pia o corpo em convulsões, cobiçando a poção amarelada que significava a vida. Foi por pura força de vontade que conseguiu se aguentar, agarrado à pia. O corpo lutava por dobrar-se em dois e fazê-lo cair no chão. Matt bebeu a terceira xícara e, a custo, conseguiu puxar uma cadeira e sentar-se. O primeiro paroxismo estava passando. Os espasmos que o atormentavam estavam desaparecendo. Atribuiu isto ao efeito salutar da mostarda e da água. Estava salvo, de qualquer forma. Limpou o suor do rosto e naquele intervalo de calma conseguiu sentir curiosidade. Olhou para o companheiro.

Um espasmo fizera saltar o frasco de mostarda das mãos de Jim, e seu conteúdo derramou-se pelo chão. Abaixou-se para apanhar um pouco e botar dentro da xícara, mas o espasmo seguinte derrubou-o, dobrado, no chão. Matt sorriu.

– Vá! Anime-se – disse ele. – É esse o remédio. Já me fez bem.

Jim ouviu-o e virou para ele um rosto apavorado, contraído pelo sofrimento e pela súplica. Os espasmos agora seguiam-se uns aos outros. Entrou em convulsões, rebolando pelo chão e sujando de amarelo a cara e o cabelo, na mostarda.

Matt riu roucamente, mas a gargalhada interrompeu-se no meio. Seu corpo fora percorrido por um tremor. Estava começando um novo paroxismo. Levantou-se e, cambaleando, dirigiu-se à pia, onde, metendo o dedo indicador garganta abaixo, tentou ajudar a ação do vomitório. Por fim, agarrou-se à pia, tal como Jim fizera, cheio de terror por sentir-se cair.

O paroxismo do outro passara, e ele sentou-se, fraco e quase desmaiando, demasiado fraco para se levantar, o suor a cair-lhe da testa amarelado pela mostarda sobre a qual tinha caído, os lábios listados de espuma. Esfregou os olhos com os nós dos dedos, e de sua garganta escaparam roncos que pareciam gemidos.

– Por que está choramingando? – perguntou Matt, ainda cheio de dores. – Tudo o que tem a fazer é morrer. E, quando morrer, estará morto.

– Eu... não estou... choramingando... é... a mostarda... que me... arde... nos olhos – arquejou Jim com uma lentidão desesperada.

Foi a sua última e falhada tentativa de falar. Daí em diante balbuciou palavras incoerentes, sacudindo o ar com os braços que tremiam, até que uma nova convulsão o estendeu no chão.

Matt conseguiu com esforço voltar para a cadeira, e, dobrado em dois, os braços abraçando os joelhos, lutou com a sua carne que se desintegrava. No fim da convulsão, ficou fraco e gelado. Olhou, para ver o que se passava com o outro, e viu-o prostrado, imóvel no chão.

Tentou monologar consigo próprio, brincar, rir amargamente e pela última vez na vida. Mas seus lábios só produziam sons incoerentes. Pensou que o vomitório não produzira efeito, e que só lhe restava a farmácia. Olhou para a porta e pôs-se em pé. Mas só conseguiu evitar cair, agarrando-se à cadeira. Principiara outro estertor. No meio deste, com o corpo se desintegrando, em convulsões e contrações, manteve-se agarrado à cadeira que acabou por empurrar diante de si, pelo chão afora. Quando atingiu a porta, abandonavam-no os últimos lampejos de vontade. Rodou a chave e abriu uma tranca. Tateou, à procura da segunda, mas não conseguiu. Então apoiou o peso do corpo contra a porta e escorregou lentamente para o chão.

O PAGÃO

Vi-o pela primeira vez num furacão; e embora sofrêssemos no mesmo barco, foi só quando a embarcação se espatifou debaixo de nós que pus os olhos nele pela primeira vez. Sem dúvida o avistara a bordo com o resto da tripulação nativa, mas não tive consciência de sua existência, pois o *Petite Jeanne* estava apinhado. Além do seu capitão, piloto e comissário brancos, e de seus seis passageiros de cabina, saiu o barco de Rangiroa com um número aproximado de oitenta passageiros de convés – paumotanos e taitianos, homens, mulheres e crianças, todos carregando suas caixas de mercadoria, para não falar das esteiras de dormir, cobertores e embrulhos de roupa.

A estação das pérolas no Paumotus se acabara, e os trabalhadores regressavam para Taiti. Seis dentre os passageiros de cabine eram compradores de pérolas. Dois eram americanos, um era Ab Choon (o chinês mais branco que já vi), um era alemão, um era judeu polonês, e o último era eu, que arredondava a meia dúzia.

A estação fora próspera. Nenhum de nós tinha motivo de queixa, o mesmo acontecendo aos oitenta e cinco passageiros de convés, todos bem-sucedidos, e que agora esperavam ansiosamente descansar e se divertir em Papeete.

Sem nenhuma dúvida, o *Petite Jeanne* estava sobrecarregado. Tinha apenas setenta toneladas, e não tinha o direito de transportar um décimo da multidão que levava a bordo. Debaixo das escotilhas, estava cheio, transbordando de conchas de pérolas e de copra. Até mesmo a sala de trocas estava abarrotada de conchas. Era um milagre os marinheiros conseguirem fazê-la navegar. Não era possível caminhar ao longo das cobertas: era simplesmente preciso subir nas amuradas, e ir escorregando de um lado para o outro.

Durante a noite, caminhava-se sobre os que dormiam e que atapetavam o chão, juro que a dois de fundo. Oh! e havia porcos e galinhas nas cobertas, e sacos de inhame, enquanto cada recanto concebível se via infestado de cordões de cocos verdes e cachos de banana. De ambos os lados, entre a vela de traquete e a vela grande, estenderam-se cordas de retenção, numa altura suficientemente pequena para permitir livre jogo ao pau de carga; e de cada corda estavam suspensos pelo menos cinquenta cachos de banana.

A viagem prometia ser penosa, mesmo que a fizéssemos nos dois ou três dias previstos, caso os alísios de sudoeste tornassem a soprar. Mas não tornaram. Após as primeiras cinco horas, os alísios se diluíram em mais ou menos uma dúzia de ventiladores ofegantes. A calma continuou durante toda aquela noite e no dia seguinte – uma dessas calmas ofuscantes e vidrentas, quando a simples ideia de abrir os olhos para fitá-la causa dor de cabeça.

No segundo dia um homem morreu – um ilhéu da Ilha da Páscoa, e um dos melhores mergulhadores da laguna nessa estação. Varíola – disseram que foi; embora de que maneira a varíola podia entrar a bordo quando não havia nenhum caso em terra ao sairmos de Rangiroa – não posso compreender. Mas entrara – a varíola, que fez um morto e pôs três outros de cama.

Nada se podia fazer. Impossível apartar os doentes ou tratá-los: estávamos amontoados como sardinhas. Nada a fazer, exceto apodrecer e morrer – isto é, nada a fazer depois da noite que se seguiu à primeira morte. Naquela noite, o piloto, o comissário, o judeu polonês e os quatro mergulhadores nativos fugiram na baleeira grande. Nunca mais houve notícias deles. Na manhã seguinte o capitão prontamente abriu rombos nos botes restantes, e lá ficamos.

Naquele dia houve duas mortes: no dia seguinte, três; depois pulou para oito. Era curioso observar como as recebíamos. Os nativos, por exemplo, caíam num estado de medo estoico e mudo. O capitão – Oudouse era seu nome, um francês – ficava muito nervoso e instável. Na realidade, tinha espasmos. Era um homem grande e gordo, pesando aproximadamente duzentas libras, e dentro em pouco lembrava a fiel imagem de uma trêmula montanha de gordura gelatinosa.

O alemão, os dois americanos e eu compramos todo o uísque disponível e começamos a nos embriagar. A teoria era bela – isto é, se permanecêssemos encharcados em álcool, todos os germes de varíola em contato conosco seriam queimados, transformados em cinzas. E a teoria funcionou, embora eu deva confessar que nem o capitão Oudouse nem Ah Choon foram atacados pela moléstia. O francês absolutamente não bebia, enquanto Ah Choon se limitava a beber uma só vez por dia.

O tempo estava lindo. O Sol, que declinava para o norte, estava diretamente em cima de nossas cabeças. Não havia vento, exceto umas frequentes rajadas que sopravam ferozes durante cinco minutos ou durante meia hora, e acabavam por nos inundar de chuva. Depois de cada rajada, o Sol terrível surgia, levantando nuvens de vapor das cobertas encharcadas.

A exalação não era nada boa. Era um cheiro de morte, carregado de milhões e milhões de germes. Sempre tomávamos outro trago quando o sentíamos levantar-se dos mortos e dos moribundos, e usualmente tomávamos dois ou três copos de uma mistura excepcionalmente forte. Estabelecemos uma regra: tomar uma dose adicional cada vez que lançavam os mortos aos tubarões que enxameavam em torno de nós.

Assim decorreu uma semana, quando o uísque acabou. Não houve mal nenhum nisso; do contrário, eu não estaria vivo agora. Era preciso um homem ser sóbrio para aguentar o que se seguiu, e vocês concordarão quando eu disser que apenas dois homens aguentaram. O outro homem era o pagão – pelo menos foi assim que ouvi o capitão Oudouse chamá-lo no momento em que tomei consciência de sua existência. Mas voltemos ao assunto.

Foi no fim da semana, quando o uísque se acabara e os compradores de pérola já estavam sóbrios, que me aconteceu olhar para o barômetro dependurado na cabina. Seu nível normal em Paumotus era 29.90, ou mesmo 30.05 e era comum vê-lo oscilar entre 29.85 e 30.00, ou mesmo 30.05: mas vê-lo como eu o via agora, no nível de 29.62, bastava para deixar sóbrio qualquer comprador de pérolas ébrio e que até então tivesse incinerado micróbios de varíola em uísque escocês.

Chamei a atenção do capitão Oudouse para o registro, apenas para ouvir que ele já o vinha observando havia muitas horas. Pouco se podia fazer, mas esse pouco valia, de acordo com as circunstâncias. O capitão recolheu as velas leves, desenrolou as velas de borrasca, estendeu cordas de salvamento e esperou o vento. Seu erro foi o que fez depois que o vento começou a soprar. Amurou o navio para bombordo, o que seria acertado fazer-se ao sul do Equador, se – e esse era o ponto – se não se estivesse na rota direta do furacão.

Mas estávamos nessa rota. Podia vê-lo graças ao aumento da velocidade do vento e à queda, igualmente firme, do barômetro. Quis eu que o capitão virasse e corresse com o vento no quarto de bombordo até que o barômetro deixasse de cair, para só então meter a capa. Discutimos até que ele, já agora frenético, não quis se mexer. O pior foi que não pude fazer com que o resto dos compradores de pérolas me apoiassem. Quem era eu, afinal, para que conhecesse melhor as coisas do mar e seus costumes, do que um capitão adequadamente qualificado? Eu bem sabia que era isso o que pensavam.

Naturalmente, o mar se empolou horrivelmente por causa do vento; e nunca esquecerei os três primeiros vagalhões que o *Petite Jeanne* atravessou. Ela se desviara para sotavento, como fazem às vezes os navios que amuram para bombordo, e o primeiro vagalhão a apanhou em cheio. As cordas de salvamento só valiam para os fortes e os sãos, mas não raro pouco adiantavam também para estes, quando mulheres e crianças, bananas e cocos, porcos e caixas de mercadorias, doentes e moribundos eram varridos em massa, num aglomerado de gritos e gemidos.

O segundo vagalhão encheu a coberta do *Petite Jeanne* até a amurada; e como a sua popa se afundou e sua proa se levantou para o céu, todas as míseras almofadas da estiva e toda a bagagem foram impelidas para ré. Verdadeira torrente humana. Caíam, aqueles infelizes, com a cabeça ou com os pés para frente, de lado, rolando e tornando a rolar, torcendo-se, contorcendo-se, para afinal se amontoarem uns sobre os outros. De vez em quando um deles conseguia agarrar-se a uma corda ou a um pontalete; mas o peso dos corpos que vinham atrás faziam-no largá-los. Vi um homem vir de cabeça e bater no turco de estibordo: seu crânio se quebrou como um ovo. Percebi o que estava para vir: saltei para o teto da cabina e dali para a vela principal. Ah Choon e um dos americanos quiseram seguir-me, mas eu estava um salto na dianteira. O americano foi varrido por cima da ré como um pedaço de palha. Ah Choon agarrou um dos raios da roda do leme e ali ficou, se balançando. Mas uma robusta *wahine* (mulher) Rarotonga – devia pesar umas duzentas e cinquenta libras – abalroou-o e enlaçou-lhe o pescoço com o braço. O homem agarrou o pescoço do piloto canaca com a outra mão e, justamente naquele instante, a escuna tombou para estibordo.

O atropelo de corpos e água que corria da prancha de descarga a bombordo entre a cabine e a amurada virou-se abruptamente e desaguou a estibordo. Lá se foram todos – *wahine,* Ah Choon e o piloto. Juro que vi Ah Choon sorrir para mim com uma resignação filosófica ao passar por cima da amurada e afundar.

O terceiro vagalhão – o maior dos três – não fez tanto estrago. Quando golpeou, quase todos estavam no cordame. Na coberta, talvez uma dúzia de desgraçados ofegava, todos meio afogados e embrutecidos, rolando de um lado para outro e tentando rastejar para lugar seguro. Mas foram atirados por cima da amurada, assim como acontecera aos restos dos dois botes remanescentes. Os demais compradores de pérolas e eu conseguimos, entre um e outro vagalhão, fazer entrarem na cabina umas quinze mulheres e crianças, e aí as encerramos. Mas isso de pouco adiantou às pobres criaturas, no fim.

Se ventava? Em toda a vida eu não teria acreditado ser possível ao vento soprar daquela maneira. Não se pode descrever. Como pode alguém descrever um pesadelo? O mesmo acontecia com aquele vento. Rasgava as roupas que vestíamos, arrancando-as. Digo *rasgava,* e é isso mesmo o que quero dizer. Não lhes peço que acreditem. Estou tão somente relatando algo que vi e que senti. Há momentos em que eu mesmo não acredito nisso.

Vivi aquele momento, e é o quanto basta. Impossível encarar um vento desses e continuar vivo. Era uma coisa monstruosa, e a coisa ainda mais monstruosa era que crescia e continuava a crescer.

Imaginem incontáveis milhões e bilhões de toneladas de areia. Imaginem essas toneladas de areia irrompendo a noventa, cem, cento e vinte ou qualquer outro número de milhas por hora. Imaginem, em seguida, que esta areia é invisível, impalpável, e entretanto retém todo o peso e a densidade da areia. Façam tudo isso, e poderão obter uma vaga noção do que era aquele vento.

Talvez a areia não seja uma comparação correta, e melhor seria uma lama, invisível, impalpável, porém pesada como lama. Não, ainda vai além disso. Imaginem um banco de lama em cada molécula de ar. Depois experimentem imaginar o múltiplo impacto de bancos de lama. Não: não posso descrevê-lo. A linguagem pode ser adequada para exprimir as condições ordinárias da vida, mas não pode possivelmente exprimir qualquer das condições de uma tão enorme rajada.

Melhor para mim teria sido continuar apegado à intenção original, e não tentar descrever o impossível.

Porém isto eu direi: o oceano, no princípio encapelado, foi abatido por esse vento. Ainda mais: dir-se-ia que todo o oceano fora sugado nas fauces do furacão, e arremessado através daquele trecho de espaço previamente ocupado pelo ar.

Naturalmente, já fazia tempo que nossas velas tinham desaparecido. Mas o capitão Oudouse tinha no *Petite Jeanne* uma coisa que eu nunca vira em escuna alguma dos mares do Sul: – uma âncora marítima. Era ela um saco cônico de lona, cuja boca era conservada aberta por um grande arco de ferro. A âncora marítima era mais ou menos embridada como um papagaio de papel, de modo que mordia a água mais ou menos como um pagagaio morde o ar, com uma diferença porém: a âncora permanecia logo abaixo do nível do oceano, numa posição perpendicular. Uma comprida corda, por sua vez, ligava a âncora à escuna. O resultado era o *Petite Jeanne* navegar com a proa para o vento em qualquer mar.

A situação teria realmente sido favorável, não fosse navegarmos na rota do furacão. Com efeito, o próprio vento arrancava as velas das gaxetas, puxava os mastaréus e atrapalhava o funcionamento de nossas máquinas, porém mesmo assim teríamos escapado lindamente da borrasca, não fôsse estarmos de frente para o centro do furacão que vinha vindo. Foi isso o que nos perdeu. Eu estava imerso numa espécie de colapso idiotizado, inerme e paralítico por estar suportando em cheio todo o impacto do vento, e chego a pensar que estava pronto para desistir da luta e morrer, quando o centro do furacão nos golpeou. O golpe que nos feriu foi de uma bonança absoluta. Não havia o mais leve movimento de ar. O efeito disso foi o enjoo.

Lembrem-se de que, durante horas, estivemos numa terrível tensão muscular, suportando a medonha pressão daquele vento. Quando, de repente, a pressão desapareceu, senti-me como a pique de expandir-me, de estourar em todas as direções. Dir-se-ia que cada átomo que compunha o meu corpo repelia todos os outros átomos e estava a ponto de se precipitar irresistivelmente para o espaço. Isto porém durou apenas um momento. A destruição era iminente.

Na ausência de pressão e de vento, o mar se empolou. Pulava, saltava, levantava-se direto para o céu. Lembrem-se: de todos os pontos do compasso: esse vento inconcebível soprava na direção do centro da calmaria. O resultado era os vagalhões saltarem de toda a rosa-dos--ventos, sem vento para detê-los. Saltavam como rolhas libertadas do fundo de um balde de água. Não tinham sistema algum, nem estabilidade. Eram vagalhões cavernosos e maníacos. Tinham pelo menos oitenta pés de altura. Absolutamente não eram vagalhões. Não se pareciam a mar algum ainda visto pelo homem.

Eram chapas de água – monstruosas chapas – eis tudo. Chapas de oitenta pés de altura. Oitenta! Às vezes mais! Ultrapassavam os nossos mastros. Eram repuxos, explosões. Estavam bêbadas. Caíam em qualquer lugar, de qualquer jeito. Empurravam-se umas às outras: colidiam. Atropelavam-se e tombavam umas sobre as outras, ou se dividiam como mil cataratas de uma vez. Oceano com o qual homem algum jamais sonhara, era aquele, do centro do furacão. Uma confusão três vezes confusa. Uma anarquia. Um abismo infernal de água do mar enlouquecida.

E o *Petite Jeanne?* Não sei, o pagão mais tarde me contou que ele também não sabia. Rachou-se e partiu-se ao meio, foi amassado como polpa de fruta, despedaçado, aniquilado. Quando voltei a mim, estava dentro da água, nadando automaticamente, embora estivesse dois terços afogado. Como cheguei ali, é coisa de que não me lembro. Recordo ter visto o *Petite Jeanne* espatifar-se no instante preciso em que a consciência me era arrancada. Mas ali estava eu, sem nada a fazer exceto tirar o maior proveito da situação, mas esse proveito era pouco promissor. O vento recomeçara a soprar, as ondas eram menores e mais regulares, e eu então soube que havia deixado para trás o centro do furacão. Felizmente não havia tubarões em redor. O furacão dissipara a horda esfomeada que cercara o navio da morte e fora por ele alimentada com cadáveres.

Era quase meio-dia quando o *Petite Jeanne* se partiu, e seriam já duas horas quando consegui agarrar uma de suas cobertas de escotilha. Chovia pesadamente, e foi por mero acaso que eu e a coberta de escotilha nos abalroamos. Um curto pedaço de corda se arrastava da alça, e pressenti que ele ajudaria um dia inteiro pelo menos, contanto que os tubarões não regressassem. Três horas mais tarde, talvez um pouco mais, agarrado à coberta, os olhos fechados, toda a minha alma concentrada na tarefa de respirar o suficiente para continuar vivo, ao mesmo tempo na tarefa de evitar respirar em água suficiente para me afogar, pareceu-me ouvir vozes. A chuva cessara, o vento e o mar se acalmavam maravilhosamente. A menos de dez pés de distância, em outra coberta de escotilha, estavam o capitão Oudouse e o pagão. Lutavam pela coberta – pelo menos o francês lutava.

– *Paien noir!* – ouvi-o exclamar, e ao mesmo tempo vi-o dar um pontapé no canaca.

Ora, o capitão Oudouse perdera toda a roupa, exceto os sapatos, e estes eram pesados. O golpe foi cruel, pois apanhou o pagão na boca e na ponta do queixo, quase atordoando-o. Esperei que revidasse, mas ele contentou-se em nadar sozinho mas em segurança a uns dez pés de distância. Quando um balanço do mar o fazia aproximar-se, o francês, pendurado pelas mãos, dava-lhe pontapés com ambas as pernas. E a cada pontapé, chamava o canaca de negro pagão.

– Por dois centavos eu ia aí e o afogava, seu animal branco! – gritei-lhe.

A única razão por que não o fiz foi por sentir-me cansado; só a ideia do esforço de nadar me dava tonturas. Gritei ao canaca que viesse até onde eu estava, e comecei por dividir com ele a coberta da escotilha. Otoo, era seu nome, disse-me (pronuncia-se o-to-o); também me disse que era nativo de Borabora, a ilha mais ocidental do grupo das Ilhas Sociedade. Conforme soube mais tarde, fora ele que achara a coberta da escotilha, e após algum tempo, tendo encontrado o capitão Oudouse, ofereceu partilhá-la com ele, e só recebeu pontapés pelo gesto.

E foi assim que Otoo e eu nos conhecemos. Não era combativo, mas todo meiguice e doçura, criatura feita de amor, embora tivesse quase seis pés de altura e músculos de gladiador. Repito, não era combativo, mas também não era covarde. Tinha um coração de leão, e nos anos que se seguiram vi-o correr riscos que eu mesmo nunca pensaria em correr. Dizendo que não era combativo, quero dizer que, embora nunca se precipitasse para armar barulho, jamais fugia de uma luta quando esta começava. E era o mesmo que gritar "Cuidado com o recife!", quando Otoo entrava em ação. Jamais me esquecerei do que fez a Bill King. Isso aconteceu na Samoa Alemã. Bill King era aclamado campeão de peso pesado da Marinha estadunidense. Era um bruto homem, verdadeiro gorila, um desses sujeitos duros e provocadores, que sabia manejar os punhos. Armou uma rixa, e deu dois pontapés em Otoo, e mais um murro, antes que Otoo sentisse que era necessário lutar. Creio que a luta não durou quatro minutos, no fim dos quais Bill King era o infeliz possuidor de duas costelas partidas, um antebraço quebrado e uma omoplata deslocada. Otoo nada sabia do boxe científico; era simplesmente a força humana que o movia, e Bill King levou uns três meses para se recuperar da amostra que recebeu dessa força naquela tarde na praia Apia.

Mas estou me adiantando. Partilhamos, nós dois, a coberta da escotilha; revezando; e enquanto um ficava deitado na coberta, descansando, o outro, submerso até o pescoço, apenas segurava-a. Dois dias e duas noites, alternadamente na coberta e na água, boiamos na superfície do oceano. Quase no fim, eu já delirava a maior parte do tempo, e também havia vezes em que ouvia Otoo balbuciando e delirando em sua língua nativa. A contínua imersão nos impedia de sofrer sede, embora a luz e a água do mar dessem a nossa pele a mais linda mistura imaginável de picles em conserva e queimadura de sol.

No fim, Otoo salvou-me a vida; pois vi-me deitado na praia, a vinte passos do mar, abrigado do sol por duas folhas de coqueiro. Não foi ninguém senão Otoo quem me arrastou para ali e enfiou as folhas na areia para me fazerem sombra. Otoo estava deitado ali perto, e eu perdera os sentidos. Quando voltei a mim, vi uma noite fria e estrelada, e Otoo premindo contra meus lábios um coco de água.

Éramos os únicos sobreviventes do *Petite Jeanne*. O capitão Oudouse devia ter morrido de exaustão, pois muitos dias depois sua coberta de escotilha deu na praia, sozinha. Otoo e eu vivemos com os nativos do atol durante uma semana, quando fomos recolhidos por um cruzador francês e levados para Taiti. No ínterim, entretanto, realizamos a cerimônia de trocar de nomes. Nos Mares do Sul, uma cerimônia dessas liga dois homens mais estreitamente do que o fariam laços de irmandade. A iniciativa foi minha; e Otoo ficou numa delirante alegria quando a sugeri.

– Está bem – disse ele em taitiano. – Fomos dois dias companheiros nos lábios da morte.

– Mas a morte gaguejou – disse eu sorrindo.

– Grande proeza a sua, patrão – respondeu ele – e a morte, não bastante malvada para responder.

– Por que me chama de patrão? – perguntei-lhe com uma ostentação de sentimentos ofendidos. – Trocamos de nomes. Para você, sou Otoo. Para mim, você é Charley. E entre você e eu, para sempre e eternamente, você será Charley, e eu Otoo. O costume é esse. E quando morrermos, se acontecer vivermos outra vez em algum lugar além do céu e das estrelas, você será Charley para mim e eu Otoo para você.

– Sim, patrão – respondeu ele, os olhos cheios de doçura e luminosa alegria.

– Outra vez! – exclamei indignado.

– Que importa o que meus lábios pronunciam? – argumentou ele. – São apenas meus lábios. Porque sempre pensarei em Otoo. Quando quer que pense em mim, pensarei em você. Quando me chamarem pelo nome, pensarei em você. E para lá do céu, para lá das estrelas, sempre e eternamente você será Otoo para mim. Está bem assim, patrão?

Escondi o sorriso e respondi-lhe que estava bem.

Separamo-nos em Papeete. Fiquei em terra me recuperando, e ele embarcou num cúter para sua ilha de Borabora. Seis semanas depois estava de volta. Fiquei supreso, pois me falara na mulher, dizendo que ia voltar para ela, e que desistiria de viagens demasiado compridas.

– Para onde vai, patrão? – perguntou, depois da primeira saudação.

Encolhi os ombros. A pergunta era difícil.

– Vou correr mundo – foi a resposta. – Todo mundo, todos os mares, todas as ilhas desses mares.

– Irei com o senhor – disse ele com simplicidade. – Minha mulher morreu.

Nunca tive irmão; mas pelo que tenho visto dos irmãos dos outros, duvido que alguém jamais tivesse um irmão que fosse o que Otoo era para mim: irmão, pai e mãe a um só tempo. E isto sei: vivi uma vida mais correta e melhor, devido a Otoo. Eu pouco me importava com os demais homens, mas tinha de viver decentemente aos olhos de Otoo. Por causa dele não ousava conspurcar-me. Ele fazia de mim o seu ideal, compunha-me (assim penso) com o amor e a adoração que me dedicava; e havia vezes em que, chegando à beira do abismo do inferno, nele teria me afundado não fosse a lembrança de Otoo ter-me contido. O orgulho que ele tinha de mim me penetrava, até que se tornou uma das regras fundamentais do meu código pessoal não fazer coisa alguma para desmerecê-lo.

Naturalmente não soube de imediato quais eram os seus sentimentos para comigo. Ele nunca censurava, nunca criticava; e, lentamente, o lugar elevado que eu ocupava a seus olhos me foi revelado, e lentamente comecei a compreender a ofensa que lhe faria sendo qualquer coisa que não fosse o meu eu melhor.

Juntos vivemos dezessete anos. Por dezessete anos esteve ele ombro a ombro comigo, vigiando quando eu dormia, cuidando de mim nas febres e nos ferimentos ai! ai! e recebendo ferimentos quando combatia por mim. Empregava-se nos mesmos navios que eu; e juntos corremos o Pacífico, de Havaí a Sydney Head, dos Estreitos de Torres aos Galápagos. Fizemos contrabando a partir das Novas Hébridas às Ilhas Line para o ocidente, pelas Louisiades, da Nova Bretanha, da Nova Irlanda e da Nova Hanôver. Três vezes naufragamos – nas Ilhas Gilberts, no grupo de Santa Cruz e nas Ilhas Fidjis. E negociamos, e executamos selvagens onde quer que houvesse um dólar prometido em negócios de pérolas e madrepérolas, de copra, bicho-do-mar, carapaça de tartaruga bico de gavião e restos de naufrágios.

Começou em Papeete, logo depois que ele comunicou que iria comigo por todos os mares e suas ilhas. Naquele tempo havia em Papeete um clube onde se reuniam os peroleiros, os negociantes, os capitães e a escória dos aventureiros dos Mares do Sul. O jogo era forte, a bebida ainda mais forte, e receio ter-me tresnoitado mais do que era conveniente ou aceitável. Pois não importava a hora em que eu saísse do clube: Otoo lá estava ao relento, esperando para levar-me para casa.

Primeiro sorri; depois repreendi-o. Mais tarde disse-lhe francamente que não precisava de babá. Depois disso não mais o vi quando saía do clube. Quase por acidente, uma semana ou duas mais tarde, descobri que ele ainda me acompanhava até a casa, escondendo-se na sombra das mangueiras que orlavam a rua. Que podia eu fazer? Mas sei o que fiz.

Insensivelmente comecei a não varar as noites. Em noites úmidas e chuvosas, no auge da pândega e das loucuras, vinha-me a ideia de que Otoo estava em sua triste vigília sob as mangueiras. Em verdade, fez de mim um homem melhor. Todavia não era um fanático. E nada sabia da moralidade cristã. Todos os habitantes de Borabora eram cristãos; ele porém era pagão, o único incréu na ilha, um grosseiro materialista, que acreditava que a gente, quando morre, está mesmo morta. Acreditava tão somente em jogo limpo e em franqueza de trato. A mesquinhez, no seu código, era quase tão grave como o homicídio culposo; e até creio que ele respeitava mais um assassino do que um homem mesquinho.

No que me dizia respeito, pessoalmente, opunha-se a que eu fizesse qualquer coisa que me causasse dano. Jogar era direito. Ele mesmo era jogador entusiasta. Mas dormir tarde, dizia, fazia mal à saúde. Viu morrerem de febre homens que não cuidavam de si. Otoo era abstêmio, mas tomava um bom gole a qualquer hora, principalmente quando se tratava de trabalhar em serviço de água nos botes. Por outro lado, era adepto de beber com moderação. Vira muitos homens morrerem e se desgraçarem por causa da cachaça ou do uísque.

Otoo tinha sempre presente o meu bem-estar. Pensava com antecedência por mim, ponderava meus planos, e tinha por eles um interesse maior do que eu. No princípio, quando eu não sabia do interesse que tinha por meus negócios, ele tinha de adivinhar as minhas intenções; por exemplo, em Papeete, quando pretendi ficar sócio de um malandro, meu patrício, num assunto de guano. Eu não sabia que o homem era um canalha. Nem conhecia qualquer outro branco em Papeete. Otoo também não conhecia; vendo porém como estávamos ficando unidos, descobriu por mim e sem que eu lhe pedisse. Marinheiros nativos dos confins do mar vêm bater nas praias de Taiti; e Otoo, simplesmente desconfiado, foi conversar com eles até reunir dados suficientes para justificar suas suspeitas. Era uma bonita história, a de Randolph Waters. Eu não quis acreditar, quando pela primeira vez Otoo me contou; quando porém a contei pelas escotas nos ouvidos de Waters, este desistiu sem um murmúrio e embarcou para Auckland no primeiro vapor.

Devo confessar que no princípio não pude deixar de me ressentir pelo fato de Otoo meter o nariz em meus negócios. Sabia entretanto que ele não era egoísta, e logo tive que reconhecer sua sabedoria e discrição. Tinha sempre os olhos bem abertos para as melhores oportunidades para mim, e não apenas enxergava perto como também enxergava longe. No decorrer do tempo fez-se meu conselheiro, a ponto de saber mais do que eu mesmo sobre meus negócios. Em verdade, preocupava-se mais do que eu próprio com os meus interesses. Deixava para mim o magnífico descuido da juventude, pois eu preferia amores a dólares, aventuras a um alojamento confortável para ficar preso nele a noite inteira. De modo que era bom ter quem olhasse por mim. Sei que se não fosse Otoo, hoje eu não estaria aqui.

Dentre inúmeros exemplos, citarei um. Tivera eu muitas experiências de contrabando, antes de ser comprador de pérolas no Paumotus. Otoo e eu estavámos na praia de Samoa; na verdade encalhados – quando se apresentou para mim a oportunidade de partir como recruta num barco contrabandista. Otoo arranjou lugar junto ao mastro; e nos seis anos subsequentes, em igual quantidade de navios, batemos as zonas mais selvagens da Melanésia. Otoo cuidava para ser sempre colocado como remador do meu bote. Nosso costume, quando se tratava de recrutar trabalhadores, era desembarcar o recrutador em terra. O bote de cobertura sempre ficava parado, seus remos a postos, a algumas centenas de pés distante da praia, enquanto o bote do recruta, também parado, ficava flutuando na orla da praia. Quando desembarquei com as minhas mercadorias de escambo, deixando de prontidão o governo do barco, Otoo deixou sua posição de remador e dirigiu-se para as velas da popa, onde uma Winchester estava à mão debaixo de uma aba de lona. A tripulação do bote também estava armada, suas Sniders ocultas sob abas de lona que corriam por todo o comprimento das amuradas. Enquanto eu tentava argumentar e persuadir os canibais de cabeças lanudas a irem trabalhar nas plantações de Queensland, Otoo vigiava. E muitas vezes sua voz abafada me advertia de ações suspeitas e iminentes traições. Não raro era o tiro rápido de seu rifle o primeiro aviso que ele me dava. E na minha corrida para o barco, sua mão sempre estava ali para me içar a bordo.

Certa vez, bem me lembro, no Santa Anna, o barco encalhou logo no começo do tumulto. O bote de cobertura correu em nosso socorro, mas as muitas vintenas de selvagens ter-nos-iam varrido antes que chegasse, se Otoo, saltando para a praia, não metesse ambas as mãos nas caixas de mercadorias, e não espalhasse tabaco, miçangas, machadinhas, facas e fazendas de algodão em todas as direções.

Foi a conta para os cabeças lanudas. Enquanto remexiam nos tesouros, o bote zarpou conosco a bordo numa distância de quarenta pés. E obtive trinta recrutas naquela mesma praia, nas quatro horas subsequentes.

O exemplo típico que tenho em mente foi o de Malaita, a ilha mais selvagem dentre todas as Salomão Orientais. Os nativos tinham sido notavelmente cordiais; como então saberíamos que toda a aldeia vinha, há dois anos, fazendo uma coleta para comprar a cabeça de um homem branco? Os infelizes eram todos caçadores de cabeça, e acima de tudo estimavam a cabeça de um branco. O sujeito que capturasse a cabeça receberia o produto de toda a coleta. Mas, como eu ia dizendo, eles nos pareceram muito cordiais; e naquele dia eu estava bem entrado na praia, a uma centena de jardas do bote. Otoo advertira-me e, como sempre, quando eu não o atendia, era certo o desastre.

O que vi primeiro foi uma nuvem de lanças cair sobre mim do mangue pantanoso. Pelo menos uma dúzia delas me alcançou. Pus-me a correr, mas tropecei numa delas que rapidamente estava fincada na minha barriga da perna, e tombei no chão. Os cabeças lanudas correram para mim, todos agitando machadinhas de corte em leque e compridos cabos, com as quais pretendiam degolar-me. Estavam tão ávidos pelo prêmio, que atrapalhavam o caminho uns dos outros. Em meio à confusão, evitei muitos golpes atirando-me na areia, ora para a direita, ora para a esquerda.

Foi quando Otoo chegou – Otoo, o ferrabrás. Não sei como tinha se apoderado de uma pesada maça de guerra, e, à pequena distância, esta era uma arma muito mais eficaz do que um rifle. Estava Otoo no meio dos selvagens, de modo que não podiam golpeá-lo com lanças, sendo as suas machadinhas completamente inúteis. Combatia por mim, e se achava num verdadeiro frenesi de fúria. O modo como manejava a maça era espantoso. Os crânios dos cabeças lanudas se esborrachavam como laranjas demasiado maduras. Não antes de fazê-los recuar, pegar-me nos braços e começar a correr, foi que Otoo recebeu seus primeiros ferimentos. Chegou ao bote com quatro talhos de lança, apanhou a sua Winchester e com ela derrubou um homem em troca de cada talho. Depois entramos na escuna e cuidamos das feridas.

E dezessete anos vivemos juntos. Foi ele quem me fez. Hoje eu seria comissário, recrutador, ou simples lembrança – não fosse por ele.

– Agora você gasta dinheiro, depois sai e ganha mais – disse-me ele um dia. – Agora é fácil para você ganhar dinheiro. Mas quando ficar velho, terá gasto o dinheiro, e não poderá mais trabalhar para obter mais. Eu sei, patrão. Estudei os costumes dos brancos. Há nas praias muitos velhos que já foram moços, e que podiam obter dinheiro como você o obtém. Agora são velhos, não têm mais nada, e esperam que jovens como você desembarquem para lhes pagar a bebida.

– O rapaz negro é escravo nas plantações. Ganha vinte dólares por ano. Trabalha duro. O feitor não trabalha duro. Anda a cavalo e vigia os rapazes negros que trabalham. Ganha mil e duzentos dólares por ano. Eu sou marinheiro de escuna. Ganho quinze dólares por mês. Isso porque sou bom marinheiro. Trabalho duro. O capitão tem toldo dobrado, e bebe cerveja em garrafas compridas. Nunca o vi puxar uma corda ou manejar um remo. Ganha cento e cinquenta dólares por mês. Eu sou marinheiro. Ele é navegante. Patrão, acho que seria muito bom se você aprendesse navegação.

Otoo provocou-me para que aprendesse navegação. Viajou comigo como segundo piloto em minha primeira escuna, e tinha mais orgulho do que eu do meu próprio comando. Mais tarde disse:

– O capitão ganha bem, patrão; mas o navio só está entregue a seu cuidado e ele nunca se livra do fardo. Quem ganha mais é o proprietário – o proprietário que fica na praia com muitos criados movimentando o dinheiro.

– Certo; mas uma escuna custa cinco mil dólares – ainda assim, uma escuna velha – contrapus. – Estarei velho antes de economizar cinco mil dólares.

– Há caminhos mais curtos para o homem branco obter dinheiro – continuou ele, apontando a praia franjada de coqueiros.

Estávamos naquela época nas Ilhas Salomão, embarcando um carregamento de nozes de marfim catadas em toda a costa leste de Guadalcanal.

– Entre a foz deste rio e o seguinte são duas milhas – disse ele. – A terra plana vai até bem longe. Agora não vale nada. No ano que vem – quem sabe? – ou nestes dois anos, darão muito dinheiro por essa terra. O ancoradouro é bom. Até navios grandes poderão fundear aqui. Você pode comprar uma área com quatro milhas de fundo ao velho chefe, que as venderá por dez mil talos de fumo, dez garrafas de cachaça e uma Snider, que talvez lhe custem cem dólares ao todo. Depois, você deposita o contrato com o comissário, e, no ano que vem, ou nestes dois anos, venderá as terras e será dono de uma escuna.

Segui seu conselho, e suas palavras foram proféticas, conquanto se realizassem num prazo de três anos em vez de dois. Depois vieram as terras de pastagem de Guadalcanal – vinte mil acres, com uma concessão de noventa e nove anos do governo e uma quantia nominal. Fiquei com as terras precisamente noventa dias, e as vendi a uma companhia por uma fortuna. Sempre era Otoo que olhava para a frente e descobria a oportunidade. Foi responsável pelo salvamento do Doncaster, comprado em leilão por cem libras e deixando três mil de lucro depois de pagas todas as despesas. Foi ele quem me induziu à plantação do Savaii e ao negócio de cacau em Upolu.

Já não saíamos com muita frequência para o mar como no tempo antigo. Eu estava muito bem de finanças. Casei-me e meu padrão de vida melhorou; mas Otoo permaneceu o mesmo Otoo de outrora, andando pela casa ou entrando no escritório, seu cachimbo de madeira na boca, uma camiseta rala, de um xelim nas costas e um lava-lava de quatro *xelins* na cintura. Eu não podia induzi-lo a gastar. Não havia meio de pagar-lhe em moeda que não fosse o amor, e Deus sabe que ele o recebia em medida dobrada de todos nós. As crianças o adoravam, e se fosse possível estragá-lo com mimos, certamente minha mulher teria sido a sua desgraça.

As crianças! Foi realmente ele quem lhes mostrou os caminhos da prática do mundo. Começou a ensiná-las a andar. Cuidava delas quando adoeciam. Uma por uma, quando mal engatinhavam, levava-as à laguna e transformava-as em anfíbios. Ensinou-lhes muito mais do que eu próprio sabia, os hábitos dos peixes e os ardis para apanhá-los. No mato era a mesma coisa. Aos sete anos, Tom sabia mais coisas materiais, do que eu jamais sonhara que existissem. Aos seis anos, Mary escorregou sem o menor tremor na Pedra de Escorregar, proeza diante da qual vi homens fortes recuarem. E quando Frank completou seis anos, já era capaz de mergulhar e apanhar *xelins* numa profundidade de três braças.

– Minha gente de Borabora não gosta de pagãos – todos são cristãos, e eu não gosto dos cristãos de Borabora – disse ele um dia, quando eu lhe propunha, com a intenção de levá-lo a gastar uma parte do dinheiro que de direito lhe pertencia, uma visita a sua ilha natal, numa de nossas escunas, viagem especial com a qual eu esperava bater um recorde de prodigalidade nos gastos.

Disse uma das "nossas" escunas, embora naquele tempo elas me pertencessem legalmente. Insisti muito tempo para ficarmos sócios.

– Somos sócios desde que o *Petite Jeanne* naufragou, disse ele afinal. – Mas se o seu coração assim pede, então fiquemos sócios segundo a lei. Não tenho trabalho, no entanto são grandes as minhas despesas. Como, bebo e fumo bastante, isso custa caro, bem sei. Não pago despesas de bilhar, pois jogo na sua mesa; mas o dinheiro vai embora. Pescar nos recifes é prazer de homem rico. É impressionante o preço dos anzóis e das linhas de pescar. Sim: é preciso ficarmos sócios pela lei. Preciso de dinheiro. Vou apanhá-lo com o chefe escriturário no escritório.

Assim, pois, foram os contratos redigidos e registrados. Um ano depois fui obrigado a reclamar.

– Charley – disse eu – você é um perverso tratante, couro de pederneira, miserável craca de ilhéu. Olhe só: a sua parte anual em nossa sociedade foi de milhares de dólares. O escriturário chefe apresentou-me esta conta. Diz ela que, em todo o ano, você gastou apenas oitenta e sete dólares e vinte centavos!

– Quer dizer que estão me devendo? – perguntou ele, aflito.

– Sim: milhares e milhares de dólares – respondi.

Seu rosto iluminou-se, como que grandemente aliviado.

– Está bem – disse. – Cuide para que o escriturário chefe faça com eles uma conta bem certa. Quando eu os pedir (e os pedirei) não pode faltar nenhum centavo.

E depois de uma pausa, acrescentou com ferocidade:

– Se faltar, será descontado do ordenado do escriturário!

E durante todo o tempo, como soube mais tarde, o seu testamento, redigido por Carruthers, e fazendo de mim seu único beneficiário, ficou guardado no cofre forte do cônsul americano.

Mas o fim chegou, assim como tem de chegar o fim de todas as relações humanas. Ocorreu nas Ilhas Salomão, onde a nossa tarefa mais bravia fora realizada nos dias alucinantes da nossa mocidade, e para onde voltamos mais uma vez, durante as férias, incidentalmente para inspecionar as nossas propriedades na Ilha Flórida, e propositalmente para examinar as possibilidades perlíferas da Garganta Mboli. Tínhamos desembarcado em Savu, onde aportamos para comprar curiosidades.

Ora, Savu fervilha de tubarões. O costume dos cabeças lanudas, de lançar seus cadáveres ao mar, não tende a desencorajar os tubarões de fazer das águas adjacentes um ponto de reunião. Foi má sorte minha eu voltar para a escuna em uma canoa nativa, pequenina e sobrecarregada, que afinal virou. Estávamos nela quatro cabeças lanudas e eu, ou melhor, estávamos todos pendurados nela. A escuna se encontrava a uma distância de cem jardas. Eu estava justamente acenando para um bote, quando um dos cabeças lanudas pôs-se a gritar. Agarrado a uma ponta da canoa, tanto ele como essa extremidade afundaram várias vezes. Depois o negro se soltou e desapareceu: um tubarão o abocanhara.

Os três restantes cabeças lanudas tentaram emergir fora da água e alcançar o fundo da canoa. Berrei e praguejei e bati no que me estava mais próximo com os punhos, mas de nada adiantou: eles estavam cegos de terror. A canoa mal teria podido aguentar um só deles. Com o peso dos três, empinava e rolava para o flanco, atirando-os de volta na água.

Abandonei a canoa e comecei a nadar para a escuna, esperando que o bote me apanhasse antes de eu chegar lá. Um dos cabeças lanudas resolveu me acompanhar, e nadamos em silêncio, lado a lado, vez por outra enfiando a cabeça dentro da água à procura de tubarões. Os berros do homem que ficou junto da canoa nos informou que fora apanhado. Olhava eu dentro da água quando vi um enorme tubarão passar logo abaixo de mim. Teria bem uns dezesseis pés de comprimento. Vi tudo o que aconteceu. Ele agarrou o cabeça lanuda pelo meio, e lá se foi, pobre diabo! com a cabeça, os ombros e os braços todo o tempo fora da água, gritando de partir o coração. Foi assim carregado por muitas centenas de pés, e em seguida arrastado para o fundo do mar.

Continuei a nadar obstinadamente, esperando que aquele fosse o último tubarão desguaritado do cardume. Mas havia outro. Se era um dos que previamente tinha atacado os nativos, ou se era um que comera uma boa refeição em outro lugar, não sei dizer. Seja como for, não tinha a pressa dos outros. Eu já não podia nadar com a mesma rapidez, pois grande parte do meu esforço estava dedicada a seguir sua pista. Observava-o quando desencadeou seu primeiro ataque. Por felicidade pus-lhe minhas duas mãos no focinho, e embora o seu empuxe quase me afundasse, consegui conservá-lo à distância. Ele deu uma volta completa e recomeçou a me rodear. Uma segunda vez escapei, graças a idêntica manobra. O terceiro ataque falhou de ambos os lados. Ele fêz-se ao largo no momento exato em que as minhas duas mãos iam pousar-lhe no focinho, mas seu couro de lixa (minha camiseta não tinha mangas) arrancou-me a pele de um braço, desde o ombro até o cotovelo.

Naquela altura sentia-me esgotado, perdidas todas as esperanças. A escuna continuava parada a duzentos pés de distância. Eu tinha o rosto nágua, e via a fera manobrar preparando outro ataque, quando um corpo moreno passou entre nós dois. Era Otoo.

– Nade pra escuna, patrão! – disse ele. E sua voz era alegre, como se o caso não passasse de uma brincadeira. Conheço os tubarões. Esse aí é meu irmão.

Obedeci, nadando lentamente para a escuna, enquanto Otoo nadava entre mim e a fera, aparando-lhe os golpes e encorajando-me.

– As tralhas do turco foram-se, e eles estão encordoando as talhas – explicou-me um ou dois minutos depois, para em seguida mergulhar e desviar outro ataque.

Quando a escuna ficou a trinta pés de distância, eu já estava que não podia mais. Mal podia me mexer. De bordo atiravam-nos cordas, mas estas não nos alcançavam. O tubarão, percebendo que não o perseguiam, ficou mais atrevido. Várias vezes quase me apanhou, mas de cada vez Otoo estava a postos, antes que fosse demasiado tarde. Naturalmente, Otoo podia ter-se salvado a qualquer momento, mas conservou-se junto de mim.

– Adeus, Charley! Estou acabado!... – foi quanto consegui dizer, esbaforido.

Sabia que meu fim chegara, e que logo em seguida, atirando as mãos para o ar, soçobraria.

Mas Otoo riu-se na minha cara, dizendo:

– Vou lhe ensinar um novo ardil. De dar tonturas no tubarão.

E pôs-se atrás de mim, onde o tubarão estava preparando um novo ataque.

– Um pouco mais para a esquerda! – gritou-me em seguida. – Há uma corda n'água ali adiante. Para a esquerda, patrão – para a esquerda!

Mudei de rumo e nadei feito um cego. Naquela altura, quase já não tinha consciência. Quando minha mão agarrou a corda, ouvi uma exclamação, partida de bordo da escuna. Virei-me e olhei. Não havia sinal de Otoo. No momento seguinte ele irrompeu na superfície. Tinha ambas as mãos decepadas pelos punhos, os tocos dos braços espadanando sangue.

– Otoo! – gritou ele brandamente. E pude ver em seu olhar o amor que fazia estremecer-lhe a voz.

Então, e só então, no derradeiro de nossos anos vividos juntos, ele me chamou por aquele nome.

– Adeus, Otoo! – disse ele.

Em seguida foi arrastado para o fundo, e eu fui içado para bordo, onde desmaiei nos braços do capitão.

E assim passou Otoo, que me salvou e fez de mim um novo homem, e que no fim tornou a me salvar. Conhecemo-nos nas fauces de um furacão e separamo-nos nas fauces de um tubarão, com dezessete anos intermediários de camaradagem, cuja semelhança me atrevo a afirmar não ter jamais ocorrido entre dois homens, um pardo e outro branco. Se do seu alto posto Jeová estiver observando cada pardal que cai, não menor em seu reino será Otoo, o único pagão de Borabora.